김강현 신무협 장편소설
ORIENTAL FANTASYSTORY & ADVENTURE

황금공자

黃金公子

dream
books
드림북스

황금공자 5 과거지사

초판 1쇄 인쇄 / 2011년 11월 30일
초판 1쇄 발행 / 2011년 12월 9일

지은이 / 김강현

발행인 / 오영배
편집팀장 / 신동철
책임편집 / 오승화
편집디자인 / 신경선
펴낸 곳 / (주)삼양출판사 · 드림북스

주소 / 서울특별시 강북구 송천동 322-10호
대표 전화 / 02-980-2112 팩스 / 02-983-0660
편집부 전화 / 02-980-2116 팩스 / 02-983-8201
블로그 / blog.naver.com/dreambookss

등록번호 / 제9-00046호
등록일자 / 1999년 3월 11일

ⓒ 김강현, 2011

값 8,000원

ISBN 978-89-542-4528-9 (04810) / 978-89-542-4523-4 (세트)

黃金公子

황금공자

김강현 신무협 장편소설

ORIENTAL FANTASYSTORY & ADVENTURE

5

과거지사

목차

제1장
술렁이는 천하

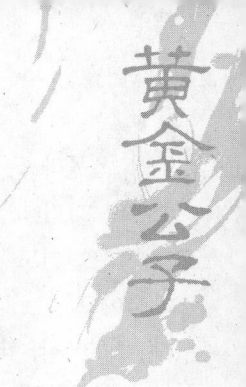

"정주 인근이라고?"

금철휘는 끊임없이 이동하며 정보원의 보고를 들었다. 원래는 더 빨리 가고 싶었지만 혈룡귀갑대의 전인들도 움직이고 있기에 어쩔 수 없이 정보원을 끌고 다녀야 했다.

그리고 그 덕분에 한서연과 화영도 금철휘를 따라갈 수 있었다.

"정주라면 단천도왕이 있는 곳이네요."

"단천도왕?"

금철휘가 모른다는 듯 묻자, 한서연과 화영 둘 다 어처구니없는 표정을 지었다.

"몰라요?"

"그러니까 누군데?"

"단천도왕 여무해를 모른다고요? 십대고수 중 한 명이잖아요!"

"아하, 십대고수."

금철휘는 그제야 알겠다는 듯 고개를 끄덕였다. 확실히 십대고수가 대단하긴 대단한 모양이었다.

"그리고 혈룡귀갑대의 전인들도 정주에 있고?"

금철휘의 말에 한서연과 화영의 표정이 살짝 굳었다. 뭔가 심상치 않은 느낌이 확 든 것이다.

"설마 아니겠죠?"

"아닐 거예요. 그렇죠?"

한서연과 화영이 금철휘를 바라보며 그렇게 말하자, 금철휘는 씨익 웃으며 대답했다.

"그럴걸?"

두 여인이 입술을 삐죽였다.

"그냥 아니라고 대답해 주면 안 돼요?"

"그러게요. 왜 맨날 그래요?"

"내가 뭘?"

금철휘는 영문을 모르겠다는 표정으로 두 여인을 쳐다봤다. 한서연과 화영은 그 의뭉에 기가 막힌다는 듯 고개를 저었다.

"자자, 여기서 이럴 시간 없다. 일단 정주로 달리자고."

중간에 혈룡귀갑대가 또 어디로 갈지 모르지만 최대한 빨리 정주로 가면 어떻게든 그들을 따라잡을 수 있을 것이다. 금철휘 혼자서 달린다면 말이다.

금철휘가 그런 의미를 담아 한서연과 화영을 쳐다봤다. 두 여인은 그것을 읽고는 조금 황당해졌다.

"우리를 버리고 가시려고요?"

"꼭 그렇게까지 해서 그들을 만나야 하는 건가요?"

금철휘는 충분히 이해할 수 있었다. 자신과 혈룡귀갑대의 관계를 모를 테니까 말이다. 보통 사람이라면 대부분 그럴 것이다. 하지만 금철휘는 그녀들을 이해하더라도 굳이 그것을 다 받아 줄 생각은 없었다.

"금향각에 위치를 계속 남길 테니까 천천히 따라와."

금철휘는 그 말을 남기고 그대로 사라져 버렸다. 극성의 귀혼보가 펼쳐진 것이다.

한서연과 화영은 미처 기다리라는 말도 꺼내지 못했다. 그저 손만 한 번 뻗었을 뿐이다. 두 여인의 손이 허무하게 허공을 쥐었다.

"하아."

절로 한숨이 흘러나왔다.

"대체 우리에게 관심이 있긴 하신 건지……."

"그러게요. 이러다가 항주에 있는 그 여우한테 뺏기면 정말

속상할 텐데……"

항주에 있는 여우라는 화영의 말에 한서연은 화예지의 얼굴이 떠올랐다. 금철휘의 부인인 유혜련과 채명화는 아예 떠오르지도 않았다. 그녀들은 혼인만 했을 뿐이지 진짜 금철휘의 여인이 아니니까.

"그나저나 그 여자들은 대체 어쩌시려는 걸까요?"

"그 여자들이요?"

"부인이 두 명이나 있잖아요."

한서연의 말에 화영이 그제야 알았다는 듯 크게 고개를 끄덕였다.

"아아! 우리 공자님과 몸도 섞지 않은 부인들 말이군요?"

한서연이 눈을 동그랗게 뜨고 화영을 바라봤다. 그러자 화영은 화사하게 웃으며 말을 이었다.

"그 여자들 떨어뜨릴 방법은 제게 백 가지도 더 있으니 걱정할 것 없어요. 우리가 진짜 경계해야 할 사람은 금향각주랍니다."

한서연이 멍하니 화영을 바라봤다. 이럴 때 보면 참으로 무서운 여인이다. 하지만 제법 오랫동안 함께 다니면서 겪어본 바에 따르면 또 사근사근하고 따스한 여인이기도 했다.

잠시 화영을 바라보던 한서연은 퍼뜩 떠오른 생각 하나에 흠칫 놀랐다.

"왜 그러세요?"

한서연의 표정 변화를 금세 알아챈 화영이 물었다. 한서연은 대답하지 않으려 했지만 화영의 집요함에 결국 입을 열고 말았다.

"경쟁자 한 분이 갑자기 또 떠올라서 그랬어요."

화영의 눈이 새치름해졌다.

"설마 화예지 말고 또 경쟁자가 있단 말인가요?"

"있죠."

한서영이 어색하게 웃으며 말을 이었다.

"우리 사부님이요."

화영의 눈이 화등잔만 해졌다.

"설마 장난 아니었어요?"

한서연이 한숨을 푹 내쉬었다.

"하아. 저도 처음엔 장난이신 줄 알았어요."

"그런데 아니란 말인가요?"

한서연이 고개를 저었다.

"모르겠어요."

"모르겠다니요?"

"장난이신 것 같다가도 아닌 것 같기도 하고 그래요."

화영이 눈을 빛내며 물었다.

"그래서 당신의 생각은 어떤데요? 여자한테는 직감이라는 게 있잖아요?"

한서연이 잠시 머뭇거렸다. 이런 얘기를 과연 해도 좋을까

하는 생각이 갑자기 들었다. 하지만 이미 내친걸음이었다.

"장난이 아니신 것 같아요."

한서연의 말에는 어느 정도 확신이 담겨 있었다.

"정말 골치 아프네요. 저런 뚱땡이가 뭐 좋다고 이렇게 많이들 붙은 건지……."

"이제는 아니죠."

화영은 할 말이 없었다. 그 말이 옳다. 이제는 더 이상 뚱땡이가 아니다. 아니, 오히려 정말로 멋지게 변했다. 살이 빠지면 사람이 이렇게 달라진다는 걸 금철휘를 통해 알게 되었으니 말이다.

두 여인의 한숨이 더욱 깊어졌다.

이번에 살을 빼면서 불어난 내공이 확실히 대단한 역할을 했다. 금철휘는 스스로 귀혼보의 극에 이르렀다고 믿어 왔다. 한데 지금 그게 아니라는 사실을 알게 되었다.

귀혼보에는 극의 극이 존재했다. 금철휘는 귀혼보를 대성했고, 그 경지의 끝에 도달해 있었지만, 그 끝을 한 번 초월하는 게 가능했다.

내공의 힘으로 말이다.

"내공이 쭉쭉 닳는구나."

내공 소모가 어마어마했다. 하지만 금철휘는 속도를 줄이지 않았다. 아니, 오히려 속도를 더 늘렸다. 속도가 늘어나면 늘어날수록 내공 소모가 급격히 많아졌다.

이대로라면 금세 내공이 바닥날 것이다. 하지만 그래도 금철휘는 속도를 가능한 한 계속 늘렸다. 어차피 오래 달릴 필요가 없었다. 거의 목적지에 도착했기 때문이다.

"정주라고 했지?"

합비에서 정주까지 가는 길은 똑똑히 기억하고 있었다. 전생에 정주에서 치열한 접전 끝에 수천의 적을 물리치고, 그 뒤에 밀려드는 만 명의 적에 밀려 합비까지 피한 경험이 있었다.

물론 그 만 명의 적도 결국 합비까지 가는 동안 몽땅 격살했다. 지형지물을 잘 이용해 작전을 세우고 지속적으로 기습을 가한 덕분이었다.

지형지물을 어찌나 잘 살폈는지 그 길이 고스란히 기억에 남아 있었다. 그리고 그 길을 따라 쭉쭉 이동을 하니 길을 헤맬 필요가 없어 거침없이 달릴 수 있었다.

"후욱! 후욱!"

금철휘는 정주 근방에 도착해서 달리는 걸 멈췄다. 그리고 숨을 몰아쉬며 호흡을 골랐다. 내공은 이미 바닥이었다. 한 줌도 남지 않았다.

이대로라면 혈룡귀갑대의 후인들을 만나 봐야 아무것도 할 수 없었다. 차라리 여기서 쉬면서 힘을 좀 비축하고 가는 게 낫다.

"백토신공과 천령신공이 있으니까."

천령신공은 주변의 기운을 장악할 수 있다. 그걸 이용해 기운을 끌어들이고, 백토신공으로 운기하면 순식간에 내공을 다시 채울 수 있었다.

금철휘는 그 자리에 주저앉았다. 관도에서 조금 떨어진 장소였고, 근처에 있는 바위들 때문에 모습이 잘 드러나지 않았기에 안심하고 운기를 시작했다. 물론 천령신공을 이용해 주변에 아무도 없다는 것을 확인한 뒤였다.

바닥난 기운이 순식간에 채워졌다. 기운을 쓰는 것도 채우는 것도 금방이었다. 금철휘는 운기조식을 끝낸 뒤 자리에 일어나 가볍게 몸을 풀었다.

"살을 다시 찌워야지 안 되겠어."

그냥 백토신공을 이용해 내공을 쌓는 것보다 살을 찌우고 다시 빼면서 내공으로 바꾸는 게 훨씬 더 효과가 좋았다. 단숨에 내공이 뭉텅뭉텅 늘어나니 재미도 있었고 말이다.

"자, 이제 가 볼까?"

몸에 내력이 넘쳐흐르니, 자신감도 충만했다. 금철휘는 단숨에 몸을 날려 정주로 들어갔다.

당연히 정주에도 금향각 지부가 있었다. 금철휘는 일단 그곳부터 찾아갔다. 혈룡귀갑대의 전인들이 과연 어디로 갔는지 확인해야 다시 추적이 가능하다. 사실 합비에서 이곳까지 오는 데 채 하루도 걸리지 않았다.

그들이 이곳에 왜 나타났는지 모르지만 일단 아직도 있을 확률이 높았고, 그렇지 않다 하더라도 멀리 가지 않았을 것이다.

금철휘는 서둘러 금향각 지부로 향했다. 정주에 있는 금향각 지부는 커다란 객잔이었다.

"여기도 황금루 하나 세워야지."

정주쯤 되는 곳에는 금향각 지부도 그에 걸맞은 규모를 갖춰야 한다. 그래야 정보를 처리하는 일이 더 수월할 것 아닌가. 정보를 모으는 것도 그렇고 말이다.

"뭐? 사라져?"

금철휘는 황당한 눈으로 지부장을 쳐다봤다. 지부장도 너무나 난감해 안절부절못했다.

"그냥 사라진 거야? 밑도 끝도 없이?"

"근처 객잔 별채에 머물고 있었는데, 마치 땅으로 꺼진 것처럼 사라져 버렸습니다."

"땅으로…… 꺼진 것처럼?"

금철휘의 표정이 심각해졌다. 땅으로 꺼졌다는 말에 뭐 하나가 덜컥 떠오른 것이다.

"감시는 제대로 한 건가?"

"확실히 감시했습니다. 우리 애들 실력 아시지 않습니까."

금철휘가 고개를 끄덕였다.

"알지. 너무 잘 알지."

금향각의 정보원들이 익힌 보법을 제공한 사람이 바로 금철휘다. 그들의 보법은 예전 혈룡귀갑대 시절에 머리를 맞대고 만든 무공 중 하나였다. 거의 재미 삼아 만든 보법이었는데, 사실 이렇게 쓰이게 될 거라고는 전혀 생각지도 않았다.

기척과 모습을 숨기는 데에는 타의 추종을 불허할 정도로 뛰어난 보법이었다. 다만 거기에 너무 특화시키는 바람에 다른 부분이 많이 모자랐다.

그래도 정보원들에게는 최고의 보법이었다. 혈룡귀갑대의 전인들 주위에 그렇게 가까이 접근한 정보조직은 금향각이 유일했다.

"보유한 정보원의 절반을 투입했습니다. 그들을 모두 잃을 각오를 하고 과감히 접근했는데도 그들이 사라진 걸 알아채지 못했습니다."

지부장은 그렇게 말하고 잠시 곤혹스런 표정으로 고개를 떨궜다.

"솔직히 아직도 이해하지 못하겠습니다."

금철휘는 고개를 끄덕였다. 다 이해한다는 듯이.

"됐어. 어쩔 수 없지, 뭐. 그놈들이 머물렀다는 객잔이나 알려 줘."

"제가 직접 안내해 드리겠습니다."

금철휘는 지부장의 안내를 받아 근방의 객잔으로 향했다. 그리고 금덩이 하나를 던져 별채를 계약했다. 당연히 혈룡귀갑대의 전인들이 묵었다던 그 객잔이었다.

"내가 왜 기운을 못 느꼈는지 알겠군."

금철휘는 처음 정주에 들어서며 의아함을 감추지 못했다. 아니, 혈룡귀갑대에 대한 소문 자체가 거짓일 수도 있다는 생각까지 했다.

왜냐하면 도무지 그들의 기운을 못 느꼈기 때문이다. 이곳에 머물다 갔으면 그 흔적이라도 남아야 하는데, 전혀 그런 것도 없었다.

한데 객잔 별채에 들어온 순간 그 이유를 알 수 있었다. 그곳에는 진법을 펼친 흔적이 남아 있었다. 그것은 금철휘도 너무나 잘 아는 진법이었다.

"이거 정말 헷갈리네."

아니, 헷갈린다기보다는 짜증스럽다는 게 더 맞으리라. 정말로 짜증이 났다.

이곳에 와 보니, 어쩌면 정말로 혈룡귀갑대의 전인일 수도 있겠다는 생각이 들었다. 이곳에 흔적만 남은 진법은 회류진이었다. 이 역시 혈룡귀갑대 전원이 머리를 맞대고 만든 진법이었다.

"대체 이걸 어떻게 알아낸 거지? 이해할 수가 없군."

금철휘는 정말로 이해할 수가 없었다. 이걸 안다는 건 정말로 혈룡귀갑대의 전인이라는 뜻이다. 하지만 그건 절대 불가능하다.

별채에 남은 진법의 흔적은 비교적 뚜렷했다. 금철휘는 찬
찬히 그것을 살폈다.

후원을 꼼꼼히 모두 살핀 금철휘의 눈이 빛났다.

"호오. 조금 이상한데?"

금철휘는 다시 한 번 흔적을 살피며 확신했다. 진법이 어딘
가 비틀려 있다고. 즉, 잘못 펼친 것이다. 핵심이 흔들렸기 때
문이다.

하지만 아무리 그렇다 하더라도 회류진임에는 분명했다.
그래서 더 혼란스러웠다.

"이건 진의 중심을 바로 세우는 게 제일 중요한데, 왜 그것
만 제대로 못 한 거지?"

다른 건 몰라도 중심을 세우는 것은 해야 할 것 아닌가.
한데 이곳에 펼쳐진 진은 완전히 반대였다. 굳이 애써서 구축
할 필요가 없는 부분을 세심히 살렸고, 반드시 필요한 부분
을 대충 처리한 것이다.

"어설프게 알고 있다는 건데……."

금철휘는 고개를 연신 갸웃거렸다. 아무리 생각하고 따져
봐도 이해할 수가 없었다. 그러니 더더욱 혈룡귀갑대의 전인이
라는 놈들의 정체가 궁금해졌다.

"그나저나 혈룡귀갑대주의 소문은 거짓인 모양이군."

혈룡귀갑대주가 이곳에 있었다면 분명히 금철휘가 알아차

렸을 것이다. 아무리 회류진으로 기운의 흐름을 비틀어 감춘다 하더라도 그 강렬한 존재감을 완전히 지울 수 있을 리 없었다.

금철휘는 후원을 다시 돌아다니며 바닥을 유심히 살폈다. 회류진까지 나타난 마당에 혈룡귀갑대가 그렇게 유용하게 써먹었던 지룡행(地龍行)이 나오지 말란 법 없었다.

"역시."

지룡행의 흔적을 찾아냈다. 지룡행은 이름 그대로 땅속을 이동하는 무공이었다. 긴 거리를 이동할 수는 없지만 적의 포위망을 돌파한다거나 할 때는 따를 수법이 없었다.

이곳에 있던 혈룡귀갑대의 전인들 역시 지룡행을 이용해 금향각의 감시망을 벗어났을 것이다.

"어쩌면······."

금철휘는 눈을 빛내며 지룡행의 흔적을 세심히 살폈다. 진법의 흔적과 달리 자세히 알아낼 수는 없었지만 그래도 원하던 것은 충분히 알아낼 수 있었다.

"지룡행도 마찬가지로군."

금철휘는 눈을 빛내며 고개를 끄덕였다. 지룡행의 흔적으로 짐작해 보건대, 이 역시 회류진과 마찬가지로 핵심이 빠져 있었다. 그랬기에 거의 흉내 내기에 가까운 치졸한 수법으로 변했다.

거기까지 알아낸 금철휘는 거처로 들어갔다. 일단 충분히

쉰 다음 다시 계획을 찬찬히 세워야 했다. 뭔가 꺼림칙했다. 어쩌면 혈룡귀갑대 자체에 자신이 모르는 부분이 있었을 가능성이 있었다.

지금까지는 단 한 번도 그런 식의 의심을 해본 적이 없었다.

"기분 더럽군."

그래서 더 기분이 더러웠다. 금철휘는 혈룡귀갑대의 시작을 머릿속에 떠올렸다. 그리고 그 여정을 하나하나 차근히 되짚었다.

침상에 누워 천령신공과 백토신공을 동시에 펼치며 눈을 지그시 감았다. 그리고 점점 과거로 빠져 들어갔다.

*   *   *

혈룡귀갑대의 전인으로 인해 천하가 술렁였다.

그들은 등장하자마자 문파 하나를 지웠다. 그야말로 압도적인 힘을 보여 주면서 사라졌다. 그것이 정말로 큰 문제를 만들었다.

과거 혈룡귀갑대 때문에 천하의 판도가 뒤집혔다. 당시 강자라 칭해지던 고수들이 몽땅 죽어 버렸고, 강대한 문파들이 무너졌다.

당시 힘을 쓰지 못해 혈룡귀갑대와 얽히지 않았던 가문들이 올라섰고, 강했던 가문은 대부분 몰락의 길을 걸었다.

그러니 지금 강한 힘을 가진 문파들이 전전긍긍하는 건 어찌 보면 당연했다.

그리고 그중 가장 심각하게 이 상황을 보고 있는 곳은 단연 무림맹이었다.

"아직도 종적을 찾지 못했는가?"

"송구합니다."

무림맹주 검성 만호유는 사람 좋은 웃음을 흘렸다.

"허허허. 뭐, 그럴 수도 있지."

만호유는 대수롭지 않게 말했지만, 앞에서 고개를 조아린 군사 제갈환은 식은땀을 흘렸다. 다른 사람은 몰라도 제갈환만큼은 만호유의 성정을 잘 알고 있었다. 이런 웃음에 안심하다가는 쥐도 새도 모르게 목이 잘릴 수도 있었다.

"맹의 정보조직을 더 강화하겠습니다."

제갈환의 말에 만호유가 대충 고개를 끄덕였다.

"그리하게. 하면 외부의 정보조직에 의뢰를 해 보는 건 어떤가?"

무림맹이 외부의 정보조직에 의뢰를 하는 건 사실 명성에 흠이 가는 일이었다. 하지만 이번 사안은 그렇다고 그냥 넘어가기에는 너무 심각했다.

"이미 의뢰를 넣었습니다만 받지 않았습니다."

만호유의 눈이 이채가 흘렀다.

정보조직이 의뢰를 받지 않았다는 건 딱 한 가지를 의미한다. 그에 대한 정보가 아예 없다는 뜻이다.

"허허허. 아무도 받지 않았나?"

"예."

"금향각도?"

"그들은 종적을 놓쳤다고 정확히 알려 왔습니다."

"호오. 종적을 놓쳤다?"

"그 외의 정보는 판매하겠다는 말을 들었는데 가격이 지나칩니다."

"지나치다? 그들이 설마 무림맹이라도 내놓으라고 하던가?"

"예?"

"가격이 지나치다기에 하는 말일세. 그 정도는 되어야 지나치다고 할 수 있지 않겠나?"

"그, 그게……."

제갈환은 크게 당황했다. 맹주의 반응이 자신의 예상과 너무 달랐기 때문이다.

만호유는 평소 상당히 검소하게 생활한다. 그렇기에 쓸데없이 나가는 돈을 항상 못마땅하게 여겼다. 만호유 입장에서 쓸모없으면 다 필요 없다고 판단하곤 했다.

그가 이런 반응을 보인 건 지금이 처음이었다.

"군사는 혈룡귀갑대를 못 겪어 봤겠지?"

"예. 당시 가문의 상황이 그다지 좋지 않았는지라……."

"하긴, 그때 제갈세가가 아마 몰락 직전이었지?"

제갈환은 입을 꾹 다물었다. 아무리 그래도 이렇게 노골적으로 말하니 기분이 확 상했다. 하지만 그것을 표정으로 드러내거나 뭐라고 할 수는 없었다.

"그때 몰락 직전이었던 가문이 아마 제갈세가와 남궁세가, 그리고 철혈세가였던가?"

제갈환은 그제야 만호유가 왜 이런 말을 하는지 깨달았다. 혈룡귀갑대의 전인들이 본격적으로 활동을 시작하면 그렇게 또 한 번 무림의 판도가 바뀔지도 모른다는 것을 돌려 말하고 있는 것이다.

"그들이 어떤 자들인지 알아야 하네. 내 말 이해하겠는가?"

"알겠습니다."

제갈환은 그렇게 대답하며 금향각에 대한 평가를 다시 했다. 사해방이 무너지면서 일어난 신흥 조직이라고만 생각했는데, 그게 아니었다.

자신들이 가진 정보의 가치를 정확히 알고 있으며, 그 정보가 과연 누구에게 유용할지 제대로 판단했다.

'그래. 확실히 그 정도라면 가격이 얼마라도 사야 하지. 무림맹을 통째로 넘겨 달라고 하지 않는 이상에야…….'

제갈환은 만호유의 손짓을 확인하고는 조용히 물러갔다.

그리고 그의 심복들을 불렀다.

"금향각에 연락을 넣어라. 정보를 사겠다고."

제갈환의 심복들이 분주히 움직였다. 정보를 사겠다는 건, 그걸 기반으로 뭔가를 한다는 뜻이다. 제갈환의 심복들은 제갈세가의 후인들이다. 그들을 키우는 일이 제갈세가를 살찌우는 것이다.

심복들의 움직임은 빨랐다. 또한 금향각의 처리도 빨랐다. 제갈환의 심복들은 밖으로 나간 지 채 반 시진도 지나지 않아 정보를 들고 왔다.

제갈환은 그 정보들을 쭉 훑었다. 그의 표정이 살짝 굳었다. 그는 즉시 맹주전으로 향했다.

만호유는 맹주전에 앉아 지그시 눈을 감고 있었는데, 제갈환이 들어오자마자 손을 뻗었다.

촤악!

제갈환의 손에 들린 서류들이 마치 살아서 스스로 움직이듯 그의 손을 빠져나가 만호유의 손으로 빨려 들어갔다.

'과연 검성!'

제갈환은 만호유의 이런 능력을 가끔 접할 때마다 지극히 감탄했다. 아마 혈룡귀갑대의 난 이전에 있던 십대고수들도 이 정도는 아니었으리라.

"금향각을 주시하게. 일 처리를 보아하니 사해방 못지않은 듯하군."

"예. 저도 그렇게 판단했습니다."

만호유는 서류를 찬찬히 읽었다. 그의 표정은 전혀 변함없었다. 하지만 제갈환은 만호유의 감정이 격해졌다는 걸 알아챘다.

"회류진이라…… 오랜만에 듣는 단어로군."

만호유는 무심한 어조로 말을 이었다.

"거기에 지룡행까지. 정말로 혈룡귀갑대의 후인들이 맞군."

다른 사람은 몰라도 만호유는 알고 있다. 혈룡귀갑대가 어떻게 그 오랜 시간 동안 천하를 상대하며 버텨냈는지. 가장 큰 힘이 바로 회류진과 지룡행이었다.

"알면서도 대처하지 못할 정도로 대단했지."

"그 정도였습니까?"

혈룡귀갑대를 경험하지 못했던 제갈환은 만호유를 완전히 이해할 수 없었다. 제갈환도 회류진이나 지룡행에 대해 들어 알고는 있었다. 그래서 곧장 다시 맹주전으로 달려온 것이다.

하지만 만호유가 저런 말을 할 정도로 대단한지는 솔직히 이해하지 못했다. 그냥 그런가 보다 할 뿐이었다.

"만일 정말로 혈룡귀갑대주가 살아 돌아온 거라면 우리는 판을 완전히 다시 짜야만 하네."

"하지만 금향각의 정보에도 그들이 제대로 된 회류진이나 지룡행을 펼치지는 못했다고 되어 있지 않습니까."

지나친 우려라고 돌려 말하는 것이다. 만호유는 그런 제갈환의 반응에 고개를 끄덕였다. 당연한 일이다. 직접 겪어 보지 않으면 알 수 없을 것이다. 그 대단함을, 그 두려움을.

"자네 내가 원래 어디에 소속된 사람이었는지는 알고 있는 가?"

"예. 예전 참룡단주셨지 않습니까."

"참룡단이 어떤 곳인지는 아는가?"

"혈룡귀갑대를 상대하기 위해 결성한 조직으로 알고 있습니다."

"잘 아는군. 하면 어떤 사람들이 거기에 속했는지도 잘 알겠군?"

제갈환은 대답하지 않았다. 이번에도 만호유가 무슨 뜻으로 이런 말을 하는지 알아차린 것이다.

참룡단은 단원 하나하나가 손꼽히는 강자로만 이루어져 있었다. 사실 만호유도 십대고수에만 못 들었지 실질적으로 천하에서 상대가 많지 않을 정도의 강자였다.

게다가 참룡단이 익힌 참룡검진은 한 사람을 상대로는 거의 무적을 자랑하는 검진이었다.

한데 그런 참룡단이 단 한 사람에게 몰살당했다. 단주인 만호유만 제외하고 말이다. 만호유는 정말로 운이 좋아 살아남았다. 아무에게도 말은 하지 않았지만 그나마 기회를 봐서 도망쳤기에 망정이지 아니었다면 만호유도 분명 죽었을 것이다.

당시의 일만 떠올리면 만호유는 온몸에 소름이 돋고 식은 땀이 흘렀다. 무려 칠 년이 넘은 지금에 와서도 마찬가지였다. 아마 향후 십 년간은 계속 그럴 것이다. 아니, 어쩌면 평생 안고 가야 할 각인인지도 몰랐다.

"자네는 모르네. 사람이 어디까지 강해질 수 있는지. 그리고 그렇게 강해진 사람이 작정하고 검을 휘두르면 어떤 일이 벌어지는지. 나는 다시 그런 일이 벌어지지 않기만을 바라네."

만호유의 넋두리에 제갈환은 멍한 표정을 지었다. 그의 이런 모습은 처음이었다. 이것은 충격이었다. 만호유도 저런 표정을 지을 수 있는 줄 몰랐다. 또한 저렇게 약해 보일 수도 있다는 사실을 처음 알았다.

'맹주도 사람이었구나.'

제갈환은 진심으로 궁금해졌다. 저 대단한 맹주를 단번에 사람으로 돌려놓은 혈룡귀갑대주라는 자에 대해서 말이다.

무림맹의 반응이 그럴 진대 다른 세가의 반응이 여유로울 리 없었다. 특히 남궁세가와 제갈세가, 그리고 철혈세가는 거의 무림맹에 버금가는 반응을 보였다.

그들은 혈룡귀갑대로 인해 몰락에서 오대세가의 반열에까지 든 가문이었다. 당연히 그 역도 가능하다는 생각을 항상 해 왔다. 오래전 일도 아니고 불과 칠 년 전에 마무리된 일이다. 당연히 그들의 기억에도 생생하게 남아 있었다.

세 가문의 반응은 대동소이했다. 일단 최대한 정보를 얻으려 했고, 또 그들의 종적을 찾으려 애썼다. 당연히 그들 역시 금향각에 혈룡귀갑대의 후인들에 대한 의뢰를 넣었다. 그리고 무림맹과 똑같은 대가를 치르고 같은 정보를 가져갔다.

그들은 거기에 그치지 않고 혈룡귀갑대가 사라진 곳이라는 정주로 사람들을 파견했다.

천하오대세가 중 세 군데가 그렇게 분주히 움직이니 당연히 그 파급력이 곳곳에 미쳤다. 그리고 그로 인해 천하가 더욱 술렁였다.

어쨌든 그렇게 수많은 고수들이 정주로 조금씩 모여들었다. 그리고 정주에는 여전히 금철휘가 머물고 있었다.

제2장
금향각과 진추방

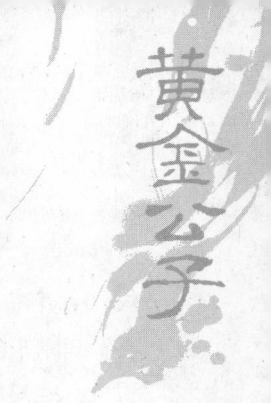

"이것 참……"

금철휘는 뒷머리를 긁적이며 중얼거렸다.

"허전할 줄이야."

정말 예상 외였다. 한서연과 화영을 떼어 놓고 정주까지 달려올 때만 해도 시원섭섭했다. 자꾸 귀찮게 달라붙는 여자들을 떼 놨으니 속 편할 거라 생각했다.

한데 막상 혼자가 되고 나니, 그렇게 허전할 수가 없었다.

"가만있자…… 지금 어디쯤 왔으려나?"

금철휘는 두 여인을 떠올리다가 고개를 홰홰 저었다.

"젠장. 황금루에 집중하자."

오지도 않은 여자들 떠올려 봐야 뭐하는가. 일단 지금은 지금 할 일에 집중하는 것이 나았다.

황금루를 세우는 일은 순조로웠다. 합비에서와 마찬가지로 아예 처음부터 새로 전각을 세웠다. 그리고 향후 이런 일을 대비해서 천하 곳곳에서 동시에 일을 진행했다.

전각을 세우는 일은 생각보다 간단치 않다. 하지만 금철휘가 직접 개입한다면 얘기가 달라진다. 천령신공이 있었으니까.

금철휘는 전각을 짓는 곳에 찾아가 천령신공으로 슬슬 공사를 도왔다. 인부들이 기운을 낼 수 있도록 해 주었고, 또 자재들을 강화시켰다. 하지만 공사를 진척시키는 가장 큰 힘은 바로 돈이었다.

금철휘는 속도를 위해 돈을 아끼지 않았다. 인부들은 돈에 눈이 뒤집혀 몸이 부서져라 일을 했다.

"이런 식이면 한 달 안에 끝나겠군."

말은 한 달이라고 했지만 사실 조금 무리하면 보름 만에 끝낼 수 있을 것 같기도 했다. 그만큼 일의 진행 속도가 빨랐다.

금철휘는 허전한 마음을 달래려 정주를 잠시 배회하다가 근처의 주루로 향했다.

"천향루라…… 이름 한번 끝내주는군."

금철휘는 고개를 크게 끄덕이며 천향루 안으로 들어갔다. 천향루는 이름만큼이나 술도 끝내주는 곳이었다. 당연히 정주에서 이름 높은 주루이기도 했다.

금철휘는 주루 안으로 들어가 적당한 곳에 자리를 잡았다. 생각해 보니 정주에 와서 술을 한 번도 마시지 않았다. 실로 금철휘답지 않은 일이었다.

가장 넓은 탁자를 혼자 차지하고 앉은 금철휘는 탁자를 요리로 가득 채웠다. 천향루의 요리는 하나하나가 맛으로도 유명하지만 그 가격으로도 유명했다. 한데 그런 요리를 수십 개나 깔아 놓으니 사람들의 시선이 모여들었다.

"자아, 그럼 먹어 볼까?"

금철휘는 향화루의 금향주만큼이나 비싼 천향루의 술을 물처럼 들이켜며 탁자 가득 차려진 요리들을 흡입하기 시작했다.

보통 빨리 먹으면 맛을 음미하기 어렵지만 금철휘에게는 전혀 해당하지 않는 말이었다. 금철휘는 순식간에 음식을 빨아들이면서도 맛을 철저히 즐겼다.

천향루에 있던 모든 사람들이 그 모습을 멍하니 지켜봤다. 그리고 그들은 금철휘가 상을 싹 비우고 새로 요리를 채워 넣는 모습에 입을 떡 벌렸다.

하지만 그것이 한 번 더 반복되자, 슬슬 질렸다는 듯 고개를 젓고 시선을 돌렸다. 금철휘는 그 뒤로도 두 상을 더 차려 먹었지만 더 이상 사람들의 관심을 받지 못했다. 물론 금철휘는 처음부터 사람들의 시선이나 관심에 전혀 신경을 쓰지 않앉지만 말이다.

금철휘가 그냥 음식만 먹는 것 같지만 사실 천령신공을 이용해 반경 수백 장을 자신의 의지 하에 두고 있었다. 또한 천향루 안에서 사람들이 대화하는 소리를 고스란히 받아들였다.

그중에서 금철휘의 귀를 쫑긋 세운 대화가 천향루 구석에서 들려왔다.

"단천도왕이 사라졌다고?"

"그렇다더군. 이번에 혈룡귀갑대의 후인들이 이곳 정주에 나타나지 않았는가."

"그랬다고들 하더군. 뭐, 직접 본 사람은 거의 없는 모양이지만 말일세."

"그래. 그게 문제지. 직접 본 사람이 거의 없다는 거. 한데 그들이 사라진 건 아나?"

"아네. 아주 감쪽같이 사라졌다지? 지금 그들을 찾으려 무림맹에서까지 움직이고 있다니, 확실히 혈룡귀갑대가 대단하긴 대단하지."

"한데 문제는 단천도왕도 그들과 함께 사라졌다는 걸세."

"함께 사라져? 그들이 단천도왕을 데려갔다고 말하고 싶은 건가?"

"아무래도 그렇지 않겠나? 단천도왕 여무해가 혈룡귀갑대의 후인들에게 지대한 관심을 가지고 있다는 거야 정주에 산다면 모르는 사람이 없고 말일세."

"하긴, 일리는 있군."

두 사람의 대화가 계속 이어졌지만 그 뒤로는 시시콜콜한 얘기들이 주를 이뤘다.

금철휘는 슬슬 귀를 닫고 생각에 잠겼다.

'단천도왕이 사라졌다고?'

혈룡귀갑대의 후인들은 정주에 오기 전에 문파 하나를 지웠다. 비교적 규모가 있는 문파였지만 압도적인 힘으로 순식간에 밀어 버렸다.

그 이후 정주에 들어왔는데, 아무것도 안 하고 사라져 버렸다. 그리고 그와 동시에 단천도왕이 사라졌다.

"설마 이놈들, 처음부터 목적이 단천도왕이었나?"

충분히 그럴 수도 있겠다는 생각이 들었다. 하면 대체 왜 단천도왕을 데려갔을까?

"흐음."

금철휘는 턱을 쓰다듬으며 생각에 잠겼다. 그리고 그런 금철휘 옆으로 누군가가 다가왔다. 금철휘는 그 사람이 자신에게 관심을 둘 때부터 알았지만 굳이 신경을 쓰지 않았다.

"죄송하지만 잠시 합석을 해도 되겠습니까?"

그제야 금철휘가 고개를 들어 다가온 사람을 확인했다. 제법 남자답게 생긴 청년이었다. 금철휘보다 서너 살 더 많아 보였는데, 풍기는 기운이 상당한 걸로 봐서 제법 대단한 고수였다.

'뭐, 나이에 비해서는……'

만일 예전 혈룡귀갑대주 시절에 봤다면 코웃음도 안 나올 정도의 애송이에 불과하겠지만, 무림의 전체적 무력수준이 낮아진 지금이라면 또래에서는 당할 자가 거의 없을 정도로 강할 듯했다.

사내가 금철휘의 답을 기다리며 뚫어지게 바라보자, 금철휘는 가볍게 고개를 끄덕였다. 그러자 사내가 정중히 포권을 취하고 금철휘 앞에 털썩 앉았다.

"고맙소."

금철휘는 그런 사내의 태도를 보며 손을 슬쩍 들어 음식을 가리키며 말했다.

"좀 드시든가."

금철휘의 말에 사내가 빙긋 웃으며 고개를 저었다.

"배가 고파서 온 게 아니오. 조금 전 형장이 중얼거리는 소리를 듣고 왔소."

금철휘가 물끄러미 쳐다보자, 사내가 말을 이었다.

"그들의 목표가 처음부터 단천도왕이라 하지 않으셨소?"

"내가 그렇게 말했던가?"

금철휘가 씨익 웃으며 술잔을 비웠다. 그러자 사내가 다시 포권을 취했다.

"다시 인사드리겠소. 여중기라 하오. 형장이 방금 말한 단천도왕이 내 부친 되시오."

금철휘가 눈을 반짝 빛냈다. 과연 기도가 심상치 않다 했더니 단천도왕의 아들이었다.

"자리를 좀 옮기는 게 어떻겠소?"

여중기의 말에 금철휘가 자리에서 벌떡 일어났다. 이런 흥미로운 얘기를 앞두고 망설일 수는 없었다.

"갑시다."

금철휘는 탁자 위에 전표 한 장을 놓고 성큼성큼 걸어갔다. 여중기는 그런 금철휘의 모습을 묘한 눈으로 바라보다가 서둘러 뒤를 따랐다.

"여기가 어디요?"

여중기가 의아한 표정으로 물었다. 금철휘가 그를 데리고 간 곳은 공사가 한창인 곳이었다. 전각을 세우는 모양인데, 그 규모가 어마어마했다.

"인적이 없는 곳을 원했소만……."

"기다려."

금철휘는 그렇게 말하고는 근처에 자리를 잡고 앉았다. 여중기는 그 태도에 눈살을 찌푸렸다. 언제 봤다고 반말인가. 게다가 자신보다 훨씬 어려 보이는 사람이 말이다.

"여긴 사람이 너무 많은 것 같은데, 그렇게 생각하지 않소?"

"기다리라니까?"

여중기는 살짝 짜증이 어린 눈으로 주위를 둘러봤다. 전각에 달라붙은 인부들의 수가 엄청났다. 그 많은 사람들이 각각 일을 분담해 순식간에 전각을 쌓아 가고 있었다.

'누군지 전각 하나 짓는데 돈을 쏟아붓는군.'

보통은 이렇게 급하게 일을 진행시키지 않는다. 조금 더 시간을 두고 공사를 한다. 또한 인부의 수도 훨씬 줄이는 편이 효율이 높다. 물론 이렇게 하면 전각을 빨리 지을 수는 있겠지만 말이다.

해가 서산으로 기울기 시작하자, 인부들이 하나둘 주변을 정리하기 시작했다. 그리고 공사를 총괄하는 사람을 찾아가 일당을 받고 돌아갔다.

'이게 뭐지? 아직 해가 지려면 한 시진은 더 있어야 할 것 같은데…….'

여중기는 이상했지만 그에 대해 더 생각하지 않았다. 인부들이 순식간에 줄어들어 어느새 근처에 공사를 총괄하는 사람 외에 아무도 남지 않았다. 그제야 왜 금철휘가 여기로 오자고 했는지 알았다.

그때 공사를 총괄하는 사람이 다가왔다. 여중기는 당황했지만 이내 그 사람의 목적이 금철휘라는 것을 알고는 고개를 끄덕였다.

'역시 관계가 있는 사람이었군.'

총괄자가 금철휘와 몇 마디를 나누더니 이내 허리를 꾸벅 숙이고 사라졌다. 이제 이곳에는 아무도 남지 않았다.

"자, 안으로 들어갈까?"

금철휘가 공사 중인 전각 안으로 들어가자, 여중기가 눈을 번득이며 그 뒤를 따랐다.

비록 공사 중이었지만 전각 안에는 나름대로 앉을 자리도, 또 쉴 수 있는 자리도 마련되어 있었다. 금철휘는 어디서 구해 왔는지 세 병이나 되는 술까지 준비해 턱턱 내려놓았다.

"자, 일단 한 잔 받지?"

금철휘가 술병을 들어 올리자 여중기가 할 수 없다는 듯 고개를 저으며 술잔을 들었다.

제법 독한 술이었다. 사실 금철휘가 천향루에서 어떤 술과 요리를 먹고 마셨는지 생각해 보면 말도 안 되는 싸구려 술이었다. 독하기만 하고 맛이나 향은 형편없는 술이었다.

하지만 금철휘는 그 술을 참으로 맛있게 마셨다. 여중기는 새삼스럽게 그 모습을 바라보며 술잔을 기울였다.

그렇게 몇 순배 술이 돌자, 슬슬 취기가 올라왔다. 여중기는 불콰해진 얼굴로 술잔을 단번에 비우고는 금철휘를 똑바로 바라봤다.

"자, 이제 술도 제법 마셨으니 본격적으로 대화를 시작해 봄이 어떻소?"

금철휘가 고개를 끄덕였다.

"해 봐."

여중기는 마음에 안 든다는 듯 눈살을 찌푸리며 금철휘를 바라봤다. 하지만 뭐라 쏘아붙일 수는 없었다.

"사실 난 형장의 생각을 좀 듣고 싶었을 뿐이오. 내 아버지는 누군가의 설득에 잘 넘어가는 분이 아니오. 대체 그들이 어떻게 설득했을지……."

금철휘가 거기까지 듣고는 손을 들어 말을 막았다.

"전제가 잘못되었어. 설득을 왜 해?"

여중기의 눈썹이 꿈틀거렸다.

"아버지를 무시하지 마시오. 설득 없이 그분을 데려갈 수 있는 사람은 결단코 존재하지 않소."

"그래? 상대는 혈룡귀갑대인데?"

"후인일 뿐이오. 제대로 힘을 이어받았는지조차 의심되는."

"어쨌든 나랑 하고 싶은 얘기는 그게 아닐 텐데?"

여중기가 무거운 표정으로 고개를 끄덕였다. 갑자기 아버지를 폄하하는 듯한 말에 조금 흥분해 버렸다. 여중기는 마음을 가라앉힌 뒤 금철휘를 똑바로 바라봤다.

"그들에 대해 뭘 알고 있소?"

"음? 모르는데?"

여중기가 확신 어린 표정으로 단호히 고개를 저었다.

"아니오. 당신은 분명히 뭔가 알고 있소. 내 다른 건 몰라도 사람 보는 눈은 있다고 자부하오. 아까 그 말을 할 때의 당신은 분명히 뭔가를 알고 있었소."

금철휘는 황당한 눈으로 여중기를 쳐다봤다. 고작 그런 이유로 여기까지 찾아왔다는 말 아닌가. 하지만 굳이 따지면 금철휘가 그들에 대해 뭔가를 알고 있는 건 맞으니, 꼭 여중기가 틀렸다고 할 수는 없었다.

"좋아. 궁금한 게 뭐지? 일단 물어봐."

"그들의 정체가 뭐요? 정말로 혈룡귀갑대의 후인이오?"

"그건 나도 모르겠는데?"

여중기의 표정이 일그러졌다.

"정말이오?"

"그 자부심 어린 눈으로 확인하면 되잖아. 그놈들이 뭐 하는 놈들인지 내가 어떻게 알아?"

여중기는 할 수 없다는 듯 한숨을 푹 내쉰 후 몇 가지 질문을 더 했다. 하지만 금철휘가 대답해 줄 수 있는 건 하나도 없었다. 결국 여중기가 짜증을 냈다.

"그럼 대체 알고 있는 게 뭐요?"

금철휘는 어이없는 눈으로 여중기를 쳐다봤다.

"내가 뭔가를 알고 있을 거라고 한 건 너잖아? 나도 슬슬 궁금해지네. 내가 대체 뭘 알고 있는지."

"지금 날 놀리는 거요?"

금철휘는 여중기의 반응에 전혀 신경도 쓰지 않고 혼자만의 생각에 잠겼다. 그리고 턱을 긁적이며 생각을 정리했다.

"그러니까…… 어떤 놈들이 혈룡귀갑대의 후인이랍시고 나타났고, 그놈들이 예전 혈룡귀갑대의 능력을 일부 이용해서 빠져나갔고, 뭐 그 정도밖에 모르겠군."

여중기는 그제야 표정이 조금 풀렸다.

"하면 그들이 여기 왔던 이유가 우리 아버지를 데려가기 위함이었소?"

"그건 그냥 짐작이야."

"난 당신 짐작을 듣고 싶소."

금철휘가 고개를 끄덕였다. 짐작을 말해 주는 거야 어렵지 않았다. 그게 진실일지 아닐지 판단하는 건 어디까지나 여중기일 테니까.

"내 생각에는 그놈들 포천회 같아."

"포천회?"

전혀 생소한 이름에 여중기가 의아한 표정을 지었다. 금철휘는 포천회에 대해 자신이 아는 것만큼을 얘기해 주었다. 슬슬 포천회의 존재를 천하 각지에 퍼트려서 사람들에게 경각심을 심어 주어야 한다고 판단했기에 감추고 말고 할 것도 없었다.

설명을 모두 들은 여중기의 표정이 심각해졌다.

"그게 정말이오? 그런 놈들이 있다나……."

여중기의 얼굴에 걱정이 어렸다. 그런 놈들이 자신의 아버지를 데려갔으니 어떤 일이 벌어질지 걱정이 됐다.

"형장이 생각하는 그들의 힘이 어느 정도요? 과연 그들이 우리 아버지를⋯⋯."

"아마 강제로 데려갔을 확률이 높아."

여중기는 침중한 표정으로 고개를 끄덕였다. 이번에는 우기지 않았다. 천하를 집어삼키려는 놈들이다. 게다가 혈룡귀갑대가 썼던 무공들을 찾아낸 놈들이다. 충분히 가능성이 있었다.

"대체 왜⋯⋯."

여중기가 불안한 표정으로 금철휘를 바라봤다.

"뭐, 특별히 알 수 있는 거 없어? 같이 한번 찾아보지."

여중기가 반색을 했다.

"그래 주시겠소?"

"뭐, 할 일도 없고. 외롭기도 하고. 아무튼 말해 봐. 뭐 특별한 거 없어?"

여중기는 갑자기 말문이 막혔다. 대체 특별한 게 뭐가 있겠는가. 그저 단천도왕이라는 별호 하나로 모든 것이 해결되는 분이었다.

금철휘는 여중기를 가만히 쳐다보다가 물었다.

"무공은 같은 걸 익혔나?"

"그렇소만 그건 왜 물으시오?"

"한번 펼쳐 봐."

"예?"

"한번 펼쳐 보라고. 왜? 남들에게 보이기 부끄러운 수준이야?"

"그건 아니오!"

여중기는 발끈해서 일어났다. 그리고 등에 멘 도를 풀어 몇 차례 휘둘러 손목을 풀었다. 횡횡 무시무시한 바람 소리가 울렸다.

"눈 똑바로 뜨고 잘 보시오."

여중기가 도를 높이 들었다. 그의 몸에서 산악 같은 기세가 흘러나왔다. 마치 세상을 양단해 버릴 듯한 기세였다.

휘우웅!

여중기의 몸에서 막대한 기운이 뿜어져 나와 도에 집중되었다. 그리고 여중기는 단숨에 도를 내리그었다.

쩡!

여중기의 눈이 화등잔만 해졌다. 눈꼬리가 살짝 찢어질 정도였다.

"뭐, 뭐, 뭐요! 당신 대체 뭐요!"

여중기가 놀랄 만했다. 어느새 금철휘가 여중기의 도를 손으로 잡은 것이다. 금철휘가 언제 거기로 움직였는지도 알아채지 못했고, 또 자신의 일격을 가볍게 손으로 잡을 수 있다는 사실에도 놀랐다.

"그거 함부로 휘두르다간 여기 다 무너질 거 같아서."

이제 공사 막바지인데 칼질 한 방에 금이라도 가면 얼마나 가슴이 아프겠는가. 금철휘는 그런 일을 미연에 방지한 것뿐이었다. 물론 그로 인해 여중기는 심각하게 자신의 실력에 대해 다시 생각했다.

"됐어. 가자."

여중기는 황당한 눈으로 금철휘를 바라봤다. 대체 뭘 했고, 뭘 봤다고 간단 말인가. 그저 도격 한 번 보여 준 게 전부인데 말이다.

금철휘가 휘적휘적 밖으로 나가자, 여중기가 다급히 따라붙으며 물었다.

"형장, 대체 어딜 간단 말이오?"

"일단 정주 안에 있는지 한번 확인해 보게."

여중기가 황당한 눈으로 금철휘를 바라봤다. 대체 이게 무슨 헛소리란 말인가.

"잠깐 기다리시오! 이보시오! 형장!"

여중기의 부름에도 금철휘는 아랑곳하지 않고 전각에서 나와 어딘가로 걸어갔다. 여중기는 답답한 마음을 안고 그저 따라가기 바빴다.

'그러고 보니……'

여중기의 표정이 딱딱하게 굳었다. 자신이 온 힘을 다해 경공을 펼쳐 쫓아가고 있는데도 금철휘를 잡을 수 없었다. 금철휘는 그저 느긋하게 걷는 것 같은데 말이다.

그렇게 얼마를 이동했을까. 이내 금철휘가 걸음을 멈췄다. 여중기는 금철휘 옆에 서서 숨을 헐떡였다.

"허억. 허억. 이, 이보시오. 형장."

"쉿."

금철휘는 손가락을 자신의 입에 대며 여중기를 조용히 시켰다. 그리고 슬그머니 눈을 감았다.

여중기가 단 한 번 보여 준 도격이었지만 금철휘에게는 충분했다. 당시 천령신공을 극에 달하도록 펼쳤기 때문이다. 금철휘는 여중기의 기운을 고스란히 기억했다. 또한 그 기운이 움직이는 형태까지 속속들이 파악했다.

"후우. 자, 그럼 시작하기 전에."

금철휘가 다시 눈을 뜨고 여중기를 쳐다봤다.

"그 무공, 아버지 말고 익힌 사람이 또 누가 있지?"

여중기가 고개를 저었다.

"없소. 아버지와 나, 둘뿐이오."

"흐음. 제자도 없나?"

"아버지는 제자를 두실 분이 아니오."

단천도왕은 그 성질머리로도 유명했다. 그걸 버티며 가르침을 받을 사람도 없거니와, 단천도왕 또한 차근차근 누군가를 가르칠 사람이 아니었다. 결국 단천도왕의 무공을 제대로 배운 것은 여중기뿐이었다.

"그럼 됐어."

금철휘는 다시 눈을 감았다. 그리고 천령신공을 펼쳤다. 금철휘는 자신의 앞으로 기의 해일이 쫙 뻗어 나가는 걸 느끼고 정신을 집중했다.

'이쪽은 없고……'

이런 방식으로 누군가를 찾는 건 예전에도 해본 적이 있어서 능숙했다. 다만 이번에는 그가 익힌 무공의 흐름을 가지고 찾는 거라 조금 더 까다로울 뿐이었다.

금철휘는 집중력을 높이며 천천히 몸을 돌렸다.

그 모습을 옆에서 지켜보는 여중기는 정말로 황당했다. 대체 이게 뭐 하는 짓인지 알 수 없었다. 자신이 사람을 잘못 본 게 아닐까 심각하게 고민하기도 했다. 하지만 그건 아니었다. 그가 보기에도 금철휘는 아주 특별했다.

그렇게 금철휘가 몸을 반 바퀴쯤 돌렸을 때, 눈을 번쩍 떴다.

"어라?"

금철휘의 얼굴에 반가움이 어렸다. 하지만 금철휘는 이내 다시 눈을 감았다. 아직 일이 끝나지 않았다. 금철휘는 나머지 반 바퀴를 더 돈 뒤 다시 눈을 떴다.

"정주에는 없네."

여중기가 미심쩍은 눈으로 금철휘를 쳐다봤다.

"어떻게 그걸 확신하시오?"

"내가 그렇다면 그런 거야. 이놈들 꼬리 잡기 정말 힘드네."

금철휘는 그렇게 중얼거리며 걸음을 옮겼다. 여중기는 계속해서 금철휘를 미심쩍게 바라보며 그 뒤를 따랐다.

그렇게 반 각쯤 걸었을 때, 금철휘가 갑자기 손을 번쩍 들었다.

"여기야!"

금철휘의 외침에 여중기가 퍼뜩 정신을 차리고 앞을 바라봤다. 그의 눈이 휘둥그레졌다. 저 멀리서 두 여인이 달려오고 있었는데, 맹세코 지금까지 한 번도 본 적 없는 굉장한 미인이었다.

"허어얼."

여중기는 의미 불명의 감탄사를 흘리며 금철휘와 두 여인을 번갈아 바라봤다. 그리고 두 여인이 금철휘의 품에 안기는 것을 보고는 이내 고개를 절레절레 저었다.

"점점 정체가 궁금해지는구나."

대체 누구기에 혼신의 힘을 다한 자신의 도격을 손으로 막아낼 수 있으며, 이렇게 아름다운 여인을 둘이나 거느릴 수 있단 말인가.

"그런데 이분은 누구시죠?"

화영이 생긋 웃으며 물었다. 여중기는 몸과 목소리를 한 번 가다듬고는 정중히 인사를 했다.

"여중기라 합니다. 아름다우신 소저분들을 뵙게 되어 영광입니다."

느끼함이 줄줄 흐르는 말과 태도였지만 화영과 한서연은 전혀 개의치 않았다. 항상 금철휘만 상대하던 그녀들에게 이런 모습은 꽤 신선했다.

"어머, 혹시 단천도왕 여 대협의……?"

여중기가 빙긋 웃으며 고개를 끄덕였다.

"맞습니다. 제가 바로 그분의 아들입니다."

"그렇군요. 반가워요."

딱 거기까지였다. 화영은 더 이상 관심을 두지 않고 다시 금철휘에게 시선을 돌렸다. 어느새 그녀는 금철휘의 팔을 휘감고 있었다.

여중기는 어안이 벙벙한 눈으로 그런 화영을 바라봤다. 그리고 금철휘의 다른 쪽에 있는 여인 한서연을 바라봤다. 한서연은 머뭇거리다가 금철휘의 소매 끝을 꼭 쥐었는데, 그 모습이 너무나 귀엽고 사랑스러워 절로 입이 헤 벌어졌다.

"자, 일단 자리를 옮길까? 이렇게 길 한복판에서 이럴 필요는 없잖아. 어디 으슥한 객잔이라도 갈까?"

금철휘의 농담에 화영이 얼굴을 붉히며 슬그머니 몸을 밀착시켰다.

"저야 공자님만 좋다면 언제든 환영이죠."

화영의 몸이 막 금철휘에게 닿으려는 순간 한서연이 소매를 잡은 손을 확 당겼다. 자연스럽게 화영의 몸이 목표를 잃고 비틀거렸다. 사실 소매를 잡아당긴다고 금철휘가 움직일 리 없지만, 금철휘가 눈치채고 몸을 맡겼기에 가능했다. 금철휘도 지금 이 상황을 즐기는 것이다.

"어머? 이게 무슨 짓인가요?"

화영이 눈을 상큼 치켜뜨고 한서연을 바라봤다. 한서연은 슬그머니 그 시선을 피하며 금철휘 뒤에 숨었다. 그런 그녀의 모습에 화영이 피식 웃었다.

금철휘는 그 모든 광경을 흐뭇하게 지켜봤다.

"갑자기 외로움이 싹 가시는구나."

금철휘는 두 여인을 데리고 걸음을 옮겼다. 이럴 때는 술을 한 잔 마셔 주는 게 옳지 않겠는가.

"내가 정주에 아주 괜찮은 객잔이랑 주루를 알아 뒀으니 거기로 가자. 가서 진탕 먹고 마시는 거야."

여중기는 세 사람이 걸어가는 모습을 뒤에서 바라보며 쓴 웃음을 지었다. 자신이 이렇게 중심에서 밀려나 본 것이 대체 얼마만이던가.

"아니, 처음인가?"

그동안은 단천도왕의 아들이라는 점과 그의 무공을 이었다는 것 하나만으로 모두의 시선을 한 몸에 받았다. 그리고 그 역시 그것을 당연하게 여겼다.

"이거 익숙지가 않군."

여중기는 고개를 한 번 젓고는 금철휘의 뒤를 따랐다. 아무래도 오늘 정말 특별한 사람을 만난 것 같다는 생각이 강하게 들었다.

"멍청한 건지 대담한 건지⋯⋯."

진추방은 코웃음을 치며 걸음을 옮겼다. 사실 아직도 향
화루에 있다는 사실이 정말로 의외였다. 향화루는 예전 진추
방이 금향각주로 있던 시절에도 금향각의 본거지로 쓰던 곳
이었다.

파천대를 이용해 항주를 들쑤신 결과 결국 금향각이 움직
였고, 그 빈틈을 파고들어 그들이 여전히 향화루를 중심으로
활동한다는 것을 알아낸 것이다.

진추방은 향화루 앞에서 잠시 과거를 회상하다가 안으로
들어갔다. 진추방이 등장했다는 사실이 벌써 금향각을 뒤흔
들었다. 진추방이 향화루로 들어간 순간, 그 안이 발칵 뒤집
혔다.

"네 이놈! 잘 왔다!"

다섯 여인이 일제히 달려들었다. 진추방은 코웃음을 치며
검을 뽑아 휘둘렀다.

쩌저저저쟁!

오화가 일제히 뒤로 물러났다. 진추방의 실력이 예사롭지
않았다. 예전 금향각주일 때와는 비교도 할 수 없을 정도였
다.

진추방은 그녀들을 보며 음흉하게 웃었다.

"오랜만이군. 많이 보고 싶었어. 내 하물 맛을 꼭 보여 주고 싶었거든. 그나저나 제일 보고 싶던 그 계집은 어디 있지? 화예지 말이야."

진추방의 말에 오화가 몸을 부르르 떨었다. 하지만 그녀들은 더 이상 섣불리 움직이지 못했다. 어느새 진추방 뒤로 수십의 사내들이 나타났기 때문이다. 그들이 누구인지 오화는 너무나 잘 알고 있었다. 최근 항주를 들쑤시던 그자들이었다.

"다들 한패였나?"

"그래. 좀 확인할 게 있어서 항주를 한 번 뒤집었지. 그런데 너희들 너무 멍청한 거 아냐? 그런 짓을 벌이고도 근거지를 그냥 두다니 말이야."

진추방이 섬뜩하게 웃었다.

"너희들이랑 화예지만 잡으면 금향각이 다시 내 소유가 되는 건가?"

오화는 극도의 긴장감으로 식은땀을 흘리며 뒤로 주춤 물러났다. 아무리 봐도 진추방 뒤에 선 사내들의 분위기가 심상치 않았다. 진추방도 강하지만 그들은 진추방보다 훨씬 더 강한 듯했다.

'마치 하나하나가 십대고수에 버금가는 것 같아.'

십대고수를 직접 경험해 본 적은 없지만 그래도 무수한 정보를 통해 대충 그들에 대해 유추할 수는 있었다. 저들 하나하나가 지금의 백검화 정도는 되는 듯했다.

그런 사람이 무려 서른이다. 이대로 정면충돌하면 금향각은 결코 저들을 이길 수 없었다.

진추방은 오화의 반응에 만족스럽게 웃으며 고개를 끄덕였다.

"여기까지 찾아온 보람이 있군. 그 표정, 아주 좋아. 날 흥분시켰어."

진추방이 뒤에 포진한 파천대를 힐끗 쳐다봤다. 그 눈길이 심히 의미심장해 파천대의 입가에 음흉한 미소를 만들었다.

"파천대도 간만에 즐길 거리가 생겨서 좋고 말이야."

오화가 입술을 깨물었다. 그녀들의 얼굴이 치욕으로 물들었다. 하지만 섣불리 덤벼들 수가 없었다. 그랬다간 당장 제압당하고 말 것이다.

잠깐 대치가 이어졌다. 진추방이 기다린 것은 화예지였다. 화예지가 이곳에 있는 건 확실했다. 문제는 그녀가 도망가는 것인데, 파천대가 향화루를 촘촘히 포위하고 있기에 그건 불가능했다.

"자발적으로 나오면 조금 사정을 봐줄 수도 있지."

진추방의 말이 떨어지기 무섭게 오화의 뒤에서 화예지가 모습을 드러냈다. 진추방의 눈이 가늘어졌다.

'대체 어디서 어떻게 나타난 거지?'

화예지가 어디서 나왔는지 전혀 보지 못했다. 아무리 오화에게 신경을 쓰고 있었다지만 그의 감각에서 일순간이나마 벗어났다는 것이 상당히 거슬렸다.

"이렇게 제 발로 찾아왔다는 건 각오를 했다는 뜻이겠지?"

화예지의 말에 진추방은 어이없는 눈으로 그녀를 바라봤다.

"각오? 지금 내게 각오라 했느냐? 그러는 너는 각오가 되었느냐? 내 밑에 깔려서 비명을 지를 각오 말이다."

"흥. 솔직히 날 바보로 봤지?"

진추방이 비릿하게 웃었다.

"그럼 바보가 아니면 뭐란 말이냐. 설마 아직도 향화루에 있을 거라고는 생각도 못했다. 금향각을 이렇게 키워낸 것도 솔직히 금룡장의 힘이 아니더냐?"

화예지는 선선히 고개를 끄덕였다. 확실히 그 부분은 인정할 수밖에 없었다. 물론 금룡장의 힘이라기보다는 금철휘의 힘이었지만 말이다.

"그래. 그럼 어디 그 바보의 힘을 겪어 봐라."

화예지는 말이 끝남과 동시에 스르륵 허공에 녹아들었다. 진추방은 그것을 보고는 깜짝 놀랐다. 정말로 기척이 완전히 사라졌기 때문이다.

"일단 저 다섯 계집부터 잡아라. 인질이 있으면 도망가지 못하겠지."

진추방의 말에 파천대가 우르르 달려들었다. 하지만 그들 역시 원하던 것을 얻을 수 없었다. 그들이 채 몇 발 움직이기도 전에 오화의 모습이 사라져 버렸기 때문이다. 화예지가 사라진 것과 똑같이 말이다.

우르르르르.

그녀들이 사라져 다들 당황하고 있을 때, 은은한 뇌성이 울렸다. 다른 곳에서 나는 소리가 아니었다. 향화루에서 나는 소리였다. 전각이 흔들리고 있었다.

진추방은 서늘한 기분에 퍼뜩 소리쳤다.

"다들 나가!"

하지만 그들이 움직이려 했을 때는 이미 늦은 상황이었다.

콰과과꽝!

꽝음이 연달아 울렸다. 그리고 빛이 사라졌다.

진추방은 대번에 상황을 이해했다. 거대한 철문이 사방에 내려와 길을 막은 것이다.

"화섭자를 켜라."

진추방의 명에 누군가 화섭자를 켰다. 치직거리는 소리와 함께 불꽃이 피어났다. 그리고 그들이 처한 상황이 확연히 눈에 들어왔다.

"끄응. 정말 가지가지 하는군."

진추방은 화예지를 다시 한 번 비웃었다. 이런 철문이 대체 무슨 의미가 있단 말인가. 이 정도쯤은 웬만한 수준에 이른 고수라면 단번에 부술 수 있다. 그 두께가 엄청나거나 전설에 나오는 만년한철 같은 기물(奇物)이 아니라면 말이다.

"부숴라."

파천대원 하나가 달려들어 주먹을 내질렀다.

쩌어엉!

파천대원이 고통스런 표정으로 주먹을 감싸며 물러났다. 철문은 놀랍게도 멀쩡했다. 오히려 주먹질을 한 파천대원의 뼈에 금이 갔다. 파천대원은 퉁퉁 부어오른 손과 철문을 번갈아 쳐다보며 황당한 표정을 감추지 못했다.

놀란 것은 진추방 역시 마찬가지였다. 설마 이런 결과가 나올 줄은 몰랐다.

"대체 철문이 얼마나 두꺼운 거야?"

진추방이 인상을 쓰며 검을 들었다. 그의 검에 새파란 검강이 일어났다.

쉬익!

쩌저정!

진추방은 어이없는 눈으로 자신의 검을 쳐다봤다. 검강이 부서졌다. 어떻게 이런 일이 벌어질 수 있단 말인가. 놀라서 철문을 바라보니 생채기 하나가 났을 뿐이었다.

"검강에 고작 생채기가 났다고? 이게 가능한 일이야?"

진추방은 얼빠진 얼굴로 멍하니 철문을 바라봤다. 그리고 이내 파천대 전원이 사방을 날아다니며 철문에 검격을 쏟아냈다. 곳곳에서 불꽃이 튀었고, 검강의 파편이 날아다녔다.

하지만 누구도 철문을 어쩌지 못했다. 모두의 얼굴에 허탈함이 피어났다. 또한 가슴 속 깊은 곳에서 두려움이 솟아났다.

화예지는 착잡한 얼굴로 향화루를 바라봤다. 오화 역시 옆에서 비슷한 표정으로 서 있었다.

"좀 아깝네. 아니, 너무 아깝네."

"그러게요. 저걸 썼으니 향화루는 이제 더 이상 못 쓰겠네요."

"그래도 역시 돈이 좋긴 좋아. 저런 것도 가능하고."

오화는 말없이 고개만 끄덕였다. 지금 향화루를 감싼 철문은 정말로 만년한철이었다. 보통 사람은 평생 구경조차 할 수 없는 물건이었다. 아니, 웬만큼 대단한 사람이라도 마찬가지였다.

한데 지금 향화루를 온통 만년한철로 감싸 버렸으니 대체 얼마나 많은 돈이 들었겠는가.

"우리 공자님, 돈이 많긴 많아. 대체 저걸 어디서 다 구했을까?"

"돈으로 구했겠죠. 정보를 다루는 우리조차 알아내기 어려운 거잖아요."

만년한철은 같은 무게의 금과 가격이 같다. 한데 만년한철은 밀도가 높아 같은 부피의 금과 비교하면 그 무게가 열 배나 된다.

즉, 지금 향화루를 감싼 만년한철을 구하려면 향화루를 금으로 꽉 채우고도 남을 정도의 금을 썼다는 뜻이다.

'그것도 구할 수 있을 때의 얘기지만.'

아마 구하는 데 더 많은 돈을 썼을 수도 있다. 그 정도로 귀한 물건이었다.

하지만 귀하고 비싼 만큼 효과는 확실했다. 검강으로도 부술 수 없는 철문을 만들었으니 말이다.

"굶어 죽겠지?"

"비참한 죽음이네요."

"어울리는 죽음이지."

화예지는 회한 어린 표정으로 향화루를 바라봤다. 향화루가 다시 쓰기 어려울 정도로 망가지는 건 아쉬웠지만, 그래도 이렇게 최고의 복수를 할 수 있었으니, 너무나 후련했다.

"갑자기 보고 싶네."

"누가요?"

"누군 누구겠어?"

화예지의 입가에 예쁜 미소가 맴돌았다.

제3장
단천도왕의 행방

천향루에서 술과 음식을 진탕 먹고 마신 금철휘는 잠든 두 여인을 방에 데려다 눕혔다. 여중기가 침을 꼴깍 삼키면서 그 광경을 지켜봤지만 차마 함께 방에 들어갈 수는 없었다.

"침 그만 삼키고 가자."

금철휘의 노골적인 말에 여중기가 얼굴을 붉혔다. 사실 그가 이렇게 여자들에게 관심을 가진 것은 처음이었다. 그만큼 한서연과 화영의 미모가 대단했다. 아니, 그녀들이 가진 특유의 분위기가 마음에 들었다.

"정말 아름다운 여인들이오. 혹시 형장과 무슨 관계인지 물어도 되겠소?"

"알아서 뭐하게? 별 관계 아니면 꼬셔 보게?"

"그, 그건……."

여중기는 차마 대답할 수 없었다.

"헛물켜지 말고 가서 술이나 먹자. 쟤들은 뚱뚱한 사람을 좋아하니까."

여중기의 표정이 기괴하게 변했다.

"뚱뚱? 조금 통통한 편이 좋다는 뜻이오?"

"뚱뚱이랑 통통은 좀 다르지? 일단 체중이 한 사백 근은 넘어야 좋아할걸?"

여중기가 기함을 했다. 사백 근이라니. 그게 인간인가?

"농담하지 마시오."

"농담 아닌데?"

여중기의 표정이 딱딱하게 굳었다. 자신을 놀린다고 여긴 것이다. 하지만 금철휘는 낯빛 하나 변하지 않고 말을 이었다.

"가서 물어볼까? 정말인지 아닌지?"

여중기는 혼란스러운 표정으로 고개를 저었다. 금철휘는 절대 장난하는 것이 아니었다. 표정이나 눈빛을 보면 진실을 말하는 게 분명했다.

'사백 근은 나가야 좋아한다고? 저 여인들이 왜? 뭐가 모자라서?'

여중기는 다시 한 번 금철휘를 바라봤다. 금철휘가 씨익 웃으며 말했다.

"한번 해 볼까? 내가 살 좀 찌우지, 뭐."

여중기는 입을 다물고 금철휘를 노려봤다. 그가 보기에 금철휘의 체중은 백이십 근 정도에 불과했다. 한데 사백 근을 넘기겠다니. 대체 어느 세월에 그 정도 살을 찌운단 말인가.

"가자. 살찌우러."

금철휘가 여중기의 뒷덜미를 턱 잡고 서둘러 걸어갔다. 여중기는 크게 당황하며 금철휘에게 질질 끌려갔다. 금철휘가 자신의 뒷덜미를 잡을 때까지 아무런 반응도 할 수 없었다. 뻔히 손이 다가오는 걸 보면서도 말이다. 소름이 돋았다.

정주에 혈룡귀갑대의 후인들이 나타났다는 소문으로 인해 수많은 무림 단체에서 무사들을 파견했다. 그중 대표적인 곳이 무림맹이었다.

오대세가에서도 사람들을 보냈지만 그들은 무림맹에 비하면 조금 손색이 있었다.

무림맹에서는 상천검왕 남천영을 보냈다. 상천검왕은 무림맹이 보유한 천하십대고수 중 하나였다. 또한 단천도왕과 상당한 친분을 쌓고 있었기에 여러모로 도움을 받을 수 있을 거라 판단해 파견한 것이다.

한데 결과적으로 혈룡귀갑대의 후인들은 사라졌고, 단천도왕마저 그들과 함께 사라졌다. 남천영은 단천도왕의 흔적을 찾아 정주를 이 잡듯 뒤지고 있었다.

"음? 저건 중기 아닌가."

남천영은 금철휘에게 뒷덜미를 잡힌 채 끌려가는 여중기를 발견하고 반색을 했다. 하지만 이내 상황이 묘한 것 같아 기분이 확 상했다.

"감히 저놈이!"

남천영이 순식간에 몸을 날려 금철휘 앞에 떨어져 내렸다. 남천영은 다짜고짜 손을 써 금철휘의 손에서 여중기를 구해 내려 했다.

하지만 금철휘는 그저 가볍게 뒤로 한 발 물러나는 것으로 남천영의 손을 부끄럽게 만들었다. 남천영의 눈에 이채가 어렸다.

"이놈 봐라?"

비록 상대를 얕보고 제대로 손을 쓰지 않았다 하지만 자신이 마음먹고 펼친 금나수를 피해냈다. 남천영은 새삼스러운 눈으로 금철휘를 바라봤다.

"그 손, 좋은 말할 때 놔라."

남천영의 말에 금철휘가 슬쩍 자신의 손을 쳐다봤다. 손과 함께 여중기의 뒷덜미가 보였다.

"뭐, 어렵지 않지."

금철휘가 손을 놓자, 여중기가 바닥에 이마를 쿵 찧었다. 그답지 않은 일이었다.

"자, 났다. 이제 어쩔 건데?"

금철휘의 말에 남천영이 눈살을 찌푸렸다. 확실히 자신이 먼저 손을 썼으니 잘못한 건 맞지만, 금철휘의 태도가 상당히 짜증 났다. 겉으로 보기에도 자신이 훨씬 나이가 많지 않은가.

남천영은 문득 금철휘 발아래 엎어진 여중기를 보고는 의아한 표정을 지었다. 그냥 목덜미를 났을 뿐인데 엎어져서 일어날 생각을 못하고 있지 않은가.

"무슨 짓을 한 게냐?"

"그건 내가 묻고 싶은 말인데?"

금철휘와 남천영이 잠시 눈싸움을 했다. 남천영은 슬그머니 내력을 움직였다. 남천영에게 상천검왕이라는 별호를 만들어 준 은월공이었다. 내력의 흐름 자체가 워낙 은밀하고 빨라 그의 움직임을 상대가 파악하기 어렵게 만드는 뛰어난 신공이었다.

하지만 그런 것이 금철휘에게 통할 리 없다. 금철휘에게는 천령신공이 있으니 말이다.

'이놈 봐라?'

금철휘는 속으로 코웃음을 쳤다. 은밀히 내공을 움직여 기습이라도 할 모양인데 그걸 미리 알고도 당할 수는 없지 않은가.

'다리로 내공을 잔뜩 모으는 걸로 봐서 이놈을 구해 갈 생

각인가?'

금철휘의 예측은 정확했다. 남천영은 폭발적인 움직임으로 몸을 날려 바닥에 엎어진 여중기의 목덜미를 낚아챘다. 마치 매가 비둘기를 노리는 것처럼 매서운 움직임이었다.

후웅!

남천영의 미간이 일그러졌다. 그렇게 빠르고 정확히 노렸는데도 그의 손이 허공을 쥔 것이다.

'대체······!'

고개를 돌려 쳐다보니 여중기는 그 자리에 그대로 엎어져 있었다. 남천영은 소름이 쫙 돋았다. 그는 움직임을 멈추고 제자리에서 몸을 풀었다. 그리고 금철휘를 신중히 바라보며 천천히 내공을 돌렸다.

"내가 고인을 몰라봤구려. 어디에서 오신 분이시오?"

갑자기 달라진 남천영의 태도에 금철휘가 빙긋 웃었다.

"무림맹에서 나온 건가?"

금철휘의 물음에 남천영이 고개를 끄덕였다.

"그렇소."

"혈룡귀갑대 때문에?"

"맞소. 혹시······."

남천영은 혹시 금철휘가 혈룡귀갑대와 관계된 사람이 아닐까 짐작했다. 생각해 보니 정말로 그럴 수도 있었다. 아니라면 단천도왕 여무해의 아들인 여중기를 저렇게 납치해서 데려갈 일도 없지 않은가.

"혈룡귀갑대와는 어떤 관계시오?"

"글쎄⋯⋯."

금철휘는 문득 자신과 혈룡귀갑대와의 관계가 떠올라 말을 흐렸다. 그냥 아무 관계 아니라고 대답하면 끝날 일이었는데, 그렇게 말을 끄니 남천영의 오해를 사기에 충분했다.

"역시 그랬군. 하면 이제부터는 제대로 상대해 주겠소."

남천영이 검을 뽑았다.

스릉!

남천영은 검을 들었을 때와 그렇지 않았을 때는 그야말로 천지 차이다. 달리 상천검왕이라 불리는 것이 아니었다.

세상 모든 것을 갈라 버릴 것 같은 삼엄한 기세가 남천영의 몸에서 쭉 뻗어 나왔다. 그 기세는 그가 든 검과 하나가 되어 거대한 기운이 되었다.

쉬익!

남천영의 검이 유려하게 움직였다. 부드럽게 바람을 가르며 변화를 일으켰는데, 하나였던 검로가 세 개로 나뉘며 금철휘의 팔과 다리, 그리고 목을 동시에 노리고 날아갔다.

검에는 그 흔한 검기 하나 덧씌워지지 않았다. 하지만 검이 담은 힘은 어마어마했다.

금철휘는 눈을 빛내며 그것을 쳐다봤다. 그리고 고개를 끄덕였다.

"개중 제일 낫군."

말이 끝남과 동시에 금철휘의 몸이 훅 사라졌다. 마치 촛불이 바람에 꺼지는 듯했다.

쉬앙! 쉬앙! 쉬앙!

금철휘가 있던 자리에 세 줄기 선이 그어졌다. 남천영은 놀란 눈으로 몸을 돌리며 검을 마구 휘저었다. 검기의 선이 사방을 난자했다.

"뭐 해?"

금철휘가 멀리 떨어진 곳에서 여중기를 앞에 두고 쭈그려 앉아 있었다. 남천영은 고개를 저으며 납검했다. 자신의 실력으로 결코 상대할 수 없는 강자라는 걸 인정한 것이다.

"어떤 고인이신지 모르나, 부디 그 아이를 돌려주셨으면 합니다. 제 소중한 친우의 아들입니다."

남천영의 태도가 더욱 정중해졌다. 그는 당장 무릎이라도 꿇을 기세였다. 그것을 본 금철휘가 크게 고개를 끄덕였다. 그리고 자리에서 일어나 여중기를 발끝으로 툭 찼다.

여중기의 몸이 허공을 쭉 날아 남천영을 덮쳤다. 남천영은 대경해서 여중기를 받아들었다. 아주 부드럽게 여중기를 받아 땅에 내려놓은 남천영이 화난 눈으로 금철휘를 노려봤다. 하지만 그는 곧 어리둥절한 표정을 지었다.

"사라져? 그 짧은 순간에?"

남천영이 금철휘에게서 시선을 뗀 것은 여중기를 땅에 내려놓는 순간뿐이었다. 한데 그 틈에 금철휘가 사라진 것이다. 남천영은 조금 전까지 금철휘가 서 있던 자리를 멍하니 쳐다봤다.

"그냥 장난 좀 친 것뿐인데 마음에 걸리네."

사실 남천영이 다짜고짜 힘을 쓰지 않았다면 일이 이렇게 되지도 않았을 것이다. 금철휘는 여중기도 남천영도 상당히 마음에 들었다. 왠지 예전 혈룡귀갑대에 있던 대원들 중 몇몇과 성격이나 행동이 닮았기 때문이다.

"하긴, 백 놈이나 있었고, 다들 제각각이었는데, 누구든 안 닮았겠어."

금철휘는 피식 웃고는 원래의 목적지로 향했다. 일단 지금은 실컷 먹고 마시는 것이 먼저였다.

진탕 먹고 마신 금철휘는 금향각으로부터 보고서 한 장을 받았다. 그것을 읽은 금철휘의 입가에 씨익 미소가 나타났다.

"역시 돈 들이면 딱 돈 들인 값을 하는군."

전 금향각주이자 전 사해방주인 진추방을 향화루에 가뒀다는 보고였다. 가둔 지 이제 이틀쯤 되었으니 아마 며칠 더 있으면 정말로 비참하게 굶어 죽을 것이다.

"복수는 제대로 했으니 이제 금향각을 키우는 일만 남았나?"

금향각은 지금도 쑥쑥 크고 있었다. 사실 성장이 너무 빠르면 부작용이 나타나기에 조금 자제하는 편이긴 했지만 그래도 엄청난 성장이 지속적으로 이루어졌다. 모두 돈의 힘이었다.

부작용이 나타나지만 그 부작용조차 돈으로 눌러 버리니 성장을 지나치게 억누를 필요는 없었다. 그리고 화예지도 슬슬 어떻게 돈을 써야 제대로 쓰는 건지 알아 가고 있었다.

"이렇게 일 하나가 마무리되는군."

하지만 금철휘는 완벽한 마무리라고는 여기지 않았다. 분명히 사해방의 뒤에 포천회가 있다. 포천회를 잡지 않고는 모든 일이 마무리되었다고 할 수 없었다.

포천회에 대해서는 생각하면 할수록 기분이 나빴다. 아무리 전생의 몸이라지만, 자신의 몸을 이용해 강시를 만들었다니. 게다가 포천회와 관계된 듯 보이는 혈룡귀갑대의 후인들은 더 기분이 나쁘다. 그들이 대체 어떻게 예전 혈룡귀갑대의 무공과 진법을 알아냈겠는가.

"뭔가 주술적인 능력이겠지?"

자신이 다른 사람의 몸을 입고 다시 살아난 것과 무관하지 않으리라. 또한 잃어버린 칠 년의 세월도 어쩌면 관계가 있을지 모른다.

'그리고 그 벼락……'

전생의 금철휘를 단번에 죽였던 그 벼락 역시 아마 뭔가 관계가 있을 것이다. 물론 그것은 오로지 금철휘의 감이었다.

"슬슬 꼬리를 잡을 때가 되었는데……."

포천회의 꼬리를 잡기 위해 두 가지 일을 벌였다.

하나는 한월상단의 몰락이다. 한월상단은 포천회의 돈줄 중 하나였다. 그 한월상단과 관계된 상단들을 파악해 포천회의 자금줄을 말려 버릴 계획이었다.

두 번째는 두천방이다. 두천방을 조사해 그들과 관계된 모든 것을 속속들이 파헤치는 중이었다. 그렇게 포천회에 대해 하나하나 알아 가다 보면 언젠가 거대한 몸통을 비롯해 머리까지 발견해 부숴 버릴 수 있지 않겠는가.

금철휘는 포천회에 대해 생각하면서 무심코 창밖을 내다봤다.

"어?"

마침 남천영과 여중기가 어딘가로 가고 있었다. 방향을 보니 한서연과 화영이 머물고 있는 천향루였다.

"쯧, 나 보러 가는 거로군. 가만, 제대로 인사는 안 했지?"

금철휘는 그렇게 중얼거림과 동시에 귀혼보를 펼쳐 순식간에 천향루로 향했다.

천향루 안에 있는 방에서 완전히 곯아 떨어져 있는 두 여인을 냅다 둘러멘 금철휘는 즉시 귀혼보를 펼쳐 원래 술을 마시던 주루로 향했다.

한서연과 화영은 너무나 갑작스런 일에 깜짝 놀라 비명을 지르려 했다. 잠자고 있는데 누군가 자신을 납치하려는 줄 알고 심장이 털컥 떨어지는 듯했다. 하지만 그녀들은 소리를 지를 수가 없었다. 어느새 커다란 손이 입을 턱턱 막았기 때문이다.

"읍! 읍!"

두 여인은 발버둥을 쳤다. 하지만 어찌나 억세게 붙잡혔는지 아무런 저항도 할 수 없었다. 그녀들의 눈에서 눈물이 반짝였다. 하지만 그 눈물은 금방 쏙 들어갔다.

"좀 가만히 있어. 다 왔으니까."

너무나 익숙한 목소리에 두 여인은 더 놀랐다. 금철휘가 왜 이런 짓을 한단 말인가. 그녀들은 두근거리는 마음을 진정시키려 애쓰며 조용히 몸을 금철휘에게 맡겼다. 은근한 기대감이 두 여인의 입가에 미소를 만들었다.

주루에 도착한 금철휘는 두 여인을 각각 자리에 앉혔다.

"여긴 어딘가요?"

조금 특별한 형태의 주루였다. 사방이 확 트인 곳이 아니라, 따로 방이 만들어져서 비밀스러운 일을 하기 좋은 구조의 주루였다.

한서연과 화영은 긴장한 얼굴로 침을 꿀꺽 삼켰다. 이런 방에서 대체 뭘 하려고 자신들을 데려왔단 말인가. 생각해 보면 너무나 뻔하다.

두 여인의 긴장된 표정을 확인한 금철휘가 피식 웃었다.

"뭣들 해? 자다가 갑자기 깨서 정신없을 텐데 한 잔씩들 하지?"

꿀 먹은 벙어리가 된 두 여인이 금철휘를 물끄러미 바라봤다. 가만 보니 자신들이 기대했던 그런 상황은 벌어지지 않을 듯했다. 진한 실망감이 전신을 감쌌다.

"대체 왜 여기까지 데려오신 거예요? 할 것도 아니면서."

"해? 하긴 뭘 해?"

"그런 게 있어요!"

화영이 토라진 얼굴로 고개를 휙 돌렸다. 그녀는 입술을 삐죽이며 연신 투덜거렸다.

"아까 만났던 그 단천도왕인지 뭔지의 아들이 너희들을 찾아가는 거 같기에 데려온 거야."

"예? 여 소협이요? 그분이 왜 저희를 찾아요? 설마……."

"너무 앞서 나가지는 말고. 무림맹에서 찾아온 사람이 있는데, 나랑 좀 일이 있었거든."

"무림맹?"

"일이요?"

"그냥 그런 게 있어."

금철휘는 대충 넘어가려 했지만 화영은 특유의 집요함을 유감없이 발휘했다.

"무림맹에서 누가 나왔는데요? 아, 혈룡귀갑대의 일 때문에 나왔겠군요. 확실히 무림맹 입장에서 생각하면 간단한 상황은 아니죠."

화영은 손가락으로 아랫입술을 지그시 누르며 생각에 잠겼
다.

"사안이 사안인 만큼 어설픈 사람이 왔을 리는 없고, 최소
한 장로 정도는 되어야 하는데, 마침 정주에 단천도왕이 있으
니 상천검왕 남천영을 보냈을 확률이 제일 높네요."

화영의 말에 금철휘가 새삼스러운 눈으로 그녀를 쳐다봤
다. 하긴 생각해 보면 설화문의 재건을 위해 세상으로 나온
여인이다. 그 정도 능력이야 당연했다.

"맞았군요? 후훗. 어때요? 저 제법 쓸 만하죠?"

"뭐, 그럭저럭."

"칭찬할 때는 그냥 확 하세요."

화영이 배시시 웃으며 말하자 금철휘가 고개를 한 번 젓고
는 그녀를 바라봤다.

"그래. 쓸 만하다."

금철휘와 화영의 대화에 옆에 있던 한서연은 안절부절못했
다. 자신도 화영처럼 뭔가를 보여 주고 싶었다. 하지만 딱히
보여 줄 게 없었다.

"됐다. 넌 그냥 가만히 앉아만 있으면 돼."

금철휘의 말에 한서연이 실망한 얼굴로 고개를 푹 숙였다.
하지만 그 말에 담긴 뜻을 헤아린 화영은 새치름한 눈으로
금철휘를 살짝 흘겨봤다.

"하여간 남자들은 예쁜 것만 너무 좋아한다니까."

세 사람은 그렇게 두런두런 대화를 나누며 술을 마셨다. 술자리는 밤이 늦도록 이어졌다. 그리고 그러는 동안 여중기와 남천영은 금철휘를 찾아 정주를 샅샅이 뒤지고 다녔다.

*　　　*　　　*

"설마 정주를 떠난 건 아니겠지?"

남천영의 목소리에는 불안함이 스며 있었다. 남천영은 이번 일을 조사하기 위해 수많은 수하들을 데려왔다. 지금이야 혼자 있지만 마음만 먹으면 언제든 수백에 달하는 무사들을 모을 수 있다.

하지만 지금 그 무사들은 단천도왕과 혈룡귀갑대의 후인들을 찾고 있다.

"아마 아직 그러지는 않았을 것입니다. 아!"

여중기는 갑자기 뭔가가 떠오른 듯 탄성을 흘리며 남천영을 바라봤다.

"왜 그러나? 또 뭔가 떠오른 게 있나?"

사실 남천영은 여중기에게 큰 기대를 걸지 않았다. 금철휘와 같은 일행이라던 아름다운 여인 두 명을 찾으러 갔다가 허탕만 쳤기 때문이다.

세상모르고 자고 있을 거라던 여인들은 그곳에 없었다. 남천영이 본 것은 당황한 여중기의 얼굴뿐이었다. 그러니 이번에도 큰 기대를 갖지 않는 게 당연했다.

"이곳에 전각을 짓고 있었습니다."

"전각? 여기 정주에 말인가?"

"예. 아마 그 전각을 짓는 사람이거나 아니면 최소한 어떤 관계가 있음이 분명합니다."

"그런가?"

남천영은 시큰둥하게 대답했다. 하지만 지금으로서는 거기에 한번 가 보는 것 외에는 딱히 해볼 만한 일이 없었다.

"가세."

남천영이 먼저 걸음을 옮기자, 여중기가 황급히 앞장서며 안내했다. 두 사람은 곧장 황금루의 건설 현장으로 향했다. 마침 멀지 않은 곳이었기에 도착도 금방이었다.

그리고 그곳에서 여중기는 상당히 낯익은 얼굴 둘을 발견했다.

"어?"

"왜 그러나?"

"바로 저 여인들입니다."

여중기의 손가락이 가리키는 곳에 있는 두 여인, 한서연과 화영을 확인한 남천영이 크게 고개를 끄덕였다. 왜 여중기가 그녀들을 그렇게 열정적으로 설명했는지 충분히 이해했다.

'아름답군.'

그냥 아름답다는 말만으로 표현을 하기에는 너무나 미안할 정도였다. 제법 나이가 지긋하고 슬슬 이성에 대한 관심이 거의 사라져 가는 남천영조차 마음이 흔들릴 정도의 미인이었다.

"자네가 먼저 가 보게. 안면이 있다고 했으니."

"예."

여중기가 황급히 두 여인을 향해 달려갔다. 감추려 애쓰긴 했지만 그의 얼굴에는 반가움이 가득 떠올랐다.

"이렇게 다시 뵙는군요."

한서연과 화영은 어색한 미소로 그를 맞이했다. 설마 여기서 만날 거라고는 생각도 못했다. 금철휘가 또 황금루를 짓는다는 말에 한 번 보고 싶어 찾아왔을 뿐이었다.

"저희를 찾아다니셨나 봐요?"

아닌 게 아니라 여중기의 행색은 꽤 초췌했다. 금철휘를 찾아 정주를 샅샅이 뒤지고 다녔으니 자신의 몰골이 어떤 꼴이 되어 가는지 신경을 쓸 겨를이 없었다.

"아, 맞습니다."

여중기는 뒷머리를 긁적이며 사정을 간단히 설명했다. 즉, 금철휘를 찾고 있으며, 그가 분명히 단천도왕이 사라진 이유와 관계되었을 거라는 남천영의 견해까지 말해 주었다.

그 얘기를 모두 들은 한서연과 화영은 서로의 얼굴을 바라보며 눈을 동그랗게 떴다. 대체 얘기가 왜 그런 쪽으로 흘러

가는지 이해할 수가 없었다.

"두 분께서 그 사람을 잘 아시지요?"

"안면이 있긴 합니다만…… 우리가 만나고 싶다고 해서 뵐 수 있는 분은 아니라서요. 사실 저희들이 모시는 분은 따로 있답니다."

화영의 말에 한서연이 살짝 놀란 눈으로 그녀를 바라봤다. 대체 왜 그런 말을 하는지 이해할 수가 없었다.

"모시는 분이 따로 있으시다고요?"

화영이 배시시 웃으며 말했다.

"저희는 사실 항주 금룡장에서 왔어요."

"금룡장!"

여중기도 금룡장에 대해서는 잘 알고 있었다. 천하에서 부로 이름 높은 가문 아닌가.

"저희는 그곳의 소장주님을 모시고 있답니다."

화영은 그렇게 말하며 화사하게 웃었다. 그리고 옆에서 한서연은 어색하게 웃었다. 틀린 말은 아니지만 대체 나중에 어떻게 수습하려고 이러는지 불안했다.

"하면 어제 그분은……."

화영이 힘없이 고개를 저었다.

"도움을 못 드려서 죄송하네요."

"아닙니다. 오히려 번거롭게 해 드려 제가 죄송하지요."

여중기는 인사를 하고 돌아가려 했다. 하지만 어느새 남천영이 다가와 말을 걸었다.

"금룡장이라고 했나?"

"그렇습니다. 한데……"

화영은 누군지 다 알면서 모르는 척 의뭉을 떨었다. 한서연은 그런 화영의 모습에 속으로 고개를 저었다. 정말 보통이 아니었다.

"난 무림맹에서 나온 남천영이라고 하네."

"아, 혹시……!"

"맞네. 다들 날 상천검왕이라 불러 주지."

"뵙게 되어 영광입니다."

화영과 한서연이 공손히 인사를 하자, 남천영이 기분 좋은 표정으로 고개를 끄덕였다.

"혹시 시간이 난다면 우리를 좀 도와주지 않겠나?"

"예?"

"우리는 지금 단천도왕을 찾고 있네. 좀 도와주게. 금룡장이라면 충분히 도울 능력이 되는 것 같은데. 안 그런가? 정주 인근에 금룡장과 관계된 상단도 하나 있는 것 같고……"

화영과 한서연은 다시 한 번 서로를 바라봤다. 일이 이런 식으로 흘러갈 줄은 몰랐다. 하지만 나쁜 제안은 아니었다. 사실 화영은 금철휘를 조금 골려 주는 것과, 무림맹과의 끈을 만들어 두고자 하는 두 가지 의도를 가지고 있었다.

"일단 힘닿는 데까지 돕도록 하겠습니다. 하지만 크게 기대는 하지 말아 주세요."

남천영은 빙긋 웃으며 크게 고개를 끄덕였다.

"그거면 됐네. 아무튼 고맙네. 나중에 자네들이 모신다는 그 소장주도 꼭 한번 보고 싶군."

"조만간 함께 무림맹으로 찾아가도록 하겠습니다. 부디 박대하지 말아 주세요."

"이를 말인가. 오기만 하게."

"하면 저희는 이만."

한서연과 화영은 서둘러 인사를 하고 물러갔다.

남천영과 여중기는 두 여인의 뒷모습을 끝까지 바라봤다.

"굳이 왜 저 여인들에게 그런 부탁을 하셨는지요. 저야 감사합니다만, 어르신의 위신에······."

"친우를 찾는데 내 위신 따위가 무에 중요한가."

"어르신······."

여중기가 감격한 눈으로 남천영을 바라봤다. 하지만 남천영은 차갑고 날카로운 눈으로 여중기를 보며 말했다.

"그리고 저 여자들, 뭔가 있네."

"예?"

여중기가 당황하자, 남천영이 차근히 설명했다.

"이곳이 그 사람과 관계가 있다고 하지 않았나."

"아!"

여중기는 그제야 이상함을 눈치챘다. 사실 평소라면 벌써 이상하다고 여기고 즉시 두 여인에게 물었을 것이다. 하지만 지금은 그녀들의 아름다움에 눈이 흐려져 있었다.

"내 생각에는 나와 싸웠던 그 청년이 아마 금룡장과 뭔가 관계가 있는 것 같네. 아무래도 소장주인 것 같지만…… 그렇게 생각하기엔 너무 강해. 분명히 겉보기와는 달리 나이가 많을 거란 말이지."

"하면……."

"그래서 소장주를 보자고 한 걸세. 또 도움도 요청해 보고 말이네. 아마 뭔가를 조금이나마 알게 되겠지. 또 그래서 그 친구를 찾으면 더 좋고."

"어르신의 혜안에 감탄했습니다."

"혜안은 무슨. 이 정도는 다들 생각하는 정도일세. 자네가 꽃에 지나치게 취했을 뿐이지."

여중기가 난감한 표정으로 시선을 피했다. 할 말이 없었다. 아버지가 사라진 상황에 여자에나 눈을 돌리고 있으니 생각할수록 부끄러웠다.

"아무튼 좀 더 지켜보도록 하지."

남천영은 그렇게 말하며 조금 전 한서연과 화영이 사라져 간 방향을 바라봤다. 뭔가 답이 생길 것 같은 예감이 들었다.

*　　　*　　　*

"너 왜 그런 거야?"

금철휘가 어이없는 눈으로 화영을 보며 물었다. 화영은 배시시 웃으며 대답했다.

"재미있잖아요."

"재미?"

"사실……."

금철휘는 화영의 말에 귀를 기울였다. 화영은 다시 웃으며 말했다.

"공자님이 다시 살을 찌우셨으면 했어요."

"뭐?"

금철휘가 황당한 눈으로 화영을 쳐다보자, 화영이 또 배시시 웃었다.

"지금은 너무 멋져서 불안하거든요."

너무나 당당하게 말하니 화를 낼 기분도 안 든다. 아니, 말 자체가 그리 기분 나쁘지 않아서 화를 낼 필요가 없었다.

"뭐, 어차피 한 번 더 찌우려고 했으니 문제야 없지만."

화영이 반색하며 손뼉을 짝 쳤다.

"어머, 정말요? 그럼 저 잘한 거네요?"

금철휘는 피식 웃었다. 이러니 미워할 수가 없다. 아니, 이러니 없으면 허전한 것 아닌가.

"좋아. 그럼 난 슬슬 살이나 찌워야겠다. 단천도왕을 찾는 건 너희들이 알아서 해."

"예? 저희들이요?"

"금향각을 잘 이용해 봐."

"그렇다면야……."

천하제일의 정보조직인 금향각의 힘을 이용할 수 있다면 할 수 있는 일이 무궁무진하다. 단천도왕을 찾는 일이 아무리 어려워도 충분히 단서 정도는 찾을 수 있을 것이다.

화영과 한서연이 금향각에 대한 생각으로 정신없을 때, 금철휘는 그 모습을 지켜보며 히죽 웃었다.

"이번에는 좀 많이 찌워 볼까……."

다들 깜짝 놀라게 해 주고 싶었다. 아마 계획대로 된다면 정말로 놀랄 것이다. 금철휘는 슬그머니 생겨나는 기대감에 다시 한 번 히죽 웃었다.

＊　　　＊　　　＊

여중기는 쿵쾅거리는 심장 때문에 집중할 수가 없었다. 한서연, 화영과 함께하면서부터 계속 그녀들에게 마음이 흘러갔다.

'내 아버지를 찾는 일이건만.'

누구보다 자신이 가장 열심히 집중해야 하는데, 막상 그렇게 못 하고 있으니 자책감이 들었다. 하지만 어쩔 수가 없었다. 마음이 흐르는데 어쩔 것인가.

여중기는 스스로의 마음을 통제하지 못할 거라는 생각은 지금까지 단 한 번도 해 본 적이 없었다. 한데 그 일이 일어났다. 한서연과 화영으로 인해서.

"무림맹의 정보망을 이용할 수는 없는 건가요?"

화영의 물음에 상념에서 벗어난 여중기는 고개를 돌려 남천영을 바라봤다. 남천영은 난감한 표정으로 고개를 저었다.

"내 권한 밖일세. 그리고 생각보다 무림맹의 정보망은 그리 대단치 않다네. 차라리 최근 성세가 드높은 금향각을 이용하는 편이 나을 걸세. 그에 대한 자금이야 맹 차원에서 지원이 가능할 테니……."

화영이 눈을 반짝였다. 자신이 금향각의 정보를 마음껏 이용할 수 있다는 사실을 굳이 알려 줄 필요가 없었다. 졸지에 공돈이 생긴 것이다.

"그나저나 금룡장의 정보망을 이용하는 건 어찌 되었나?"

"그 점은 염려하지 않으셔도 됩니다. 저희 소장주님께서 모든 권한을 제게 인정해 주셨습니다."

"그거 잘 되었군."

남천영이 말하는 금룡장의 정보망이란 금룡장 소속 상단이 가진 정보망을 말함이다. 거기에 금향각의 정보가 더해지면 단천도왕을 찾아낼 가능성이 좀 더 올라갈 것이다.

"하면 저희들은 일단 정보를 좀 더 모아 보겠어요."

"그럼 우리는 정주를 더 살펴보지."

"부탁드려요."

"부탁은 오히려 내가 해야지. 그나저나 소장주에게 꼭 얘기를 전해 주게. 나중에 무림맹에 한번 찾아오라고 말일세. 정말로 한번 보고 싶군."

화영은 예쁘게 웃으며 대답했다.

"예. 꼭 전해 드릴게요."

두 여인이 방에서 나가자, 여중기가 한숨을 푹 내쉬었다. 그 모습을 본 남천영이 쯧쯧 혀를 찼다.

"정신 좀 챙기거라. 지금 그게 뭐 하는 것이냐."

"아, 죄, 죄송합니다."

"이해 못 할 건 아니다만, 지금은 네 아비를 찾는 중이다. 누구보다 네가 가장 집중해야 하지 않겠느냐?"

여중기는 얼굴을 들 수 없었다. 자책감도 들었다. 하지만 어쩔 수 없었다. 이렇게 떠나자마자 계속 뇌리에 얼굴이 떠올라 딴생각을 할 수 없는데 어쩌란 말인가. 아무리 마음을 다잡아도 소용이 없었다.

"알겠습니다. 앞으로 주의토록 하겠습니다."

여중기는 그렇게 대답할 수밖에 없었다. 하지만 마음은 한없이 답답해졌다.

'대체 왜 날 쳐다보지도 않는 거요.'

여중기의 마음이 더 무거워지는 이유는 바로 그것이었다. 한서연과 화영은 전혀 그를 봐 주지 않았다. 그저 함께 일을 하게 된 사람 이상도 이하도 아니었다.

그녀들의 그런 눈빛을 볼 때마다 가슴이 찢어지는 것 같았다. 그렇다고 나서서 자신의 마음을 표현하자니 시기가 좋지 않았다. 아버지가 실종된 상황에서 고백이라니, 그녀들이 자신을 뭐라고 생각하겠는가.

'하아. 괴롭구나.'

여중기는 침중한 표정으로 서류를 뒤적였다. 왠지 모든 것이 아무 의미 없게 느껴졌다.

                    *   *   *

정주에 황금루가 문을 열었다. 황금루는 문을 연 첫날부터 폭발적인 관심을 불러일으켰다. 백 명에 달하는 기녀의 수에서 일단 다른 기루를 압도했다.

최근 정주에 아름다운 기녀의 씨가 말랐다는 소문이 돌았는데, 그 모든 것이 황금루 때문이었다. 황금루의 총관이라는 사람이 정주의 모든 기루를 돌아다니며 아름다운 기녀들을 싹 긁어모은 것이다.

그 소문이 한 달 이상 지속되었으니 사람들이 황금루에 관심을 가지는 게 당연했다. 각 기루의 최고 기녀들만 싹 데려갔으니 대체 얼마나 예쁜 기녀들이 넘쳐나겠는가.

덕분에 황금루는 문을 연 첫날부터 문전성시를 이루었다.

그 황금루의 최상층에 자리를 잡고 앉은 금철휘는 황금루 주변에 우글거리는 사람들을 보며 술잔을 들이켰다.

"일단 여기 앉아서 살을 찌우면 되겠군. 돌아다니면서 먹기 불편했는데 마침 잘 됐어."

금철휘는 상천검왕 남천영을 만나면서 무림맹에 대한 관심이 크게 생겼다. 그를 이용해 무림맹에 꼭 한번 가 보고 싶었다. 무림맹이 예전과 어떻게 달라졌는지도 보고 싶었고, 또 무림맹주가 된 검성 만호유도 기회가 된다면 만나고 싶었다.

"그러려면 살을 찌워야지."

금철휘는 씨익 웃으며 상다리가 휘어지게 차려진 산해진미를 흡입하기 시작했다. 맛을 음미하며 빠르게 먹는 수법은 세상 그 누구도 따라오지 못할 정도로 고절했다.

그리고 그렇게 먹은 음식들이 백토신공과 천령신공을 만나, 기운을 잔뜩 머금은 살로 차곡차곡 쌓여 갔다.

*   *   *

"가능성이 높은 장소를 세 군데 알아냈어요."

화영의 말에 남천영이 눈을 빛내며 감탄했다.

"호오. 벌써 말인가? 과연 금향각의 힘이 대단하긴 대단하군. 의뢰를 맡긴 지 얼마나 되었다고 벌써 결과가 나오다니 말일세."

화영이 입을 가리며 곱게 웃었다.

"꼭 금향각의 힘만으로 알아낸 건 아니랍니다. 금룡장 산하의 상인들이 전해준 정보도 상당히 유용하게 썼으니까요."

"알겠네. 그러니 어서 말해 보게나. 서두르지 않으면 그자들이 또 어디로 갈지 모르잖나."

"개봉과 낙양, 그리고 허창이에요."

"흐음."

남천영은 묘한 표정을 지으며 턱을 쓰다듬었다. 세 군데 모두 하남에 속해 있고, 거리도 이곳 정주와 멀지 않다. 하지만 백 명이나 되는 무사들이 숨기에는 지나치게 번화하다. 가는 도중 누군가의 눈에라도 반드시 띄었어야 정상이었다.

"확실한가?"

"뭘 염려하시는지는 알지만, 일단 움직여 보는 것이 나을 것 같아요. 그들은 이미 이곳 정주에서도 빠져나간 전력이 있으니까요. 누구에게도 들키지 않고 말이죠."

"하긴. 그건 그렇군."

남천영은 그제야 고개를 끄덕이며 수긍했다. 생각해 보면 정주에서 빠져나가는 게 더 힘들었을 것이다. 개봉이나 허창에 몰래 들어가는 것보다는 말이다.

더구나 당시 정주에는 금향각의 정보원들이 물샐틈없는 포위망을 구축하고 있었다. 남천영도 화영에게 들어 그 사실을 어렴풋이나마 알고 있기에 지금 그녀가 한 말에 금세 수긍한 것이다.

"그럼 이제 어쩌면 좋겠나? 의견을……."

말을 하던 남천영은 여중기의 모습을 보고는 눈살을 찌푸렸다. 여중기는 멍하니 화영과 한서연을 바라보며 정신을 차리지 못하고 있었다.

당장 호통을 치고 싶었지만 이런 자리에서 그랬다간 나중에 두고두고 원망을 들을 테니 어쩔 수 없이 꾹 눌러 참았다.

"일단 내가 데려온 무사들을 움직이겠네. 정주에는 더 있을 필요가 없을 것 같으니 그들을 절반으로 나눠 각각 개봉과 낙양으로 보내지."

"그럼 저희는 허창을 확인하겠어요."

"내가 자네들과 함께하지. 괜찮겠나?"

화영이 예쁘게 웃으며 대답했다.

"그럼 저희야 감사할 따름이죠."

남천영은 잠시 뜸을 들이다가 여중기를 바라봤다. 여중기는 그제야 조금 정신을 차리고 남천영의 시선을 의식했다. 그리고 청천벽력 같은 소리를 들어야 했다.

"무림맹 무사들은 중기가 통솔해라. 일단 너는 낙양 쪽으로 갔다가 개봉에 들르는 게 낫겠구나."

"예?"

여중기는 안절부절못했다. 이게 아니라는 생각에 자신의 의견을 내놓으려 했다. 하지만 그의 시도는 시작도 하기 전에 끝났다.

"그게 낫겠네요. 저희는 허창을 확인하고 별일 없으면 개봉으로 가면 되니, 거기서 만나는 게 좋겠어요. 그렇죠?"

여중기가 채 뭐라고 말하기도 전에 그렇게 결정이 나 버렸다. 가슴이 터질 것 같았지만 어쩔 수 없었다. 회의 내내 의견 한 번 내지 않고 따라가기만 했으니 이제 와서 뭘 어쩌겠는가.

"그럼 그렇게 결정된 걸로 알고 서두르지. 난 한시라도 빨리 그 친구를 찾고 싶네."

남천영의 말에 여중기가 어금니를 악물었다.

'대체 내가 정신을 어디다 두고 다니는 건가. 아버지의 목숨이 걸린 일인데…….'

하지만 그러면서도 연신 한서연과 화영의 모습을 힐끔거렸다. 여중기의 입에서 쉴 새 없이 한숨이 흘러나왔다.

제4장
혈룡귀갑대의 전인

한서연과 화영이 금철휘를 방문했을 때, 그는 목표치의 절반 정도를 이뤘다. 하지만 그것만으로도 두 여인을 기함하게 만들었다.

"꺄악! 공자님!"

"왜?"

금철휘는 심드렁한 눈으로 화영과 한서연을 쳐다봤다.

화영은 비명을 지른 채 입을 막고 흔들리는 눈으로 금철휘를 바라보고 있었고, 한서연은 그조차 하지 못하고 온몸을 덜덜 떨고 있었다.

"대, 대체 그 몸은……."

"아아, 이거? 아직 좀 모자라 보이지? 시간이 없었잖아. 걱정 마. 다음에 볼 때는 훨씬 괜찮을 테니까."

"모자라지 않아요!"

한서연과 화영이 동시에 외쳤다. 모자라긴 뭐가 모자란단 말인가. 지금 금철휘의 몸은 예전 항주의 뚱땡이 시절보다 훨씬 비대했다. 인간이 과연 여기까지 살이 찔 수 있는 건지 의심이 들 정도였다.

'이게 모자라다고?'

화영과 한서연은 질린 눈으로 금철휘를 바라보며 슬그머니 자리를 잡고 앉았다. 여전히 금향각의 정보원이 붙어 있으니 이미 알고 있긴 하겠지만 그래도 보고를 해 두고 싶었다.

"허창으로 가게 됐어요."

"얘기 들었다. 거기 그놈들이 있다며?"

"아직 허창인지 아닌지는 확실치 않아요."

"세 군데 중 하나에는 있겠지. 안 그래?"

"맞아요. 그중 하나에는 분명히 있을 거예요."

확신에 찬 화영의 말에 금철휘도 고개를 끄덕였다. 금향각의 정보를 토대로 살펴봤을 때, 그럴 확률이 높았다. 금철휘가 보기에는 그중에서도 허창이 가장 유력했다.

"검왕은 뭐래?"

"부하들은 각각 개봉이랑 낙양으로 보내고, 우리와 함께 허창으로 가겠대요."

"그래? 확실히 검왕 정도면 뭐……. 그리고?"

"예? 그리고라뇨?"

"달랑 검왕만 가는 건 아니잖아?"

"검왕만 가는데요?"

"뭐?"

금철휘가 어이없는 눈으로 화영을 쳐다봤다. 금철휘가 보기에는 자기가 살찐 것보다 지금 이것이 훨씬 더 어이없었다.

"너 혈룡귀갑대의 후인들이 어느 정도 강한지는 알아?"

"글쎄요. 아무리 그래도 십대고수보다야 좀 못하겠죠? 도망은 칠 수 있지 않을까요?"

금철휘가 피식 웃었다.

"예전에 진짜 혈룡귀갑대는 얼마나 강했는지 알아?"

"알죠. 그때야 대원 하나하나가 십대고수에 필적했다더군요."

"필적이 아니라 능가지."

화영이 배시시 웃으며 손사래를 쳤다.

"에이, 설마 그 후인들도 그 정도로 강하다는 말씀을 하시려고요? 말도 안 돼요. 그들은 후인이라고요, 후인."

금철휘는 그런 화영을 보며 나직이 혀를 찼다. 대체 왜 이 부분에서만 이렇게 멍청하게 구는지 알 수 없었다.

"백 명이다. 하나하나가 십대고수에 필적한다고 보고, 백 명을 과연 검왕이 상대할 수 있을까?"

금철휘의 말에 화영이 입을 다물었다. 금철휘의 말이 옳다. 하지만 화영은 기본적으로 백 명이나 되는 사람들이 모두 십대고수에 필적한다는 건 있을 수 없는 일이라고 여겼다.

'그게 되면, 무슨 십대고수야, 백대고수지.'

한데 예전 혈룡귀갑대 시절 그들은 백대고수라 불리지 않았다. 그저 혈룡귀갑대였을 뿐이었다.

"뭐, 네 생각이 확고하면 그렇게 해. 하지만 미리 준비를 해두고 가는 것도 나쁘지 않지. 만일의 상황에 대비해서 말이야."

화영과 한서연이 동시에 고개를 끄덕였다.

"그럴게요."

두 여인의 답을 듣고도 금철휘는 고개를 저었다. 목소리와 태도가 못 미더웠다. 말은 그렇게 하고 실제로는 아무것도 하지 않을 것 같았다.

금철휘는 속으로 한숨을 내쉬었다.

이곳 정주에 와서 혈룡귀갑대의 후인들이 머물렀다던 장원을 샅샅이 살폈기에 그들에 대해서는 꽤 많이 파악했다. 본래는 흔적만으로 뭔가를 알아내는 건 거의 불가능에 가까웠지만 천령신공의 힘이 그것을 가능하게 만들었다.

그곳에 있던 기운의 흔적을 통해 그들의 성향을 어느 정도 짐작할 수 있었다. 만일 화영이나 한서연 정도의 미녀가 그들 앞에 나타난다면 그들은 짐승으로 돌변할 것이다.

'어쨌든 절제라든가 뭐 이딴 거랑은 완전히 담쌓은 놈들 같으니까.'

게다가 흔적을 보면 예전 혈룡귀갑대의 무공을 어떤 식으로든 복원해서 쓰고 있었다. 또한 상당히 능숙했다. 물론 완벽하게 복원하지 못해 결함이 많았지만 그래도 웬만한 무공보다는 훨씬 대단했다.

그래도 하나하나가 십대고수를 능가하는 사람 백 명이 머리를 맞대고 연구해 만들어낸 것들이다. 그런 무공들이 평범할 리 없지 않은가.

금철휘의 눈에 걱정이 깃들었다. 아무리 그래도 이 두 여인이 몹쓸 짓을 당하게 그냥 두고 싶지 않았다.

"쯧, 할 수 없지. 살찌는 게 좀 급하긴 하지만 쉬는 수밖에."

"예?"

난데없는 금철휘의 말에 화영이 의아한 눈으로 바라봤다.

"뭘 그런 눈으로 봐? 나도 같이 간다고."

"어, 어딜요?"

"어디긴, 허창이지."

"예에?"

화영의 눈이 화등잔만 해졌다. 그리고 한서연은 떨리는 손가락으로 금철휘를 가리키며 말을 더듬었다.

"그, 그, 그 몸으로요? 우, 움직일 수는 있으신가요?"

아닌 게 아니라 금철휘의 몸은 너무나 비대해서 웬만한 사람들이라면 결코 스스로의 힘으로 움직일 수 없을 것 같았다. 아니, 아무리 금철휘라지만 지금은 과연 움직일 수 있을지 의문이 들었다.

"뭐가 문제야? 마차 타고 가면 되지."

"마, 마차요? 우린 급하게 갈 건데요?"

"그러니까 너희들 먼저 가. 난 천천히 뒤따라갈 테니까."

사람이 너무 어이가 없으면 말문이 막힌다. 딱 지금이 그랬다. 고작 마차를 타고서 어찌 고수 세 명을 따라갈 수 있단 말인가. 그런 식이라면 허창에서의 일이 모두 마무리되어도 금철휘가 허창에 도착하지 못할 수도 있다.

"그 말씀 정말이신가요? 농담 아니시죠?"

"내가 왜 농담을 해? 그나저나 언제 가기로 했어?"

"오, 오늘 밤에……."

"아, 그 도왕의 아들인지 하는 놈도 같이 가나?"

화영이 고개를 저었다.

"아뇨. 여 소협은 무림맹 무사들을 통솔하기로 했어요. 왠지 집중력이 흐트러진 것 같아서 조금 걱정이 되긴 하지만……."

화영은 그렇게 말하며 묘한 미소를 지었다. 여중기가 왜 그러는지 확실히 안다는 뜻이다. 반면 한서연은 정말로 모르는 눈치였다.

금철휘는 달라도 너무 다른 두 여인을 보며 슬쩍 웃었다. 그래서 더 재미있지 않은가.

"좋아. 시간 없을 테니 얼른 나가 봐."

금철휘의 말에 화영과 한서연이 아쉬운 눈으로 자리에서 일어났다. 사실 조금 더 있고 싶었다. 하지만 지금은 떠나야 할 시간이다.

"하아. 그럼 어떻게 될지 모르겠지만 허창에서 뵈어요."

화영과 한서연이 그렇게 인사하고 밖으로 나갔다. 금철휘는 가볍게 고개를 끄덕여 주었다. 그리고 느긋하게 술과 음식을 즐겼다. 황금루의 모든 일꾼과 숙수들은 금철휘에게 술과 음식을 대느라 한 사람도 빠짐없이 허리가 휘어지도록 일을 해야만 했다.

그렇게 밤이 되었고, 시간이 지나 아침이 되었다.

"슬슬 움직여 볼까?"

금철휘는 그제야 자리에서 일어났다. 어찌나 몸이 비대한지 일어서는 간단한 동작도 결코 쉽지 않았다. 물론 보기에 그랬을 뿐이지 금철휘는 평소와 전혀 다름없이 행동했다.

"어쨌든 난 걷기 힘든 게 정상이니까 마차를 수배해 볼까?"

금철휘의 입가에 진득한 미소가 어렸다. 이번에야말로 혈룡귀갑대의 전인이라고 우기는 놈들을 확실히 잡아, 그 정체를 밝혀내고 박살을 낼 것이다.

"어디 두고 보자고."

금철휘의 눈이 금빛으로 번득였다.

* * *

화영과 한서연은 남천영을 따라 온 힘을 다해 달렸다. 남천영은 급한 마음에 그녀들을 크게 신경 써 주지 못했다. 결국 한서연과 화영만 고생이었다.

남천영은 거의 쉬지 않고 달렸고, 화영과 한서연은 그런 남천영을 따라가느라 그야말로 젖 먹던 힘까지 몽땅 끌어 써야만 했다.

"하악. 하악."

두 여인이 나무에 기대고 서서 숨을 헐떡였다. 너무 무리한 나머지 심장이 터질 것 같았다. 하지만 그래도 덕분에 정말로 빠르게 도착할 수 있었다.

남천영은 그런 두 여인을 보며 속으로 적지 않게 놀랐다. 사실 이렇게 끝까지 쫓아올 수 있으리라고는 생각지 못했다.

일단 자신이 먼저 도착해서 혈룡귀갑대의 전인들에 대해 은밀히 수소문하고 있으면 그녀들이 도착해서 일을 마무리하는 것이 남천영이 세운 계획이었다.

한데 이제는 굳이 그럴 필요가 없게 되었다. 한서연과 화영이 끝까지 그를 쫓아왔으니 말이다.

"정말 대단하군. 설마 여기까지 따라올 수 있을 줄은 몰랐네."

"그럼 저희를 따돌리려고 일부러 이러셨단 말인가요?"

화영이 눈을 크게 뜨며 묻자, 남천영이 허허 웃으며 고개를 저었다.

"그게 아닐세. 내 마음이 급해 사실 자네들을 배려할 여유가 없었다네. 그래서 일단 나라도 먼저 도착해서 일을 보고 있으려 했지. 한데……"

그제야 화영의 표정이 환하게 풀렸다.

"아, 제가 오해를 했네요. 죄송합니다. 어쨌든 덕분에 빨리 도착했으니 변수가 많이 줄어들겠네요. 일단 객잔부터 잡고 시작하죠."

화영이 일행을 이끌고 허창으로 들어섰다. 남천영은 그런 화영을 보며 고개를 절레절레 저었다. 보면 볼수록 당차고 행동력이 대단한 여인이었다.

'반면……'

남천영은 화영 옆에서 나란히 걸어가는 한서연을 보며 입맛을 쩍 다셨다. 한서연은 여러모로 화영과는 정반대였다. 말수도 적었고, 뭔가를 행할 때 망설임도 많았다.

한서연이 화영보다 나은 점은 확연했다. 무공이었다. 한서연은 또래에서는 적수를 찾을 수 없을 정도로 강했다.

"참으로 재미난 조합이란 말이야."

남천영은 그렇게 중얼거리며 두 여인의 뒤를 따랐다.

$$* \qquad * \qquad *$$

허창에서의 일은 일사천리로 진행되었다. 이미 금향각에서
작정하고 움직이고 있었으니 정보를 찾아내는 것쯤이야 일도
아니었다. 거기에 금룡장 산하, 아니, 더 정확히 말하면 백총
관 산하의 상단들이 보유한 정보망까지 동원되었으니 얼마나
빠르고 정확하게 정보를 알아냈겠는가.

남천영은 심각한 표정으로 화영을 바라봤다.

"그게 정말인가?"

"예. 일단 금향각에서 보내 준 정보가 사실이라면 거의 정
확할 거예요."

"허어. 큰일이군."

남천영은 여중기의 안위가 걱정되었다. 지금 이곳이야 화영
이 미리 금향각과 접촉해 정보를 알아 왔기에 대비라도 할 수
있지만 여중기의 경우는 그저 상황을 마주할 수밖에 없을 테
니 말이다.

"하면 이제 어쩌면 좋겠나?"

"일단 이 사실을 무림맹으로 알리는 게 우선인 듯합니다.
설마 혈룡귀갑대가 한 무리가 아니라 세 무리나 있을 줄은
상상도 못했어요."

"나도 마찬가질세. 대체 이게 무슨 일인지……."

애초에 금향각이 후보지로 선정한 세 곳 모두에 혈룡귀갑대의 전인들이 있었다. 그것도 각각 백 명씩 있었으니 혈룡귀갑대가 세 무리나 나타난 셈이 된다.

하나만 해도 심상치 않은 일인데 무려 셋이라니. 게다가 아직 조사를 안 해서 그렇지 다른 지역까지 조사하면 더 나올 수도 있지 않은가.

"일단 무림맹 쪽은 내가 맡겠네. 믿을 만한 사람에게 서찰을 써서 보내지."

남천영은 그렇게 말하고는 무거운 표정이 되었다. 그의 머릿속은 여중기에 대한 생각으로 꽉 차 있었다. 친우를 찾는 것도 중요하지만 그 친우의 아들을 보호하는 것도 그 못지않게 중요했다.

그런 남천영의 안색을 살피던 한서연이 입을 열었다.

"무림맹의 무사들이 올 때까지 그들을 감시만 하면 되는 거죠? 그거 저희들이 알아서 할게요."

한서연의 말에 남천영이 놀란 눈으로 그녀를 바라봤다. 전혀 새로운 일면을 본 것 같아 새삼스러웠다.

"여 소협이 걱정되시는 거잖아요? 얼른 가 보세요. 더 늦기 전에요. 여긴 저희들이 어떻게든 알아서 할 수 있으니까요."

남천영이 여전히 대답을 못하자, 이번에는 화영이 나섰다. 그녀는 배시시 웃으며 자신 있게 말했다.

"저희를 믿어 보세요. 절대 위험하지 않게 조심할 테니까
요."

"정말 할 수 있겠나?"

"금향각을 적극적으로 이용할 생각이에요."

남천영이 무거운 표정으로 고개를 끄덕였다. 불안했지만 어
쩔 수 없었다. 여중기가 잘못된다면 친우인 단천도왕 여무해
의 얼굴을 어찌 보겠는가.

"그러니 대협께서도 얼른 가 보세요. 더 늦기 전에요."

"후우. 고맙네. 그리고 정말로 조심해야 하네. 내 그쪽 일을
얼른 정리하고 다시 오겠네."

그 말을 남기고 막 떠나려던 남천영을 한서연이 막았다.

"잠시만요."

남천영이 의아한 표정을 짓자, 한서연이 눈을 빛내며 말했
다.

"그들의 능력이 생각 이상일 수도 있어요. 그러니 정말로
조심하셔야 해요."

한서연이 진지한 표정으로 말하자, 남천영도 감히 그것을
가볍게 받아들일 수 없었다. 그는 입을 꾹 다물고 고개를 한
번 크게 끄덕여 주었다.

"알았네. 내 소저의 말을 명심하지."

그 말을 끝으로 남천영이 몸을 날렸다. 남천영의 신형이 순
식간에 점이 되어 사라져 버렸다.

그 모습을 바라보던 두 여인이 한숨을 폭 내쉬었다.

"하아. 이제 정말로 조심해야겠네."

"그러게. 이럴 때 공자님이 계셨으면 든든할 텐데."

두 여인은 누가 먼저랄 것도 없이 웃으며 고개를 끄덕였다. 확실히 이럴 때 금철휘가 있다면 정말로 큰 힘이 될 것이다. 물론 지금은 제대로 움직일 수 있는지조차 의문이 들 정도로 몸이 비대해졌지만 말이다.

"내가 그렇게 보고 싶었어?"

갑자기 뒤에서 들려오는 말에 두 여인은 화들짝 놀라며 돌아섰다. 그녀들의 눈에 보이는 건 커다란 마차 하나뿐이었다.

"서, 설마……."

"내가 따라오겠다고 했잖아."

마차 안에서 금철휘의 목소리가 들려왔다. 아무리 그동안 금철휘에게 매번 놀랐다지만 이번에는 정말로 깜짝 놀랐다. 대체 어떻게 자신들을 쫓아왔단 말인가. 그것도 저런 커다란 마차를 타고서.

"이, 이게 대체 어찌 된 거죠? 여긴 어떻게 온 거예요?"

"그게 중요해? 내가 여기까지 왔다는 게 중요하지."

그렇게 말한 금철휘는 당당하게 말을 이었다.

"자, 일단 가자. 내가 좋은 곳으로 안내할 테니까. 흐흐흐."

마지막에 붙은 음흉한 웃음이 마치 친구를 사창가나 기루로 안내하는 듯해서 묘하게 꺼림칙했다. 하지만 두 여인은 한숨을 내쉬며 결국 금철휘가 탄 마차를 뒤쫓았다.

잠시 후, 한서연과 화영은 턱이 빠질 정도로 놀랐다. 금철휘가 안내한 곳에 세워진 거대한 전각 때문이었다.

"화, 황금루?"

황금루였다. 그것도 정주에 있던 황금루와 규모나 모양까지 똑같았다. 누가 봐도 금철휘의 황금루가 분명했다. 한데 이게 왜 여기 허창에 있단 말인가.

"자, 우리 한번 즐겨 보자고. 흐흐흐."

묘하게 꺼림칙한 금철휘의 웃음에 한서연과 화영은 고개를 저으며 황금루의 정문과 금철휘가 탄 마차를 번갈아 바라봤다. 대체 저 마차를 타고 전각 안에 어떻게 들어갈지 알 수가 없어서였다.

하지만 그녀들의 걱정은 기우에 불과했다. 황금루 앞에 도착한 마차의 문이 덜컹 열렸다. 한데 마차의 구조가 참으로 놀라웠다. 아니, 그보다 마차 문이 열린 뒤의 광경이 놀라웠다.

문이 열리자, 어딘가에서 나타난 건장한 체격의 사내 네 명이 후다닥 달려왔다. 그리고 마차 바닥에 손을 넣고 뭔가를 쭉 빼냈다. 길쭉한 봉이 쑥 튀어나왔다.

네 사내는 각자 봉 하나씩을 어깨에 메고 힘차게 일어났다. 그 순간 무릎이 한 차례 휘청거린 것은 잘못 본 것이 아니리라.

네 사내가 짊어진 가마 위에 금철휘가 비스듬하게 앉아 있었는데, 그 모습을 보니 또 턱이 빠지게 놀랄 수밖에 없었다.

"더 쪘어……"

"어떻게 거기서 더 찔 수가 있는 거지?"

화영과 한서연은 진심으로 금철휘가 탄 가마를 멘 네 사내가 불쌍하게 느껴졌다. 네 사내는 연방 휘청거리는 다리를 억지로 지탱하며 금철휘를 황금루 안으로 데려갔다.

"저 꼴로 꼭대기까지 과연 갈 수 있을까?"

두 여인은 불안한 마음에 얼른 가마의 뒤를 따랐다. 네 사내는 휘청거리면서도 용케 계단을 하나하나 올라가고 있었다. 그들의 얼굴을 비롯한 온몸에서 땀이 비 오듯 쏟아졌다.

"하아. 제발 좀 적당히 하시지."

"그러게."

두 여인은 못 말리겠다는 듯 고개를 젓고는 가마의 뒤를 따랐다. 정말로 믿기 어렵게도 가마는 무사히 최상층에 도착했다.

"그러니까 낙화장이라는 곳에 그놈들이 모여 있다 이거지?"

"예."

화영은 대답을 하면서 세심히 금철휘를 살폈다. 정말 믿을 수 없게도 불과 얼마 전에 봤을 때보다 두 배는 더 살이 찐 듯했다.

"어쩌실 거예요?"

한서연이 답답한 마음에 물었다. 저런 몸으로 대체 뭘 어쩔 수 있단 말인가.

"걱정하지 말고 너희들은 좀 쉬어. 그놈들은 내가 알아서 할 테니까."

두 여인은 동시에 한숨을 폭 내쉬었다. 자신만만한 모습이 좋긴 하지만 지금은 아니었다. 누가 봐도 뭔가를 어떻게 할 수 있는 상황이 아니었다. 스스로의 몸도 가누지 못하는데 혈룡귀갑대의 후인들을 대체 어떻게 상대한단 말인가.

"그들을 그냥 놔주실 생각은 아니시죠?"

"놔주긴 왜 놔줘? 하나하나 철저히 심문해야지."

"그들을 다 사로잡으시겠다고요?"

금철휘가 고개를 끄덕였다. 한서연과 화영은 서로를 바라봤다. 그리고 각각 상대의 얼굴에 떠오른 불신의 기색을 읽고는 쓴웃음을 지었다.

하긴, 이런 상황에서 금철휘를 믿는 건 정말로 쉽지 않았다.

"그럼 저희는 어쩔까요?"

"어쩌긴, 쉬고 있으라니까. 황금루는 침상도 최상이야. 누구든 누우면 그냥 잠들어 버린다고."

확실히 그렇게 생기긴 했다. 화려하고 커다란 침상이었다.

하지만 그 침상이 과연 금철휘를 버틸 수 있을지는 의문이었다.

막상 푹신한 침상을 보니 그동안 잊고 있던 피로가 확 밀려왔다. 한서연과 화영은 치미는 하품을 참으며 금철휘를 바라봤다.

"그럼 저희는 좀 잘게요."

금철휘가 씨익 웃었다.

"잘 생각했어. 멀리 갈 것 없이 여기서 자면 되겠네."

화영이 환하게 웃었다. 그녀의 눈빛에 어린 색기가 금철휘의 가슴을 한바탕 뒤흔들었다.

"어머, 그래도 되나요? 이거 기대되는데요?"

화영의 말에 한서연이 얼굴을 붉히며 고개를 푹 숙였다. 그리고 뭔가를 갈구하는 듯한 눈빛으로 금철휘를 한 번 바라봤다. 화영의 그것보다 훨씬 더 파괴력이 강했다.

"크흠."

금철휘가 헛기침을 하며 마음을 다스렸다. 최근 불끈불끈 솟아오르는 욕망이 참으로 심상치 않았다.

생각해 보니 전생의 금철휘도 딱히 금욕적인 생활을 한 건 아니었다. 누구보다 욕망에 충실히 살았다. 다만 그 욕망이 싸움과 무공에 훨씬 치중되어 있을 뿐이었다.

그리고 이 몸의 주인인 금철휘 역시 마찬가지로 욕망에 충실하게 살아왔다. 정신이 혼미할 때 벌어진 일이라고는 하지만 원래 그런 성정이 조금이라도 포함되어 있지 않다면 그렇게 방탕한 삶을 살았을 리 없었다.

그런 두 사람이 합해졌는데, 지금까지 여자를 거의 가까이 하지 않았으니 슬슬 폭발할 때가 되긴 했다.

금철휘가 그렇게 마음을 다스리고 있을 때, 두 여인이 침상에 누워 이불 속에 쏙 들어갔다. 침상이 어찌나 크고 화려한지 두 사람이 올라갔는데도 남은 자리가 휑했다.

"공자님, 피곤하시면 언제든 오세요."

화영이 유혹을 가득 머금은 눈으로 금철휘를 바라보며 말했다. 한서연은 수줍은 표정으로 금철휘를 힐끗 보고는 이불 속으로 쏙 숨었다.

그 모습을 보고 있으니 왠지 가만히 있는 게 바보처럼 느껴졌다. 왜 참아야 한단 말인가. 하지만 금철휘는 일단 참았다. 지금은 이렇게 노닥거리고 있을 때가 아니었다. 할 일이 있었다.

"너희들 계속 그러다 정말 당하는 수가 있다."

"바라고 있어요."

화영의 거침없는 대답에 금철휘는 결국 고개를 저었다. 그리고 천령신공을 펼쳤다.

금철휘의 천령신공은 이제 상당히 깊어져서 기운의 성질을 조금씩 바꿀 수 있을 정도가 되었다. 그리고 그것을 잘 이용하면 기를 이용해 여러 가지 일을 할 수 있었다.

예를 들어 지금 하는 것처럼 경지가 낮은 사람을 잠들게 하는 일 말이다.

금철휘는 천령신공을 이용해 두 여인의 수혈을 자극했다. 워낙 피곤했던지라 한서연과 화영은 거의 순식간에 잠들어 버렸다.

둘을 잠재운 금철휘는 고개를 좌우로 까딱였다. 물론 잘 움직이지 않았다. 살덩이 때문에 목을 움직이는 것도, 심지어는 팔을 움직이는 것도 쉽지 않았다.

"이거 너무 찌웠나?"

금철휘는 씨익 웃으며 천천히 자리에서 일어났다. 그의 살은 보통 살이 아니다. 천령신공과 백토신공이 어우러져 만들어낸 기의 결정체였다. 나중에 이 살을 모조리 내공으로 바꾸면 아마 예전의 금철휘보다 훨씬 더 많은 내공을 가질 수 있게 될 것이다.

"뭐, 내공이 중요한 건 아니지만 많아서 나쁠 건 없지."

완전히 일어난 금철휘는 천천히 걸음을 옮겼다. 워낙 비대한지라 걷는 것도 쉬워 보이지 않았다. 하지만 금철휘는 제법 잘 걸었다.

금철휘가 향한 곳은 창가였다. 황금루 최상층의 창문은 일부러 거대하게 만들었다. 이럴 때 이용하기 위함이었다. 지금도 천하 곳곳에서는 속속 새로운 황금루가 문을 열고 있었다. 그리고 그 모든 황금루의 최상층에는 어김없이 이렇게 거대한 창문이 달려 있었다.

창문을 활짝 연 금철휘는 밖을 슥 둘러봤다. 날이 어둑어둑해지고 있었다. 또한 허창의 전경이 한눈에 보였다. 금철휘는 허공으로 발을 내디뎠다.

놀랍게도 금철휘는 허공에 둥실 뜬 채로 걸음을 이어갔다. 말 그대로 허공답보였다. 그 비대한 몸을 띄우기도 만만치 않을 텐데 금철휘는 심지어 빠르게 걷다가 뛰기까지 했다.

하늘을 걸어가니 목표로 한 낙화장까지는 순식간이었다. 하늘에서 내려다본 낙화장은 뿌연 안개에 뒤덮여 있었다.

"여기도 어설픈 회류진이 펼쳐져 있군."

낙화장은 회류진의 영향으로 뿌연 안개에 휩싸여 있었다. 물론 그 안개는 낙화장 밖으로 나가지 않고 담장 안을 가리고 있을 뿐이었다. 안개의 역할은 비단 시야를 차단하는 것만이 아니었다. 내부의 기운을 거의 완벽하게 차단했다.

금향각이 아니었다면, 아니, 금철휘가 금향각에 회류진에 대해 알려 주지 않았다면 결코 찾아내지 못했으리라. 물론 거기에는 낙화장에 펼쳐진 회류진이 완벽하지 않다는 점도 중요하게 작용했다.

이들이 쓰는 회류진의 약점은 다른 게 아니었다. 회류진 자체의 기운을 감추지 못한다는 점이 바로 약점이었다. 그곳에 회류진이 있다는 사실을 만천하에 알리는 것과 다를 바 없었다.

물론 상당히 미약한 기운이라 특별히 신경을 쓰거나 회류진에 대해 잘 모른다면 아무도 알아차리지 못하겠지만 말이다.

금철휘는 하늘에서 천령신공을 움직여 회류진 안쪽을 살폈다. 만일 이곳에 펼쳐진 회류진이 완벽한 것이라도 금철휘의 눈을 피할 수는 없다. 혈룡귀갑대의 모든 무공과 진법은 천령신공으로 귀일한다.

천령신공 하나면 혈룡귀갑대로부터 파생된 모든 무공을 근본부터 들쑤실 수 있었다.

회류진을 파고든 천령신공은 낙화장 내부를 샅샅이 훑었다. 그리고 금철휘는 그곳에 숨어 있는 백 명의 무사들을 찾아냈다.

"뭔가 조금 다른데?"

정주의 장원에 남은 흔적에서 파악한 느낌과는 조금 달랐다. 분명히 그 음습하고 지저분한 느낌은 맞는데 그때 그 느낌이 아니었다.

"다른 놈들이 또 있을지도 모른다고 하더니 정말인가 보군."

금철휘는 정말로 궁금했다. 대체 누가 이런 짓을 벌이는지, 또 왜 이런 짓을 하는지 말이다. 자신의 예전 몸으로 강시를 만든 놈이 분명히 원흉일 것이다.

"그놈이 누군지 모르지만, 어쨌든 끝까지 찾아내서 박살을 내고야 만다."

금철휘는 다시 한 번 다짐하며 천천히 아래로 내려갔다.

낙화장의 중심에 위치한 전각 주변에 백 명의 사내들이 흩어져 있었다. 이름조차 얻지 못한 사내들이었다. 혈룡귀갑대에 속해 그저 번호로만 불렸다.

거의 인형이나 다름없었다. 아이 때부터 혈룡귀갑대가 되기 위해 키워졌으며, 인성을 말살했고, 복종만을 끊임없이 주입받았다. 그들은 그렇게 혈룡귀갑대가 되었다.

칠호는 천천히 몸을 풀며 주위를 살폈다. 혈룡귀갑대 내에는 인성을 상실하지 않은 대원이 한 명씩 섞여 있었다. 이곳 낙화장에 있는 혈룡귀갑대는 삼 대였다. 혈룡귀갑대는 일 대부터 칠 대까지 일곱 개나 존재한다. 본래는 열 개였는데, 수련 도중 삼백 명이 죽고 칠백 명만 남았다.

삼 대 칠호는 다른 혈룡귀갑대원들과 달리 이름이 존재했다. 파무강이라는 이름은 불린지 너무 오래되어 스스로도 잊을 지경이었다.

'그래도 영광된 자리지.'

혈룡귀갑대에는 파무강처럼 멀쩡한 정신을 가진 사람이 한 명씩 섞여 있었는데, 그들이 실질적 대주였다. 적에게 진짜 대주가 누군지 들키지 않기 위해 이런 방식으로 대주를 대원들 사이에 숨긴 것이다.

파무강에게 현재 내려진 명령은 낙화장에서 대기하다가 지정된 신호를 받으면 즉시 혈룡귀갑대를 끌고 나가 정주에서 제법 이름이 높은 문파인 천룡문을 무너뜨리는 것이었다.

임무의 성공은 의심의 여지가 없었다. 그들은 혈룡귀갑대였다. 대원 하나하나의 무위가 현 천하십대고수에 필적할 정도로 강하니 그들을 누가 당해낼 수 있겠는가.

'이 정도면 무림맹이라도 뒤집을 수 있지.'

파무강은 그렇게 자신했다. 무림맹이 아무리 큰 힘을 가지고 있으며, 그 규모가 엄청나다고 해도, 혈룡귀갑대 일곱 개가 한꺼번에 달려들면 결코 막을 수 없을 것이다.

그렇게 몸을 풀다가 문득 하늘을 쳐다본 파무강이 의아한 표정을 지었다. 하늘에서 뭔가 커다란 덩어리 하나가 천천히 내려오고 있었다.

처음에는 이불이 날아오는 건 줄 알았다. 다른 거라고 생각하기에는 속도가 좀 느렸다. 하지만 시간이 좀 지나자, 그것의 정체를 알 수 있었다.

"사람?"

사람이었다. 그것도 어마어마하게 거대하고 뚱뚱한 사람이었다.

"다들 일어섯!"

파무강의 외침에 혈룡귀갑대가 일제히 자리에서 일어났다. 그리고 일사불란하게 움직여 진형을 갖췄다.

파무강은 검을 뽑아 떨어지는 살덩이를 향해 휘둘렀다.

쉬익!

날카로운 바람 소리와 함께 초승달 모양의 검기가 쏜살같이 날아갔다.

터엉!

검기는 떨어지는 살덩이 깊이 파고들었다. 그리고 믿을 수 없게도 다시 튕겨 났다.

쩡!

파무강은 자신을 향해 되돌아온 검기를 쳐내 소멸시켰다. 그의 눈가가 파르르 떨렸다. 검을 쥔 손이 얼얼할 정도로 충격이 컸다. 자신이 날린 검기보다 몇 배나 더 강한 위력으로 되돌아온 것이다. 믿을 수 없었다.

쿠웅!

그렇게 한 번의 검기를 날렸다 받고, 잠시 머뭇거리는 사이 커다란 살덩이, 즉, 금철휘가 착지했다. 땅바닥이 둔중하게 울렸다.

"척 봐도 알겠네. 짝퉁 혈룡귀갑대."

금철휘가 주위를 슥 둘러보며 그렇게 말했다. 다른 말로는 표현할 수가 없었다. 이들은 혈룡귀갑대 특유의 복장을 하고 있었다. 거북이 등껍질 문양이 곳곳에 그려진 옷을 입었는데, 그중 급소를 가리는 몇 군데에 진짜 거북이 등껍질 조각을 달아 놓은 것까지 똑같았다.

"자, 누가 제일 많이 알고 있을까?"

금철휘는 다시 한 번 슥 둘러봤다. 혈룡귀갑대원들 하나하나와 모두 눈을 마주친 금철휘의 시선이 파무강에게서 딱 멈췄다.

"너만 조금 다르네?"

금철휘의 말에 파무강은 가슴이 철렁 내려앉았다. 대체 어떻게 알았단 말인가. 위화감이 일 만한 행동은 단 하나도 하지 않았다. 파무강은 금철휘가 그냥 찍었다고 판단할 수밖에 없었다.

하지만 금철휘는 확신을 가지고 파무강을 쳐다봤다. 천령신공의 힘은 파무강의 주변에서 움직이는 기운의 흐름이 다른 대원들과 미묘하게 다르다는 것을 단번에 구분했다.

"일단 다른 놈들부터 정리해 볼까? 회류진을 설치해 놓으니 이럴 때는 참 편하군."

금철휘는 그렇게 말하며 손바닥을 슬쩍 들어 올렸다.

위이이잉!

손바닥 앞 공기가 기묘하게 진동했다.

쒸아앙!

뭔가가 손바닥에서 나가 크게 원을 그리며 움직였다. 그 속도가 어찌나 빠른지 제대로 반응하는 사람이 거의 없었다.

촤촤촤촤촤촤촤악!

수십 개의 목이 허공에 떠올랐다.

파무강은 멍한 눈으로 그 광경을 지켜봤다. 있을 수도, 있어서도 안 되는 일이 눈앞에서 벌어지니 쉽게 그것을 받아들일 수가 없었다. 파무강은 인형이 아니라 인간이었다.

"귀, 귀갑륜?"

확실히 보지는 못했지만 귀갑륜이 분명했다. 금빛으로 빛나는 귀갑이 사방을 휘저으며 대원들의 목을 가져갔다. 속도가 너무 빨라 그것을 눈으로 인지한 순간에는 이미 목이 잘린 뒤였기에 반응을 할 수 없었다.

"혈룡귀갑대라고 하더니 이걸 다 알아보네?"

금철휘는 그렇게 말하며 이번에는 양손을 다 들어 올렸다.

위이이잉! 쒸아잉!

이번에는 두 개의 귀갑륜이 날았다. 조금 전보다 더욱 비현실적인 광경이 펼쳐졌다.

파무강은 이를 악물고 금철휘에게 달려들었다. 몸집이 비대하니 자신의 공격을 피할 수 없을 거라 판단한 것이다.

"하아압!"

기합까지 넣어서 검에 모든 힘을 몰아넣었다. 검기를 튕겨낸 걸로 봐서 엄청난 외공을 익혔을 가능성이 컸다.

꿀렁!

파무강의 표정이 기괴하게 일그러졌다. 손맛이 너무나 이상했다. 마치 물컹물컹한 뭔가를 때린 것 같았다. 차라리 그걸 검으로 잘라냈으면 좋았겠지만, 그렇게 하지 못했다.

'무슨 살이 이따위야?'

그 생각을 마지막으로 파무강의 시야가 새까맣게 죽어 버렸다. 강렬한 충격에 정신을 잃은 것이다.

금철휘는 뱃살을 한 번 튕겨 파무강의 검을 튕겨냈다. 그리고 한 손으로 파무강의 목덜미를 쥐었다.

남은 혈룡귀갑대는 고작 일곱이었다. 하지만 금철휘는 그들도 살려 보낼 생각이 전혀 없었다. 처음 봤을 때부터 이들은 세상에 존재해선 안 된다는 것을 알아챘다.

이들은 인간이 아니었다.

금철휘의 손에서 다시 한 번 귀갑륜이 날았다. 그리고 일곱 개의 목이 허공에 떠올랐다.

이로써 낙화장에 머물던 일백 명의 혈룡귀갑대 중 한 명을 제외한 모두가 죽었다.

금철휘는 파무강의 목덜미를 쥔 채 둥실 허공으로 떠올랐다. 그렇게 둥둥 떠서 하늘 높이 올라간 금철휘는 아래를 향해 손을 뻗었다.

화르륵!

금철휘의 손 앞에서 뜨거운 기운이 넘실거렸다. 그 기운은 불덩이가 되어 그대로 낙화장에 내리꽂혔다.

이내 낙화장이 화마에 휩싸였다.

금철휘는 타오르는 낙화장을 내려다보다가 다시 황금루로 향했다. 두 여인이 세상모르고 자고 있는 그 유혹의 방으로 말이다.

정신을 잃은 파무강의 목덜미를 쥔 채 황금루 최상층에 들어선 금철휘는 침상을 보고서는 쯧쯧 혀를 찼다.

"업어 가도 모르겠네."

한번 업어가 볼까 잠깐 고민하던 금철휘는 이내 고개를 젓고는 파무강을 방 한쪽에 휙 던졌다. 파무강은 바닥을 구르면서도 정신을 차리지 못했다.

"그럼 슬슬 시작해 볼까?"

금철휘는 뒤뚱뒤뚱 걸어가 파무강 앞에 주저앉았다. 몸이 비대해 쪼그리고 앉는 건 엄두도 낼 수 없었다. 물론 그런 것쯤 못 해도 전혀 불편하지 않았다. 그냥 퍼질러 앉으면 그만이니까.

손을 한 번 휙 휘저은 금철휘가 파무강의 반응을 살폈다. 손을 휘두르며 차가운 기운을 잔뜩 실어 날렸다. 그것을 온몸에 뒤집어쓴 파무강은 부르르 떨며 정신을 차렸다.

"크윽."

"정신이 좀 들어?"

앞에서 들려오는 소리에 눈을 뜨고 고개를 든 파무강은 금철휘를 발견하고는 소스라치게 놀랐다.

"너, 너는!"

"쉿!"

금철휘가 손가락 하나를 입에 갖다 대며 말했다.

"떠들지 마라. 애들 깨면 넌 죽는다."

파무강은 온몸을 짓누르는 위압감에 자신도 모르게 입을 꾹 다문 뒤, 슬며시 고개를 돌려 침상을 바라봤다. 그리고 눈이 돌아갈 정도로 아름다운 여인 두 명이 자고 있는 모습에 침을 꿀꺽 삼켰다.

"왜? 평소대로 한번 해 보게?"

금철휘의 싸늘한 목소리에 퍼뜩 정신을 차린 파무강이 정신없이 고개를 저었다.

"그, 그게 아니다."

"아니다?"

금철휘의 손이 느릿하게 움직였다. 파무강은 솥뚜껑 같은 두툼한 손바닥이 자신에게 다가오는 모습을 보면서 꼼짝할 수 없었다. 혈도가 제압된 것도 아닌데 움직일 수가 없었다.

이내 손이 파무강의 정강이에 닿았다.

빠득!

"크아악!"

텁!

금철휘의 손이 비명을 내지르는 파무강의 입을 턱 막았다. 파무강은 비명조차 지를 수가 없었다. 턱이 빠질 것처럼 고통스러웠기 때문이다. 턱의 고통 때문에 부러진 다리의 고통을 잠시 잊을 정도였다.

"내가 조용히 하라고 했지?"

파무강이 정신없이 고개를 끄덕였다. 그제야 금철휘가 손바닥을 폈다. 파무강은 부러진 다리를 억지로 맞추며 끙끙 앓았다. 지독히 아팠다.

"다시 말해 봐. 뭐라고?"

"그, 그, 그게 아닙니다."

"그래. 이제야 좀 대화를 할 맛이 나는군. 근데 뭐가 아니라고?"

"그러니까……."

파무강은 정신을 차릴 수가 없었다. 대체 자신이 지금 무슨 소리를 하고 있는지도 떠오르지 않았다.

"됐다. 시답잖은 말은 그만하고 진짜 중요한 얘기를 해 보자."

파무강은 갑자기 엄습하는 긴장감에 침을 꿀꺽 삼켰다.

한참을 뜸들이던 금철휘가 불쑥 물었다.

"너 뭐야?"

"예?"

"너 정체가 뭐냐고."

"그, 그러니까 저는…… 혈룡귀갑대입니다."

"혈룡귀갑대? 홋. 너 따위가?"

파무강의 얼굴이 시뻘겋게 달아올랐다. 자신이 무시당하는 것 같아 참기 어려웠다. 하지만 참지 않으면 어쩔 것인가. 상대는 자신의 목숨을 꽉 쥐고 있는데 말이다.

"너 진짜 혈룡귀갑대를 만나 본 적이나 있어?"

파무강은 아무런 대답도 하지 못했다. 그랬을 리가 없지 않은가. 혈룡귀갑대가 사라진 지 칠 년이 넘었다. 그때 자신은 죽어라 수련 중이었다.

'혈룡귀갑대가 되려고 말이지.'

뭔가 위화감이 들었다. 지금까지는 한 번도 생각해 본 적이 없는 문제였다. 진짜 혈룡귀갑대가 천하를 상대로 싸우고 있을 때, 자신은 혈룡귀갑대가 되기 위해 수련에 매진했다.

파무강의 표정이 명해지자, 금철휘가 손뼉을 짝 쳤다. 파무강이 다시 정신을 차렸다.

"혈룡귀갑대가 몇 개나 있지?"

금철휘의 물음에 파무강이 독기 어린 눈으로 금철휘를 노려봤다. 지금까지 기세에 눌려 제대로 된 대항 한 번 못했지만 이제 어느 정도 정신을 가다듬어 여유가 조금 생겼으니 최대한 저항할 생각이었다.

그런 파무강을 보며 금철휘가 가소롭다는 듯 피식 웃었다. 그리고 금철휘의 손바닥이 다시 움직였다.

파무강은 이해할 수가 없었다. 금철휘의 손바닥만 보고도 온몸이 땀에 젖을 정도로 긴장했다. 그리고 두려웠다. 저 손바닥이 너무나 무서웠다. 자신이, 혈룡귀갑대 제삼대의 실질적인 대주인 파무강이 고작 저 두툼한 손바닥에 두려움을 느낀다는 건 말도 안 되는 일이었다.

"균형을 맞춰야지."

금철휘의 손바닥이 파무강의 멀쩡한 다리에 닿았다.

빠각!

"크읔!"

파무강은 비명을 속으로 삼켰다. 처음 겪었던 일이 경험이 되어 그의 몸과 정신에 새겨진 것이다. 지독한 고통에 정신이 혼미해졌다.

"자, 이제 다시 얘기해 보자. 혈룡귀갑대, 몇 개나 있지?"

"이, 일곱 개……."

"호오. 일곱이라. 하나가 사라졌으니 그럼 이제 여섯 개 남은 건가?"

파무강이 고개를 끄덕였다. 그 뒤로 금철휘의 질문 몇 개가 이어졌고, 파무강은 별 저항 없이 자신이 아는 모든 것을 줄줄 얘기했다.

"잔챙이군."

파무강에게서 더 들을 것이 없다고 판단한 금철휘는 손가락을 딱 튀겼다. 그러자 파무강이 풀썩 쓰러졌고, 그와 동시에 흑의를 입은 정보원이 유령처럼 금철휘 앞에 내려섰다.

"점점 좋아지네."

"감사합니다."

정보원의 보법이 이제는 경지에 이르렀다. 아무리 금철휘에게 당하고 있었다지만 십대고수에 버금가는 실력을 가진 파무강이 그의 기척을 못 알아차렸을 정도니 말이다.

"치워."

금철휘가 파무강을 손가락으로 가리키며 말하자, 정보원이 눈을 빛냈다. 세상을 잠시나마 뒤흔들었던 혈룡귀갑대의 일원이다. 이자가 얼마나 큰 힘을 발휘할지는 깊이 생각해 보지 않아도 충분히 알 수 있었다.

"감사합니다."

정보원은 꾸벅 인사를 하고는 파무강을 들고 다시 허공에 녹아들었다.

"무림맹이라면 비싼 값을 주고라도 사 가겠지."

혈룡귀갑대가 하나가 아니라 여섯 개나 더 남아 있다는 건 무림맹 입장에서 기함을 할 정도로 심각한 문제일 것이다.

"냄새가 나. 코가 썩을 정도로 지독한 악취가."

혈룡귀갑대의 전인이라 세상에 알려진 자들은 스스로를 혈룡귀갑대라 믿었다. 게다가 혈룡귀갑대가 한창 활동하고 있는 중에 혈룡귀갑대가 되기 위한 수련을 받았다니 정말로 이상하지 않은가.

"그놈들이 살아남았을 리는 없고 말이지."

과거의 일이 아련히 떠올랐다. 혈룡귀갑대의 처음 시작과, 혈룡을 품고 있던 작은 방파의 일이 말이다.

금철휘는 잠깐 추억에 젖었다가 이내 고개를 저어 모든 걸 털어 버렸다. 지금에 와서는 거의 쓸모가 없는 일이었다. 혈룡귀갑대를 만들었던 작은 방파는 이미 세상에 남아 있지 않았다.

그것을 지운 것이 바로 혈룡귀갑대였고, 금철휘가 직접 지휘해서 모든 걸 확인했으니 전혀 빈틈이 없었다.

"어떤 놈이 우리들을 이용해서 뭔가 일을 벌였다는 뜻인데……."

금철휘의 눈빛이 스산해졌다. 점점 더 배후가 궁금해졌다. 그리고 그럴수록 더더욱 홍수에 대한 악감정이 커졌다.

"네놈이 뭘 어떻게 쌓았든 그 모든 걸 부숴 주마. 피눈물을 흘리며 죽어 가게 도와주지."

금철휘는 섬뜩한 눈빛으로 그렇게 중얼거렸다.

한참 동안 그렇게 증오를 불태우던 금철휘의 눈에 문득 침상이 들어왔다. 그리고 그 위에서 세상모르고 잠들어 있는 미녀 두 명이 보였다.

금철휘의 표정이 자신도 모르는 사이에 부드럽게 풀려나갔다. 그리고 마지막으로 입맛을 쩍 다셨다. 먹을 걸 눈앞에 두고 못 먹는 눈빛이 되어서 말이다.

제5장
혼란의
도가니 속에서

두 여인이 늘어지게 기지개를 켰다. 그동안 쌓였던 모든 피로가 싹 날아간 느낌이었다. 너무나 상쾌했다.

"잘 잤어?"

두 여인은 목소리가 들려온 쪽을 바라봤다. 어젯밤과 전혀 다름없는 자세로 앉아 있는 금철휘가 보였다. 둘은 약속이라도 한 듯 고개를 홱 돌렸다.

"흥."

"뭐야? 그 어이없는 태도는?"

금철휘의 말에 화영이 다시 고개를 돌려 금철휘를 똑바로 바라봤다. 그리고 배시시 웃으며 말했다.

"짐승만도 못한 뚱땡이."

화영의 말에 금철휘가 입을 쩍 벌렸다. 이런 귀여운 폭언이라니. 하지만 놀라기에는 아직 일렀다. 이번에는 한서연이 금철휘를 바라보며 말했다.

"바보. 숙맥. 멍청이."

금철휘의 입이 더 크게 벌어졌다. 한서연이 이런 말을 할 거라고는 전혀 예상치 못했기에 충격이 더 컸다.

두 여인이 자리에서 벌떡 일어나 금철휘를 보며 양손을 허리에 척 얹었다. 마치 쌍둥이처럼 똑같이 움직였고, 자세도 똑같았다. 금철휘는 그저 멍하니 그 광경을 지켜보기만 했다.

"우리가 그렇게 못났어요? 마음에 안 들어요?"

금철휘가 고개를 저었다. 그러자 둘이 동시에 고개를 휙 돌렸다.

"흥. 거짓말."

금철휘는 턱을 쓰다듬으며 빙긋 웃었다.

"이거 참. 귀엽네."

금철휘가 천천히 몸을 일으켰다. 워낙 거대한지라 마치 산이 일어나는 듯한 착각마저 들었다.

한서연과 화영은 그런 금철휘를 보며 침을 꿀꺽 삼켰다. 그러자 금철휘가 마치 호랑이를 흉내 내듯 양손을 들어 올렸다.

"너희들 그러다 잡아먹힌다."

말을 마친 금철휘가 그야말로 맹호처럼 달려들었다. 그 육중하고 비대한 몸이 어찌 그렇게 비쾌하게 움직이는지 알 수 없었다. 당연히 두 여인은 엄청나게 놀랐다.

"꺄아아악!"

동시에 비명을 지른 두 여인은 금철휘의 양손에 하나씩 잡혀 허공에 붕 떴다. 그리고 그대로 침상에 내던져졌다.

두 여인이 침상에서 서둘러 균형을 잡으며 상체를 세웠다. 그런 둘의 눈에 침상으로 날아오는 금철휘의 몸이 가득 들어왔다. 너무 놀라 비명도 나오지 않았다. 그저 입만 쩍 벌렸다.

꽈르릉!

뇌성벽력이 치는 소리와 함께 침상이 무너졌다. 무게를 가늠할 수 없을 정도로 뚱뚱한 금철휘가 붕 날아 떨어졌으니 어떤 침상이 버틸 수 있겠는가.

한서연과 화영은 어이없는 눈으로 침상 한가운데 엎어진 금철휘를 바라봤다. 두 여인은 간신히 금철휘의 몸에 깔리는 걸 피할 수 있었다.

"뭐, 뭐야! 지금 뭐 하는 거예요!"

화영이 놀란 목소리로 말을 더듬자, 금철휘가 천천히 몸을 일으키며 고개를 돌려 화영을 쳐다봤다. 그리고 씨익 웃었다.

두 사람은 어이가 없어 말을 하지 못하고 그저 금철휘만 멍하니 바라봤다. 하지만 진짜 문제는 지금부터 시작이었다.

"잠깐! 지금 바닥이 조금 흔들리는 거 같지 않아요?"

한서연이 눈을 크게 뜨며 금철휘를 바라보고 물었다. 금철휘는 고개를 끄덕였다. 이 중에서 가장 예민한 사람이 바로 금철휘다. 한서연도 느낀 걸 금철휘가 못 느꼈을 리 없었다.

"흔들리고 있어. 에에. 그러니까 벽과 기둥 여기저기에 금이 좀 갔군."

두 여인이 경악한 눈으로 금철휘를 바라봤다. 벽과 기둥에 금이 간 사실을 알아내서 놀란 게 아니라, 그 육중한 무게에 놀랐다. 그저 한 번 뛰었을 뿐인데 황금루 같은 거대한 전각이 무너질지도 모른다는 사실이 놀라울 따름이었다.

"이, 이러고 있어도 돼요?"

"사람들을 대피시켜야죠!"

"왜? 무너질까 봐?"

두 여인이 잠시 멈칫거렸다. 생각해 보니 아무리 무거운 사람이 뛰었다고 전각이 무너질 리 없었다. 괜한 호들갑을 떨었다고 생각하니 부끄러워 얼굴이 붉어졌다.

하지만 그것도 잠시, 이내 전각이 우르르 진동하자, 화들짝 놀라 벌떡 일어났다.

"이, 이거 정말 괜찮을까요?"

"일단 사람들을 대피시키는 편이……."

"그런가?"

금철휘가 느긋하게 몸을 일으켜서 창가로 걸어갔다. 사실 금철휘는 천령신공을 이용해 벌써 전각의 상태를 세심히 파악한 뒤였다. 이대로는 무너지지 않는다. 다만 그냥 방치하면 전각의 수명이 오래가지 않을 것이다.

"쩝, 너무 찌웠나?"

그렇게 중얼거리며 머리를 긁적인 금철휘는 창문을 열고 아래를 슥 내려다봤다. 그러자 한서연과 화영이 쪼르르 달려와 금철휘 양옆에 붙어 밖을 내다봤다.

"헉!"

"저, 저거 금 간 거 맞죠?"

전각 외벽에 구렁이가 꿈틀거리며 지나가는 듯한 커다란 금이 쫙쫙 그어져 있었다. 두 여인이 불안한 눈으로 금철휘를 바라봤다.

"걱정할 거 없다니까 그러네. 내가 한 번 더 뛰면 모를까. 이대로는 절대 무너지지 않아."

"그, 그럴까요?"

"그럼. 나만 믿으라고."

금철휘는 그렇게 말하며 빙글 돌아섰다. 그와 동시에 두 여인의 허리를 척척 잡아챘다.

"꺄!"

한서연과 화영은 갑작스런 금철휘의 행동에 깜짝 놀랐다. 그리고 이내 몸이 허공에 붕 뜨는 걸 느끼며 아찔해졌다.

털썩 소리와 함께 두 여인이 무너진 침상 위에 떨어졌다. 그리고 두 여인은 또다시 금철휘가 하늘을 나는 광경을 봐야만 했다. 둘의 얼굴에 절망감이 어렸다.

. 꽈르릉!

이번엔 진짜였다. 전각이 위태롭게 흔들렸다. 한서연과 화영은 금철휘의 팔을 양쪽에서 잡고는 내공을 가득 넣어 번쩍들었다. 금철휘가 그 힘을 받아 단번에 일어났다. 그리고 팔을 확 안으로 당겼다.

두 여인은 그대로 금철휘의 품에 갇혀 바둥거렸다.

"가만히 좀 있어라."

금철휘의 나직한 말에 한서연과 화영이 몸부림을 멈췄다. 생각해 보니 이렇게 품에 안긴 건 처음이었다. 두 여인의 얼굴이 달아올랐다.

전각이 거세게 흔들렸다. 하지만 이번에는 누구도 호들갑을 떨지 않았다. 그저 금철휘의 품에 안겨 지그시 눈을 감고 체향을 음미할 뿐이었다.

그렇게 세 사람은 해가 중천에 뜰 때까지 가만히 서서 서로를 느꼈다.

"대체…… 어떻게 한 거예요?"

"뭘?"

"전각이요."

금철휘는 대답 대신 씨익 웃었다.

화영과 한서연이 이렇게 놀랄 만도 했다. 벽에 금이 쩍쩍 갔던 황금루는 이제는 언제 그랬냐는 듯 멀쩡했다. 아예 흔적

자체가 남지 않았다. 마치 새것 같았다.

"지금 전각이 중요해?"

금철휘의 말에 한서연과 화영이 서로를 바라보며 눈을 동그랗게 떴다. 생각해 보니 더 중요한 일이 있었다. 황금루야 무너져도 다시 지으면 그만이다. 하지만 혈룡귀갑대의 일은 그렇지 않았다.

"낙화장에 가 봐야겠어요."

화영의 말에 한서연이 고개를 끄덕였다. 두 사람은 동시에 금철휘를 바라봤다.

금철휘는 손을 밖으로 휙휙 내저었다.

"갔다 와."

"예? 저, 저희들끼리요?"

"그럼, 나도 가자고?"

두 여인은 꿀 먹은 벙어리처럼 입을 꾹 다물었다. 같이 갔으면 좋겠지만 차마 그러자고 말을 할 수가 없었다. 금철휘의 거대한 몸을 보면 누구도 쉽게 그 말을 하지 못하리라.

"아, 알았어요. 저희들끼리 다녀올게요."

둘은 서운한 기색을 감추지 못했다. 하지만 이내 모든 걸 털어내고는 훌쩍 밖으로 나갔다.

금철휘는 황금루 최상층에 난 커다란 창문을 통해 멀어져 가는 두 여인을 가만히 지켜봤다. 입가에 미소가 떠올랐다.

　　　　　　*　　　*　　　*

　낙화장에 도착한 한서연과 화영은 말문이 턱 막혔다. 낙화
장이 폐허가 되어 있었다. 불이라도 났는지 제대로 남아난 전
각이 없었고, 담장에는 그을음이 가득했다.

　"이, 이게 어떻게 된 거지?"

　인근 방파에서 파견한 수많은 무사들이 낙화장에 들어가
조사를 하고 있었다. 그중에는 금향각의 정보원들도 상당수
섞여 있었다.

　"이게 어떻게 된 일이지?"

　"그러게?"

　두 여인은 낙화장 안으로 들어갔다. 무사들이 대번에 나서
그녀들의 앞을 막았다.

　"외부인은 들어가실 수 없습니다."

　화영이 무사를 똑바로 쳐다봤다. 그녀의 아름다운 얼굴에
무사가 살짝 당황했다. 처음에는 그저 여자 두 명이 들어왔
다고 생각하고 대수롭지 않은 마음으로 왔는데, 막상 확인
하니 태어나서 처음 보는 미녀가 둘이나 있었다.

　"혹시 낙화장 분이신가요?"

　화영의 물음에 무사가 고개를 저었다. 그리고 자부심 어린
표정으로 말했다.

　"소월방입니다."

"소월방?"

소월방은 허창에서 세 손가락 안에 드는 큰 방파였다. 소월방이 원한다면 누구든 한발 양보해야만 할 정도로 강력한 힘을 가졌다.

"낙화장 분도 아니면서 무슨 권리로 우리를 막는 거죠? 저기 꼭 소월방에서 오신 분들만 있는 것 같지도 않은데요?"

화영의 조리 있는 말에 무사는 입을 다물었다. 뭐라 대꾸할 말이 없었다. 평소 같았으면 소월방의 위세로 꽉 눌러 버리겠는데, 아름다운 여자들 앞에서는 차마 그렇게 할 수가 없었다.

"저희는 금향각에서 왔어요. 들어가도 괜찮겠죠?"

한서연이 나서서 말하자 무사는 자신도 모르게 고개를 끄덕이며 길을 비켜 주었다. 화영도 아름답긴 하지만 사실 한서연에 비하면 약간 손색이 있었다.

한데 그런 한서연이 생긋 웃으며 말하니 정신을 차리지 못했다. 무사는 그렇게 한쪽으로 비켜선 뒤 낙화장 안으로 들어가는 한서연과 화영을 멍하니 바라봤다.

두 여인은 사뿐사뿐 걸어 낙화장의 중심부에 도착했다. 그곳에도 예의 불에 타서 시커먼 뼈대만 남은 전각이 있었다. 그리고 그 주위로 타다 만 시체들이 수두룩하게 누워 있었다. 하나같이 목이 잘려 있었다.

"이게 대체 어찌 된 일이지?"

"이들이 설마 혈룡귀갑대?"

두 여인은 다른 사람들 사이에 섞여서 시체들을 세심히 살폈다. 혈룡귀갑대 자체를 본 적이 한 번도 없으니 이들이 과연 그들인 줄은 확신할 수 없었다.

"아무래도 그런 것 같지?"

화영의 말에 한서연이 고개를 끄덕였다. 그 외에는 생각할 수 있는 게 없었다. 혈룡귀갑대가 자신들의 죽음을 가장했을 수도 있다. 하지만 굳이 그럴 이유가 없었다.

"일단 개봉과 낙양 쪽도 어떻게 되었는지 알아봐야겠어."

화영은 그렇게 말하며 주위를 둘러봤다. 그녀들을 힐끔거리는 수많은 눈길이 느껴졌다. 그리고 그 눈길들 사이사이에 금향각의 정보원들이 보였다.

굳이 그녀들이 여기 남아서 확인하지 않아도 훨씬 정확한 정보를 그들이 가져올 것이다. 낙화장이 이렇게 되었다는 사실을 직접 본 것만으로 충분했다.

두 여인이 낙화장에서 사라지자, 여기저기서 수군거리기 시작했다. 갑자기 나타난 미녀들에게 사내들이 관심을 갖는 건 너무나 당연한 일이었다.

수많은 무사들이 분주히 움직이기 시작했다. 몇몇은 한서연과 화영을 뒤쫓겠다고 나갔고, 몇몇은 자신들이 모시는 공자님에게 보고를 드리기 위해 나갔다.

그리고 그 사이에서 금향각의 정보원들이 의미심장한 미소를 지었다. 자고로 미녀는 언제나 돈이 되는 법이다. 미녀가 있는 장소, 꽤 돈이 될 만한 정보 아닌가.

*　　　*　　　*

황금루에 도착한 두 여인은 황급히 최상층으로 달려가 금
철휘를 찾았다. 황금루는 기루답게 해가 중천에 뜬 지금은 영
업을 하지 않았기에 전각 내부에 돌아다니는 사람이 거의 없
어 한산했다.

그녀들이 워낙 빠르게 여기까지 달려왔기 때문에 낙화장에
서 관심을 가진 사내들은 아무도 쫓아오지 못했다. 물론 그
들이 제대로 쫓지 못하게 금향각의 정보원들이 은밀히 방해
를 하기도 했지만 말이다.

한서연과 화영은 금철휘를 보자마자 득달같이 달려가 그
앞에서 빤히 얼굴을 올려다봤다.

"왜? 너무 멋있어?"

항상 하던 뻔한 소리에 그녀들은 평소와 똑같은 반응을
보여 주었다.

"네. 너무 멋있어요."

화영이 그렇게 대답했고, 한서연이 고개를 끄덕였다. 그러
면서도 그녀들의 시선은 결코 금철휘에게서 떠나지 않았다. 결
국 머쓱해서 뒤로 물러난 것은 금철휘였다.

"갑자기 왜 이래? 부담스럽게."

"공자님이죠?"

"뭐가?"

"낙화장이요."

"혈룡귀갑대요."

금철휘는 씨익 웃으며 천천히 침상으로 걸어갔다. 부서진 침상은 어느새 훨씬 크고 화려한 새 침상으로 바뀌어 있었다.

한서연과 화영은 그 모습을 보고 침을 꿀꺽 삼켰다. 왠지 무슨 일이 벌어질 것 같아 기대감과 긴장감이 어우러져 가슴이 마구 뛰었다.

"그놈들이 또 어디 있다고 했지? 개봉이랑 낙양이라고 했나?"

두 여인의 얼굴에 실망감이 스쳤다. 하지만 금철휘의 물음에는 제대로 대답을 했다.

"맞아요. 여 소협이 아마 낙양에 있을 거예요. 검왕께서도 그쪽으로 가셨을 거고요."

그 말을 들은 금철휘가 손가락을 하나 들며 입을 열었다.

"일단 단천도왕을 잡아간 건 여기 있던 놈들이 아니야."

"예?"

"한 놈을 잡아서 조금 알아봤거든. 혈룡귀갑대의 전인이라는 것들, 보니까 다 인형이나 다름없더라고. 그중에 사람 비슷한 놈 하나 잡아서 물어봤지."

두 사람의 눈이 반짝였다. 역시 낙화장을 그렇게 만든 건 금철휘였다. 저 몸으로 대체 뭘 어떻게 했는지 모르지만 말이다.

'하긴, 어제 보니까 웬만한 사람보다 훨씬 빠르게 움직이긴 했지.'

그래서 침상이 부서지고 전각이 흔들린 것 아닌가. 저 육중한 몸으로 그렇게 훌쩍 날아오를 수 있을 줄은 정말 상상도 하지 못했다.

"허창, 개봉, 낙양, 이렇게 세 군데 혈룡귀갑대가 있는 건 맞고, 그들 중 하나가 도왕을 데려간 것도 맞아. 하지만 여기 있던 놈들은 아니야."

"하면 대체 그자들의 목적이 뭔가요?"

"좀 알아볼 게 있는 모양이야."

"알아볼 거요?"

"그놈도 짐작만 한 건데, 십대고수 정도의 무위를 가진 무사를 이용해 강시를 만들 것 같다더군."

"가, 강시요?"

"그것도 십대고수로요?"

십대고수로 강시를 만든다니, 그건 재앙이었다. 대체 무슨 강시가 나올지는 모르지만, 통상적으로 강시는 생전의 무위가 강하면 강할수록 괴물이 되는 법 아니던가.

"일단 여기 있던 놈들은 모르는 어딘가로 도왕을 데려갈 모양이야."

한서연과 화영은 심각한 표정을 지었다. 이건 정말 보통 문제가 아니었다. 단천도왕은 십대고수 중에서도 꽤 강한 축에 속한다. 상천검왕보다도 한 수 위로 평가되는 고수였다.

한데 그런 고수가 제대로 힘 한 번 써 보지 못하고 납치당했다. 그리고 그를 납치한 자들은 강시를 만들려 한다니, 대체 얼마나 대단한 자들이 나섰단 말인가.

"일단 어떻게든 도왕은 찾을 수 있을 것 같아. 한데 문제는 그게 아니야."

두 여인은 침을 꿀꺽 삼키며 금철휘의 말에 집중했다. 단천도왕을 찾는 것보다 더 중요한 문제가 대체 뭐란 말인가.

"여기 있던 놈들이 사실 누군가를 노리고 있었거든."

금철휘의 말에 두 여인의 눈이 휘둥그레졌다.

"서, 설마 또 다른 십대고수를……!"

"정확해. 여기 허창에서 조금 대기하다가 안휘 쪽으로 넘어가서 거기에 있던 고수 하나를 낚아챌 계획이더라고."

안휘의 고수라는 말에 두 여인이 고민했지만 얼른 떠오르는 이름이 없었다. 그녀들의 고민은 어느새 모습을 드러낸 금향각의 정보원이 해결해 주었다.

"며칠 후, 관일창 석절패가 안휘와 하남의 경계 부근을 지난다는 정보가 있습니다."

"이놈들 정보력도 꽤 되네? 사해방이 사라졌는데도 그 정도야?"

금철휘가 의외라는 듯 말하자, 정보원이 난감한 표정을 지었다. 그들의 정보망에 대해서는 전혀 파악한 바가 없었기 때문이다. 그는 즉시 고개를 숙이며 말했다.

"바로 알아보도록 지시를 내리겠습니다."

금철휘가 손을 휘휘 젓자, 다시 한 번 고개를 숙인 정보원이 허공에 녹아들었다.

"어때? 이제 좀 분위기 파악이 돼?"

"하면 낙양이나 개봉에 있는 자들도 같은 목적으로 움직인단 말인가요?"

"당연하지. 그리고 과연 혈룡귀갑대가 그들뿐일까?"

이 말에는 한서연과 화영도 크게 놀라지 않을 수 없었다.

"예? 그게 무슨 말인가요? 그럼 그들 말고 또 있단 말인가요? 십대고수를 가볍게 납치할 정도로 대단한 자들이?"

"여섯 개가 있다더군."

"여, 여섯 개나요?"

"그들이 과연 어디서 뭘 하고 있을까?"

두 여인의 얼굴이 창백해졌다. 그들이 모두 나서서 십대고수들을 노린다면 세상은 정말로 혼란에 빠질 것이다. 더구나 십대고수들이 강시가 되어 나타난다고 생각하면 그야말로 아찔했다.

"그럼 어떻게 해야 하죠?"

십대고수들에게 연락해서 조심하라고 하는 건 거의 의미가 없었다. 그들은 무공만큼이나 자존심이 강한 자들이다. 누군가 납치 시도를 하려고 하니 조심하라고 말하면 아마 백이면 백 다 화를 낼 것이다.

그렇다고 따라다니면서 보호할 수도 없는 노릇 아닌가.

"어쨌든 일단 움직이는 게 좋지 않겠어? 검왕이라도 지켜야지. 도왕도 되찾고."

"그럼 낙양으로 가는 건가요?"

"그래. 아마 도왕도 거기 있을 테니까."

금철휘는 눈을 빛냈다. 도왕이 거기 있다는 건 어제 심문한 파무강의 말과 금향각의 정보를 토대로 유추해낸 것이다.

일단 강시로 만들기 위해서는 모종의 장소로 이동해야 하는 모양이니 아직까지는 무사할 거라고 짐작할 수 있었다. 이제부터는 그들이 자리를 뜨기 전에 빨리 도착하기만 하면 된다.

"그럼 가 볼까?"

"지금이요?"

"늦으면 곤란하잖아."

금철휘의 말이 끝나기 무섭게 네 사내가 가마 하나를 메고 방으로 들어왔다. 금철휘는 무거운 몸을 이끌고 천천히 그 위에 앉았다. 그리고 입을 헤 벌린 채 바라보고 있는 두 여인을 향해 턱을 까딱였다.

"같이 갈 거면 타야지?"

"서, 설마 마차를 타고 가실 건가요?"

금철휘가 씨익 웃자, 두 여인이 고개를 절레절레 저었다. 대체 무슨 생각인지 정말 알 수가 없었다.

"일단 마차까지 가서 기다릴게요. 보아하니 공자님 한 분만 들고 가는 것도 쉬워 보이지 않는데."

한서연의 말에 가마를 짊어진 네 사내가 고마움을 산처럼 담은 눈빛을 보냈다. 금철휘가 타라고 할 때 얼마나 가슴이 철렁했는지 모른다.

"뭐, 그럼 그러든가."

금철휘의 말이 끝나기 무섭게 가마꾼들이 움직였다. 돈을 많이 주니 이 일을 하긴 하지만, 또 금향각 소속의 정보원이니 정말 어쩔 수 없이 하는 일이지만, 죽을 정도로 힘들었다. 기회만 되면 언제든 때려치우고 싶은 일이었다.

넷은 행여 한서연과 화영이 탈 새라 서둘러 방을 나섰다. 그런 그들의 뒷모습을 보며 나직이 한숨을 내쉰 두 여인이 서로를 한 번 바라보고 생긋 웃은 뒤 천천히 내려갔다.

잠시 후, 마차 한 대가 허창을 떠났다.

*   *   *

무림맹이 발칵 뒤집혔다. 사실 맹이 뒤집힌 게 아니라 맹주를 중심으로 한 무림맹의 핵심 인사들의 분위기가 심상치 않게 돌아갔다.

그들은 모두 맹주의 집무실에 모여서 심각한 표정으로 앉아 있었다. 다들 입을 꾹 다문 채 생각에 잠겨 있었는데, 그 광경을 맹주가 심유한 눈으로 둘러봤다.

"슬슬 의견을 내시는 게 어떻소?"

이곳에 모인 자들은 대부분 무림맹의 장로였다. 그리고 장로는 아니더라도 곧 자리를 내놓고 장로가 될 만한 사람들만 모여 있었다.

"그 정보, 얼마나 정확하오?"

"정보의 출처는 금향각입니다."

군사인 제갈환이 나서서 말을 하자, 장로가 그를 보며 다시 물었다.

"금향각, 과연 믿을 만하오?"

"사해방 이상입니다."

장로들이 일제히 고개를 끄덕였다. 이곳에 있는 사람치고 금향각이나 사해방을 한 번도 이용해 보지 않은 사람이 없었다. 그들도 군사와 똑같은 의견이었다. 만일 그 정보의 출처가 금향각이라면 사실로 받아들여도 무리가 없었다.

"정말 믿을 수가 없소. 어찌 혈룡귀갑대의 전인이 여섯이나 된단 말이오."

"그러게 말이오. 하나만 나타나도 천하가 발칵 뒤집힐 일인데……"

사실 천하가 뒤집힌다는 건 지나친 과장이었다. 혈룡귀갑대가 나타나 가장 많은 영향을 받을 곳은 바로 무림맹과 혈무련이었다.

"혹시 혈무련의 음모일지도 모르지 않겠소?"

"혈무련이 뭐 아쉽다고 그런 음모를 꾸미겠소?"

"지난번 혈룡귀갑대의 무공이 잠깐 등장했을 때, 그것을 모두 혈무련이 사들이지 않았소."

사해방이 혈룡귀갑대의 무공을 팔 때, 무림맹도 은밀히 접촉을 했지만 결국 모든 무공서를 혈무련이 쓸어 가 버렸다.

당시 무림맹의 위기감이 상당히 팽배했다. 물론 무림맹을 실질적으로 다스리고 모든 정보를 관장하는 주요 인사들에 한해서지만 말이다.

"그들이 무공서를 가져갔으니 그걸 토대로 혈룡귀갑대의 전인을 만들었을 수도 있지만……."

하지만 그렇게 단정하기엔 혈무련이 얻을 게 거의 없었다. 더구나 십대고수인 단천도왕 여무해를 납치하기까지 했다. 그런 일을 벌였다가 배후에 혈무련이 있다는 사실이 흘러나가기라도 하면 세상의 인심이 그들에게 등을 돌릴 것이다.

그런 위험부담을 안으면서까지 그런 짓을 할 이유가 없었다. 만일 혈무련이 혈룡귀갑대를 만들었다면 지금과는 전혀 다른 방식으로 이용했어야만 한다.

"끄응. 대체 뭘 어째야 하는지도 모르겠으니……."

상황이 심각하긴 하지만 딱히 어떻게 해야 할지 떠오르지가 않았다. 일단 무림맹의 정보망을 최대한 이용해 그들의 종적을 찾고 있긴 하지만 혈무련과의 기 싸움에 밀리지 않으려면 모든 정보망을 혈룡귀갑대의 추적에 돌릴 수도 없었다.

한동안 침묵이 감돌았다. 더 이상 할 말도 없었고, 의견도 없었다. 아무도 입을 열지 않는 와중에 군사인 제갈환이 조심스럽게 입을 열었다.

"이번 일에 한해서 혈무련과 손을 잡는 건 어떻습니까?"

좌중이 술렁거렸다. 혈무련과 손을 잡자니, 그 무슨 말도 안 되는 이야기란 말인가. 혈무련이 스스로는 세상의 정의를 구현한다고 하지만 실제로 하는 짓을 보면 사파나 다름없었다.

그런 혈무련과 손을 잡는다면 무수한 손가락질 속에서 살아가야 할 것이다. 그것은 자부심과 명예로 살아가는 무림맹의 장로나 맹주 입장에서는 정말 말도 안 되는 일이었다.

"모두 조용!"

맹주인 만호유의 단호한 한마디에 모두 입을 다물고 제갈환을 바라봤다. 제갈환은 자신에게 이목이 집중되자 좌중을 한 번 둘러본 후 나직하지만 강한 어조로 말을 꺼냈다.

"서로에게 집중되는 견제를 줄이면 얼마든지 혈룡귀갑대를 추적할 수 있습니다. 그들이 과거 무림에 어떤 영향을 미쳤는지 다들 잘 아시지 않습니까. 서둘러야 합니다. 일이 커진 후에는 늦습니다."

제갈환의 말은 모두의 마음을 움직였다. 하지만 아무리 그래도 혈무련과의 골이 너무 깊었다. 또한 혈무련을 믿을 수가 없었다.

"그들을 과연 믿을 수 있겠나?"

"그들 또한 우리를 믿지 못할 것입니다."

"하면 완전히 공염불 아닌가."

"그렇지 않습니다. 혈룡귀갑대를 찾는 부분에 관해서만 서로 동조하면 됩니다."

그제야 장로들이 수긍하며 눈을 빛냈다.

"기본적으로는 당분간 손을 잡고 서로에 대한 견제를 줄이거나 없애는 방향으로 이끌어 나가야 합니다. 물론 혈무련을 완전히 믿을 수 없으니 우리는 나름대로 그들의 동태를 살펴야 합니다."

제갈환의 말이 이어질수록 장로들의 입가에 흡족한 미소가 어렸다. 확실히 그렇게 하면 문제를 최소화할 수 있을 것이다.

"한데 과연 혈무련이 우리의 제안을 받아들이겠는가?"

"받아들입니다."

제갈환은 확신에 찬 어조로 말했다. 그의 눈빛도 확고했다. 분명히 그렇게 될 거라 믿어 의심치 않는 모습이었다.

"하긴. 그들도 어쩔 수 없겠지."

"맞습니다. 그들 역시 기득권층입니다. 혈룡귀갑대에 의해 그것이 완전히 박살 나는 건 그들도 원치 않을 것입니다."

제갈환은 마지막에 '우리와 마찬가지로.'라는 말을 뺐다. 사실 혈무련이나 무림맹이나 성향이 약간씩 다를 뿐이지 똑같은 집단이었다. 하지만 이곳에 있는 누구도 그것을 인정치 않으려 할 것이다.

'괜한 미움을 살 필요는 없지.'

그런 제갈환의 모습을 맹주인 만호유가 의미심장한 미소를 지으며 바라봤다.

혈무련은 무림맹과는 다른 구조를 가지고 있다.

무림맹의 경우 맹주와 군사를 비롯한 각 장로와 주요 조직을 이끄는 수장들에게 힘이 골고루 분산되어 있는 반면, 혈무련은 련주에게 그 모든 것이 집중되어 있었다. 즉, 련주의 말이 곧 법이었다.

혈무련주는 항상 군사인 혈뇌자를 대동했다. 혈뇌자는 말하자면 혈무련의 총관과 같은 위치였다. 그의 행정 능력은 대단해서 거대한 규모를 가진 혈무련을 아무런 불협화음 없이 조율하고 다스릴 수 있을 정도였다.

혈무련주는 서찰을 모두 읽은 후, 그것을 휙 던졌다. 마치 빳빳한 나무판자가 날아가듯 서찰이 빙글빙글 돌며 혈뇌자에게 날아갔다. 혈뇌자는 서찰을 받아 곱게 접어 품에 넣었다.

"군사, 이놈들 대체 무슨 생각인 거 같아?"

"그래도 혈룡귀갑대 아닙니까."

"혈룡귀갑대가 뭐? 그래 봐야 어설픈 가짜들이야. 무림맹

떨거지들이 지레 겁을 먹어서 그렇지."

"꼭 그렇지만도 않습니다."

혈뇌자의 말에 혈무련주가 스산한 눈으로 그를 쳐다봤다. 혈뇌자는 등골이 서늘해졌지만 끝까지 소신을 버리지 않았다. 그것이 그가 살아남는 방법이었다.

"단천도왕이 아무런 힘도 못 쓰고 당했습니다. 그리고 그런 놈들이 하나도 아니고 여섯이나 있습니다. 충분히 문제의 소지가 있습니다."

"흐음."

혈무련주가 턱을 쓰다듬으며 생각에 잠겼다. 확실히 혈뇌자의 말에도 일리가 있었다. 그런 놈들이 예전 혈룡귀갑대 흉내라도 내겠다고 난리를 피우면 정말로 골치 아파진다.

"그래서 이놈들 말대로 손을 잡고 견제를 풀자? 이놈들을 어떻게 믿어?"

"믿지 않으면 됩니다."

"안 믿는다고? 믿지도 못할 놈들이랑 손을 잡자고?"

"혈룡귀갑대를 찾는 일에만 손을 잡으면 되지 않습니까. 우리는 뒤로도 충분히 뭔가를 준비할 여력이 있습니다."

무림맹과 달리 혈무련은 혈무련주의 명령이 절대적이다. 짧은 시간 동안 뭔가를 진행하는 데에는 무림맹보다 월등히 강한 힘을 발휘할 수 있었다.

반면 무림맹은 권력이 세세히 나뉘어 있기 때문에 뭔가 제대로 된 일을 벌이려면 적지 않은 시간이 필요하다. 서로 간의 협의가 있어야 일을 진행시킬 수 있기 때문이다.

"좋아. 마음에 드는군. 당장 진행시켜. 그 혈룡귀갑대인가 뭔가 하는 벌레들을 밟아 버리자고."

"명대로 이행하겠습니다."

혈뇌자는 눈을 빛내며 공손히 허리를 숙였다. 이번 일을 잘 이용하면 무림맹의 뒤통수를 제대로 칠 수 있다. 그렇게 된다면 향후 무림의 판도를 완전히 바꿔 놓을 수도 있었다.

"아, 잠깐."

막 나가려는 혈뇌자를 혈무련주가 세웠다.

"얼마 전에 구한 혈룡귀갑대의 무공들, 익히는 사람이 있나?"

모든 걸 혈뇌자에게 일임했기에 혈무련주는 전혀 진행 사항에 대해 아는 바가 없었다. 혈무련주는 스스로의 무공에 대단한 자부심을 가지고 있기 때문에 굳이 혈룡귀갑대의 무공을 익히려 하지 않았다.

"백 명을 뽑아 무공을 가르치고 있습니다."

"그래? 어떻던가?"

"성과가 대단합니다. 기대하셔도 좋습니다."

"그래?"

혈무련주가 눈을 번득였다.

"나중에 비밀 무기로 써먹을 수도 있겠군. 그런 방향으로 준비해 봐."

"명대로 하겠습니다."

궁금증을 채운 혈무련주는 손을 내저었다. 혈뇌자는 다시
한 번 공손히 인사한 후, 밖으로 나갔다.

대전에 홀로 남은 혈무련주의 눈이 사이하게 빛났다.

*   *   *

천하가 술렁였다. 곳곳에서 혈룡귀갑대가 나타나 사건을
일으켰다. 중소문파 다섯 군데가 순식간에 멸문했고, 마침 근
방에 있던 고수 다섯이 그들에게 잡혀갔다.

그들이야 분명한 목적이 있어서 움직였겠지만 지켜보는 입
장에서는 거의 난동에 가까웠다.

당연히 난리가 일어난 문파 근방은 혼란에 빠졌다. 규모가
작은 문파는 덜덜 떨면서 문을 닫아걸었다. 규모가 제법 큰
문파들은 조금 조심하면서 큰 변화 없이 지냈는데, 그런 문파
중 하나가 혈룡귀갑대의 공격으로 무너진 이후 그들 역시 크
게 활동이 위축되었다.

하지만 그렇게 혼란을 조장하며 움직이는 혈룡귀갑대는
다섯 무리뿐이었다. 나머지 한 무리는 낙양에서 상당히 난감
한 상황에 빠져 있었다.

"공자님, 제가 꿈을 꾼 거 아니죠?"

화영의 물음에 금철휘가 피식 웃으며 배를 퉁 튕겼다.

"꺄악!"

화영이 짧은 비명과 함께 허공으로 붕 날아갔다. 그녀는 잠시 허우적대다가 이내 우아한 동작으로 균형을 잡아 바닥에 가볍게 착지했다.

"공자님! 정말 너무하시는 거 아닌가요?"

화영이 양손을 허리에 척 얹고 곱게 눈을 흘겼다. 하지만 금철휘는 코웃음도 치지 않고 다시 한 번 배를 튕겼다.

"꺅!"

이번에는 한서연이 날았다. 같이 금철휘의 품에 앉아 있었는데, 이렇게 따로 날려 보내는 것도 재주라면 큰 재주였다.

한서연은 화영보다 훨씬 더 유려한 동작으로 바닥에 내려섰다. 마치 한 마리 새 같았다.

"자자, 우리 이럴 때가 아니야. 저기 눈에서 불꽃을 뿜어내는 사람들 안 보여?"

어느새 마차에서 내린 금철휘가 손가락으로 한곳을 가리키며 말했다. 그곳에는 백 명에 달하는 무사들이 흉흉한 눈을 빛내며 이쪽을 노려보고 있었다.

금철휘는 느긋하게 서서 주위를 슥 둘러봤다. 그리고 한 사람을 보며 씨익 웃었다.

"찾았다. 일단 저놈만 빼고 다 죽이면 되나?"

금철휘는 그렇게 말하고는 화영과 한서연 쪽을 쳐다봤다.

"한번 싸워 볼래?"

금철휘의 물음에 두 여인이 고개를 끄덕였다. 사실 이런 기회는 흔치 않았다. 금철휘가 말하기를 십대고수에 근접한 고수들이라 했다.

일단 그것을 확인해 보고 싶었다. 진짜 그 정도 실력이 있는지 말이다. 또한 그런 사람들에게 자신이 얼마나 버틸 수 있을지도 궁금했다.

그녀들이 그런 마음을 먹을 수 있는 건 당연히 금철휘가 어떻게든 보호해 줄 거라고 믿기 때문이었다.

조금 전까지 금철휘가 보여 준 그 믿을 수 없는 신위와 능력을 생각하면 그 정도는 정말 아무것도 아니었다.

"그럼 저부터 갑니다."

한서연이 다짜고짜 검을 뽑으며 몸을 날렸다. 그녀의 목표는 가장 가까이 서 있던 사내였다.

쩌저저저정!

한서연의 검격은 빠르고 강했다. 하지만 사내는 그녀의 그 모든 공격을 아무렇지도 않게 받아냈다. 언제 뽑았는지도 모르는 검으로 말이다.

한서연이 한창 싸우고 있을 때, 화영이 금철휘의 눈치를 살폈다. 그러자 금철휘가 손을 휘휘 내저었다. 너도 나가서 싸우라는 뜻이었다. 자신의 능력이 거기까지 닿는다는 자신감이 고스란히 느껴졌다.

화영도 검을 뽑고 몸을 날렸다. 이런 기회는 흔치 않았다.

두 여인이 싸움에 들어가자, 금철휘는 느긋이 양손을 들어 올렸다. 화영이나 한서연은 싸움에 모든 정신을 집중하고 있었기에 금철휘가 뭘 하는지 전혀 보지 못했다.

금철휘의 손에서 밝은 금빛이 뿜어져 나왔다. 그리고 귀갑 륜이 쏜살같이 튀어 나갔다.

촤촤촤촤촤촤악!

이곳에 있는 누구도 금철휘의 귀갑륜을 피하지 못했다. 심지어는 그 움직임을 채 보지 못하는 사람조차 있었다.

그렇게 수십의 목이 달아났다.

금철휘는 여전히 여유롭게 손가락을 몇 번 튕겼다.

퍼버벅!

막 한서연의 팔을 자르려던 무사의 팔이 크게 흔들렸다. 그리고 한서연은 그 틈을 타고 위험에서 빠져나왔다. 그녀가 그런 일을 겪고 있을 때, 화영도 비슷한 과정을 거쳐 위험에서 빠져나왔다.

둘은 다시 싸움에 빠져들었고, 금철휘의 귀갑륜이 다시 날았다.

제6장
무림맹의 초청

싸움이 끝나자, 한서연과 화영은 바닥에 주저앉아 숨을 몰아쉬었다. 정말로 힘겨운 싸움이었다. 하지만 그만큼 배우는 것이 많은 싸움이었다.

수십 번의 위기를 넘겼다. 그중 세 번은 자력으로 견뎌냈고, 나머지는 금철휘의 도움을 받아서 살아났다.

그리고 싸움의 여운을 채 즐기기도 전에 두 여인은 기함을 했다. 사방에 늘어선 목 없는 시체들 때문이었다. 두 여인은 새삼스러운 눈으로 금철휘를 바라봤다.

'대체 이런 짓을 어떻게 아무렇지도 않게 저지를 수 있는 거지?'

금철휘는 이제 고작 스물한 살짜리 청년에 불과했다. 한데 그런 청년이 이런 엄청난 광경을 아무렇지도 않게 만들었다.

'정말 이상해. 마치……'

마치 엄청난 시간 동안 전장에서 구른 경험 많은 무사 같았다. 지금 그녀들이 금철휘를 보는 느낌은 딱 그랬다.

"대충 쉬었으면 가자. 도왕 어디 있는지 알아냈다."

금철휘의 말에 두 여인이 눈을 빛냈다. 그리고 그제야 금철휘 옆에 쓰러져 있는 사내를 발견했다. 다른 시체들과 달리 목이 멀쩡히 붙어 있었다. 그리고 놀랍게도 아직 살아 있었다.

"그 사람……"

"아아, 별 거 아냐. 여기 있던 혈룡귀갑대를 실질적으로 이끄는 놈이지."

두 여인의 입이 살짝 벌어졌다. 대체 그런 건 또 어떻게 알아냈단 말인가. 둘은 고개를 절레절레 저으며 금철휘에게 다가갔다.

금철휘는 씨익 웃으며 그녀들을 이끌고 전각 안으로 향했다. 단천도왕 여무해는 그곳 지하에 갇혀 있었다. 그의 아들인 여중기, 그리고 친우인 상천검왕 남천영과 함께 말이다.

* * *

"끄응."

남천영은 앓는 소리를 내며 천천히 눈을 떴다. 시야가 얼른 돌아오지 않았다. 뿌옇게 흐려진 눈이 정상으로 돌아오길 기다리면서 자신에게 벌어진 일을 차근차근 정리했다.

'무서운 놈들이었어.'

낙양에는 다행히 늦지 않게 도착했다. 여중기가 채 일을 벌이기 전이었던 것이다. 여중기는 일부러 무사들을 둘로 나누지 않았다. 자신의 실력이 모자람을 인정하고 숫자로 밀어붙이기 위함이었다.

이백 명의 무사와 남천영이 함께하자, 두려울 것이 하나도 없었다. 그들은 기세등등하게 혈룡귀갑대가 머문다는 장원으로 향했다. 일단 단천도왕 여무해가 그곳에 있는지만 확인할 심산이었다.

그리고 악몽이 시작되었다.

혈룡귀갑대는 전설과 전혀 다를 바 없었다. 적어도 남천영이 느끼기에는 말이다.

불과 칠 년 전에 사라진 조직이지만, 그들이 남긴 전설은 굉장했다. 그중 하나가 대원들의 무위에 관한 것이었다. 한 명 한 명의 능력이 십대고수에 필적한다는 믿기지 않는 전설이었다.

하지만 그 전설이 사실임을 남천영은 그날 알 수 있었다. 한 명은 상대가 가능했지만 두 명을 상대하는 건 불가능했다. 그들과 남천영의 차이는 종이 한 장 차이였다. 십대고수인 상천검왕 남천영과의 차이가 말이다.

그런 자들이 무려 백 명이나 있으니 처음부터 상대가 불가능한 일이었다. 남천영은 그들의 공격에 정신을 잃으며 화영과 한서연이 해 준 말이 떠올랐다. 그들의 능력이 생각 이상일 수도 있으니 조심하라던 말이.

다시 정신이 들었을 때는 지하 뇌옥이었고, 그곳에서 친우인 여무해를 만났다. 물론 여무해는 정신을 잃고 있어 대화를 나누지는 못했다.

남천영은 정신을 잃은 여무해와 여중기를 지켜보다가 다시 등장한 검은 장포를 입은 자들에 의해 정신을 잃었다.

남천영의 시야가 서서히 돌아왔다. 아무래도 정신을 잃었을 때, 예상외의 충격을 받은 모양이었다. 그렇지 않다면 이렇게 몸이 뻐근할 리도, 또 시력이 쉽게 회복되지 않을 리도 없었다.

"음?"

시야가 완전히 열린 남천영은 의아한 표정을 지었다. 자신이 예상했던 것과는 주변 상황이 전혀 달랐다. 그는 그제야 자신이 누워 있는 곳이 푹신한 침상이라는 것을 알아차렸다.

"끄응."

남천영은 억지로 몸을 일으켰다. 시야는 이제 또렷했다. 고개를 이리저리 돌려 방 안의 전경을 찬찬히 살폈다.

꽤 화려한 방이었다. 침상 역시 보통이 아니었다.

'그러고 보니 분위기가 왠지……'

방 안 분위기가 왠지 좀 묘했다. 여자들이 사용하는 방 같으면서도 아닌 듯한 특이한 느낌이 들었다. 그렇게 잠시 동안 방 안을 살펴보고 있을 때, 문밖으로 누군가의 기척이 느껴졌다.

'음? 그러고 보니…….'

남천영은 서둘러 몸을 점검했다. 내공이 제압당하지 않은 상태였다. 단전에 머문 기운들이 그의 의지에 따라 활발히 움직였다. 이 정도라면 혈룡귀갑대가 포위하지 않는 한, 어떻게든 도망칠 수 있을 것 같았다.

그렇게 조용히 단전을 자극하며 온몸으로 내공을 흘려보내 만반의 준비를 마쳤을 때, 방문이 열렸다. 남천영은 방으로 들어오는 사람을 보며 흠칫 놀랐다. 남자가 아니라 여자였다.

"아! 깨어나셨군요."

여인의 말에 남천영이 머뭇거렸다. 상황을 파악하지 못했기에 함부로 말을 할 수 없었다. 눈앞에 있는 여인에게서 무공을 익힌 흔적은 보이지 않았다. 하지만 방심해선 안 된다.

"그대는 누구인가? 여긴 어디고?"

여인이 생긋 웃었다. 마치 미소를 항상 연습하기라도 하듯 자연스러우면서도 매력적이었다.

"여긴 황금루랍니다."

"황금루?"

분명히 기억에 있는 이름이었다. 기억을 잠시 더듬던 남천영은 그것이 금룡장과 관계되었다는 것을 떠올렸다. 더불어 화영과 한서연의 이름도.

"아, 그럼……."

"예. 전 여기서 일하는 기녀랍니다. 어르신께서 몸을 추스르실 수 있을 때까지 모시라는 명을 받았습니다."

기녀가 다시 예쁜 미소를 지었다. 남천영은 두근거리는 가슴을 진정시키며 눈살을 찌푸렸다.

'이 무슨 망측한.'

자신의 나이가 몇이고 무도에 매진한 세월이 얼마인데 고작 기녀의 눈웃음에 가슴이 진탕된단 말인가.

하지만 그의 눈앞에 있는 여인은 최고의 기녀들만 모인 황금루에서도 손꼽히는 기녀였다. 마음만 먹으면 남천영이 아니라 더한 사람이라도 유혹할 수 있는 능력을 가졌다.

"일단 이것을 좀 드시지요. 기력을 회복하시는 데 도움이 될 거예요."

남천영은 헛기침을 몇 번 하고는 기녀가 내미는 그릇을 받아들었다. 기녀가 그것을 먹여 줄 기세였지만, 남천영은 억지로 거절하며 허겁지겁 그릇을 비웠다.

아닌 게 아니라 무엇으로 만들었는지는 몰라도 단전이 꿈틀거리는 것이 상당히 효과가 좋은 음식임이 분명했다.

"좋군."

남천영의 말에 기녀가 예의 그 예쁜 눈웃음을 지었다. 남천영은 슬그머니 시선을 피하며 빈 그릇을 내밀었다. 기녀가 그것을 받아 챙기며 밖으로 나갔다.

남천영은 운기조식을 할까 고민하다가 그만두었다. 아직 확실한 건 하나도 없다. 그는 고작 예쁜 기녀의 눈웃음에 모든 걸 받아들일 정도로 경험이 일천하지 않았다.

그렇게 경계하고 있을 때, 다시 방문이 열렸다. 이번에는 남천영도 깜짝 놀랄 수밖에 없었다. 그 어떤 기척도 느끼지 못했기 때문이다. 그리고 방문을 열고 등장하는 사람을 보고는 더 놀랐다. 그도 익히 아는 얼굴이었다.

"허허. 내가 정말로 구함을 받은 모양이군."

"어? 운기조식도 안 하고 계셨네요? 시간 지나면 약발 떨어질 텐데……."

"약발?"

남천영은 한서연의 말에 의아한 표정을 지었다. 그리고 약이 뭘 의미하는지를 깨닫고 표정이 살짝 굳었다. 조금 전 기녀가 갖다 준 음식이 아마 약이었던 모양이다. 그것도 상당히 괜찮은.

남천영이 한서연을 바라봤다. 그리고 고개를 끄덕였다.

"못 보던 새에 뭔가 기연이나 큰 깨달음이라도 얻은 모양일세. 기세가 읽히질 않는 걸 보면 말일세."

기세가 읽히지 않는다고 남천영보다 더 강한 건 아니었다.

그건 한서연의 기질과 더 관계가 있었다. 하지만 그걸 감안하더라도 정말로 놀랄 만한 일이었다.

'불과 며칠 만에……'

남천영이 속으로 감탄하고 있을 때, 한서연 뒤로 화영이 불쑥 나타났다.

"어머? 운기조식 안 하고 계셨네요? 웬만한 마을의 십 년 치 생활비가 들어간 약을 그렇게 허무하게 날려 버리시다니, 과연 십대고수는 배포부터 다르네요."

화영의 말에 표정이 굳은 남천영이 그녀를 보며 물었다.

"한 마을의 십 년 치 생활비라니? 그게 무슨 뜻인가?"

"무슨 뜻이긴요. 비싼 약이라는 간단한 뜻이지요. 약발 완전히 사라지기 전에 빨리 운기조식을 하시는 게……."

남천영은 서둘러 가부좌를 틀고 운기조식을 시작했다. 그리고 경악했다. 단전에서 요동치는 막대한 기운에 말이다. 얼마나 많은 약발을 날렸을지 모르지만 정말로 아깝고 또 아까웠다.

그 마음이 표정에 고스란히 드러났다.

그리고 그 광경을 지켜보는 두 여인이 살짝 미소 지었다.

남천영은 운기조식이 끝난 뒤 여무해와 여중기를 만날 수 있었다. 무사한 두 사람의 모습에 안도했고, 여무해로부터 그간의 사정을 들을 수 있었다.

그리고 혈룡귀갑대의 힘을 다시 실감할 수 있었다. 남천영은 친우를 설득해 그를 무림맹에 보냈다. 이렇게 혼란스러운 때일수록 무림맹 같은 큰 조직 아래 있는 것이 안전을 보장받을 수 있는 길이다.

또 그런 큰 조직과 함께해야 혼란을 정리하는 데에도 도움이 될 것이고 말이다.

여무해는 흔쾌히 남천영의 제안을 받아들였다. 그는 아들과 함께 즉시 무림맹으로 이동했다. 여무해는 혈룡귀갑대가 여럿 있다는 말에 대경했다. 그리고 분노했다. 그는 모든 혈룡귀갑대를 없애는 걸로 자신의 복수를 마무리하겠다고 다짐했다.

그렇게 여무해를 무림맹으로 보내고 나니, 남천영은 그제야 한숨 돌릴 수 있었다. 물론 마음이 가볍지는 않았다. 자신과 함께 혈룡귀갑대를 잡겠다고 쳐들어갔던 이백 명의 무사들이 몽땅 죽었기 때문이다.

그들에게는 기회가 없었다. 십대고수처럼 강하지도, 또 그런 강자를 아비로 두지도 못했으니 말이다.

남천영이 이런저런 생각에 잠겨 있을 때, 그의 방으로 한서연과 화영이 찾아왔다. 남천영은 환한 표정으로 그녀들을 맞이했다.

"어서들 오시게. 그렇지 않아도 만나고 싶었다네."

그 말에 두 여인이 예쁘게 웃었다. 그러나 남천영이 정색을 하고는 정중히 포권을 취했다.

"도와줘서 정말로 고맙네. 내 이 은혜는 결코 잊지 않고 평생에 걸쳐 갚을 걸세."

"어머, 너무 감당하기 힘든 말씀이에요. 사실 저희가 한 일도 없는데……."

"하하. 없다니, 그게 무슨 말인가. 나와 내 친우의 목숨을 구해주었는데."

화영이 배시시 웃으며 고개를 저었다.

"정말로 저희가 한 일은 없답니다. 저희 공자님께서 다 하신 거죠."

"금룡장의 소장주 말인가?"

"예. 사실 저희에게 무슨 힘이 있겠어요. 다 그분의 능력이죠."

남천영은 크게 고개를 끄덕였다. 확실히 한서연과 화영만의 힘으로는 그런 일이 불가능했을 것이다.

"한데 대체 어떻게 된 건가? 내가 겪어 본 혈룡귀갑대의 힘은 정말 무서울 정도였는데, 그들을 대체 어떻게 한 건가?"

"그건 저희도 잘……."

화영과 한서연은 난감한 표정을 지었다. 그들이 어떻게 되었는지는 누구보다 잘 알고 있었다. 그 현장에 함께 있었으니 말이다. 물론 금철휘가 어떻게 죽었는지는 모른다. 그때 그녀들은 싸움에 모든 걸 쏟아내고 있었으니까.

그러니 딱히 거짓말은 하는 건 아니었다. 다만 진실을 조금 숨겼을 뿐이었다.

"하면 내가 그 소장주를 좀 만날 수 있겠나?"

"아! 그건⋯⋯."

"꼭 좀 부탁하네."

남천영의 표정이 워낙 간절했는지라 두 여인은 어쩔 수 없이 고개를 끄덕였다.

"하면 제가 연락은 드려 볼게요. 하지만 꼭 만나 주실 거라 장담할 수가 없어요. 이 점은 미리 양해를 부탁드립니다."

남천영이 흔쾌히 고개를 끄덕였다.

"물론이네. 그쯤이야 얼마든지 이해하지."

남천영과의 대화는 딱 거기까지였다. 그 뒤로 소소한 얘기와 몇 번이고 반복되는 고맙다는 말이 남은 대화의 전부였다.

"정말 죄송해요. 사실 저희 공자님께서 사람들을 그리 쉽게 만나실 수 있는 처지가 아니라서요."

한서연의 거듭 된 사과에 남천영은 웃으며 고개를 저었다.

"아닐세. 내 처음부터 다 이해한다고 하지 않았나. 다만 조금, 아주 조금 아쉬울 뿐일세."

한서연은 정말로 미안한 표정을 지었다. 하지만 그러면서도 금철휘의 마음을 충분히 이해했다. 만일 자신이 금철휘의 입장이라고 해도 같은 결정을 내렸으리라.

'설마 그사이에 살을 더 찌우셨을 줄이야…….'

정말 질려 버렸다. 한서연과 화영은 인간의 한계를 규정짓는 것이 얼마나 부질없는지 여실히 느꼈다. 금철휘라는 인간 한 명 덕분에 말이다.

"하면 난 이만 돌아가 보겠네."

"부디 보중하세요."

"참, 그리고 이것은 저희 공자님께서 준비하신 여비예요."

남천영은 화영이 내미는 주머니를 보고 급히 손사래를 쳤다.

"아닐세. 내 무슨 염치로 이런 걸 받겠나. 걱정 말게. 나도 맹으로부터 충분한 돈을 지급받고 있으니 말일세. 하니 그건 그냥 넣어 두게나."

"아뇨. 공자님께서 꼭 전해 드리라 하셨어요."

화영이 워낙 강경한 어조로 재차, 삼 차 권하자 결국 남천영도 그것을 받을 수밖에 없었다.

"하면 이제 정말로 가 보겠네. 나중에 인연이 되면 꼭 다시 만나세나."

그렇게 몇 마디 인사를 더 한 후, 남천영은 서둘러 무림맹으로 향했다. 사실 그의 머릿속에는 금철휘에 대한 생각뿐이었다. 대체 혈룡귀갑대를 어떻게 했는지, 또 자신을 어떻게 구했는지 너무나 궁금했다.

그 생각에 골몰하며 정주를 벗어난 남천영은 문득 화영이 건네준 주머니가 떠올라, 품에서 그것을 꺼냈다. 그리고 펼쳐 보았다.

"허억!"

남천영은 하마터면 주머니를 놓칠 뻔했다. 주머니 안에는 전혀 예상치도 못하는 것들이 가득 들어 있었다.

"이, 이, 이건…… 묘안석(猫眼石)?"

주머니 안에는 수십 개의 묘안석이 들어 있었다. 족히 개당 금 수백 냥은 나갈 것 같은 상품(上品)의 묘안석이었다. 주머니 안에 있는 걸 금으로 환산하면 거의 금 만 냥은 될 것이다.

아무리 남천영이라도 기가 질렸다. 금 만 냥이라니. 그게 대체 가당키나 한 금액인가. 그 막대한 돈을 고작 여비로 건네다니. 대체 금룡장의 소장주는 무슨 생각이란 말인가.

"서, 설마 날 금룡장에 영입하려는 것인가?"

남천영은 주머니를 쥔 손이 미약하게 떨리는 것을 보며 헛웃음을 흘렸다.

"허헛. 정녕 무섭구나. 백 명의 혈룡귀갑대 앞에서도 눈 하나 깜짝하지 않았는데 고작 돈에 손이 떨리다니."

금 만 냥이면 평생을 호의호식할 수 있는 금액이다. 사실 그런 돈을 눈앞에 두고 아무렇지도 않은 것이 오히려 더 이상한 일이었다.

"점점 더 궁금해지는구나."

금룡장의 소장주라는 사람이 더욱 궁금해졌다. 그리고 자신에게 왜 그런 호의를 베푸는지도 궁금했다. 문득 자신과 함께 구함을 받은 여무해와 여중기를 만나고 싶어졌다.

남천영의 걸음이 갑자기 빨라졌다. 그리고 이내 경공을 펼치며 바람처럼 내달렸다. 그렇게 남천영은 단숨에 무림맹이 있는 무한에 도착했다.

여전히 천하는 혼란스러웠다. 혈룡귀갑대는 마치 귀신처럼 사라져 버렸다. 그 수많은 정보조직들의 눈을 모두 피하면서 말이다. 그들이 언제 다시 나타날지 몰라 수많은 사람들이 불안에 떨었다.

그리고 많은 문파들이 혈룡귀갑대를 다시 찾기 위해 애쓰고 있었다. 그 중심에 무림맹과 혈무련이 있었다.

특히 무림맹은 상당한 정보망을 혈룡귀갑대 쪽에 할애했다. 그러던 와중에 합류한 여무해와 그의 아들 여중기는 무림맹의 사기를 크게 진작시켰다. 무림맹에 십대고수가 한 명 더 늘어난 것이다.

그리고 남천영이 귀환했다.

무림맹주 검성 만호유는 남천영을 보며 눈을 빛냈다.
"많이 달라졌군."
남천영은 굳이 대답하지 않았다. 만호유가 얼마나 강한지 이제는 감도 잡히지 않았다. 만호유는 이제 십대고수니 어쩌니 하는 틀에 가둘 수 있는 존재가 아니었다. 무림맹에서 남천영이 가장 어려워하는 사람이 바로 만호유였다.

그런 만호유가 자신의 상태를 한눈에 알아본다고 해서 이상할 건 하나도 없었다.

"영약이라도 먹었나? 보아하니 보통 영약으로는 어림도 없었을 것 같은데, 아닌가?"

남천영은 쓴웃음을 지으며 고개를 끄덕였다.

"맞습니다. 꽤 좋은 약을 먹었습니다."

"혹시 뭘 먹었는지 물어도 되나?"

남천영은 난감한 얼굴로 고개를 저었다.

"저도 그저 얻어 마셨을 뿐이라 그게 뭔지 정확히 묻지는 못했습니다."

"얻어 마셨다?"

만호유가 흥미로운 눈으로 남천영을 바라봤다. 남천영은 기회다 싶어서 얼른 말을 꺼냈다.

"혹 금룡장을 아십니까?"

"금룡장? 천하에 금룡장을 모르는 사람이 몇이나 되겠나? 천하제일을 다투는 상인들 중 하나 아닌가?"

거기까지 말한 만호유가 눈을 빛냈다.

"호오. 금룡장에서 준 거로군?"

"그곳의 소장주가 제게 감당키 어려운 호의를 베풀어 주었습니다."

"감당키 어려운 호의라……."

나직이 중얼거리는 만호유의 눈빛에 섬뜩함이 잠시 깃들었다가 사라졌다.

"해서 말씀드리는 건데, 금룡장의 소장주를 무림맹으로 초청하심이 어떻습니까?"

"초청?"

"적당한 명분을 만들어서 초청한 뒤, 괜찮은 자리 하나를 만들어 주시면 향후 금룡장의 지원을 받을 수도 있지 않겠습니까?"

만호유는 그 말에 턱을 쓰다듬었다. 확실히 괜찮은 제안이었다. 물론 잘 될 경우에 한해서지만 말이다. 금룡장의 금력을 마음껏 이용할 수만 있다면 향후 무림맹의 규모를 엄청나게 키우는 것도 가능할 것이다.

"군사와 상의해 보게. 나도 꼭 한번 만나 보고 싶군."

남천영이 환한 표정을 지었다.

"그렇게 하겠습니다."

남천영이 얼른 인사하고 밖으로 나가자, 만호유가 깊이 가라앉은 눈으로 생각에 잠겼다.

"금룡장이라……."

금룡장이 나서는 것인지 아니면 그곳의 소장주가 독단적으로 움직이는 건지 모르지만, 그들은 지금 연달아 만호유의 심기를 건드렸다.

며칠 전 여무해가 찾아왔을 때, 그를 보고 얼마나 놀랐던 가. 만일 여무해의 일이 없었다면 오늘 남천영을 보고 놀랐을 것이다. 여무해 역시 남천영처럼 뭔가를 얻어 훨씬 강해졌다.

한데 그렇게 한 것이 바로 금룡장의 소장주였다. 게다가 무림맹의 정보망으로 알아본 바에 따르면 여무해는 정주에서 떠날 때 여비조로 금 만 냥에 해당하는 묘안석을 받았다고 했다.

"그리고 남천영도 마찬가지고……."

무사에게 돈과 영약을 쏟아부었다면 노리는 바가 너무나 뻔하지 않은가. 그래서 심기가 불편했다. 감히 무림맹의 고수들을 빼 가려고 하다니, 그것도 천하제일인이라 칭해지는 자신, 검성 만호유의 사람들을 말이다.

"어떤 꿍꿍이인지 만나 보면 알겠지."

만호유는 나직이 중얼거리며 코웃음을 쳤다. 만일 정말로 그런 낌새가 느껴진다면 결코 그냥 둘 생각은 없었다. 아마 그렇게 되면 더 이상 금룡장은 금룡장이 아니게 될 것이다. 그저 무림맹 항주지부가 될 것이다.

"내가 그렇게 만들 테니까."

만호유는 자신의 힘을 믿었다. 그리고 무림맹의 힘도 믿었다. 그 무엇보다 든든했다.

"무림맹?"

"예, 그렇습니다. 어떻게 처리할까요?"

금룡장주 금일청은 오 총관의 말에 잠시 눈살을 찌푸리며 생각에 잠겼다.

난데없이 무림맹이 금철휘를 초청했다. 명목은 무림맹에 도움을 줘서 감사하다는 것이었다. 그 대가로 무림맹 구적당(九赤黨)의 당주직을 내주겠다고 한다.

무림맹에 구적당이라는 조직이 있다는 얘기는 금시초문이었다. 분명 이번 일로 급조한 게 분명했다.

"우리 금룡장의 돈을 원하는 건가?"

"아무래도 그렇지 않겠습니까? 무림맹이든 혈무련이든 우리 입장에서 보면 다 강도나 마찬가지지요."

오 총관의 신랄한 말에 금일청이 쓴웃음을 지었다. 조금 과장한 감이 있긴 하지만 완전히 틀린 말도 아니었다. 하지만 그렇다고 일언지하에 거절해 버리면 나중에 더 큰일을 감당해야 할 수도 있었다.

"어쨌으면 좋겠나?"

"글쎄요. 쉽게 판단하기가 난감합니다."

금일청은 간단히 결정을 내렸다. 생각해 보면 금일청이 무슨 결정을 내리건 상관이 없었다. 어차피 이 일의 중심은 금철휘 아닌가. 자신이 갈 필요가 없다고 결정을 내려도 금철휘가 가겠다고 하면 그만 아닌가.

'하긴, 무림맹같이 큰 무력조직을 한 번쯤 경험해 보는 것도 나쁘지 않겠지.'

거기까지 생각한 금일청은 오 총관을 보며 말했다.

"철휘가 오면 하고 싶은 대로 하라고 전하게."

"정말이십니까? 하지만 덜컥 가겠다고 하면……."

"뭐가 걱정인가. 보내면 그만이지."

"하지만……."

사실 오 총관은 아직도 금철휘를 완전히 믿지 못했다. 이제 많이 나아지긴 했지만 자칫하면 금룡장을 싹 들어먹을 수도 있었다. 그리고 무림맹으로 가면 그렇게 될 확률이 가장 높았다. 무림맹은 그저 그런 다른 무가들과는 차원이 달랐다.

"난 철휘를 믿네. 지금도 잘하고 있지 않나."

오 총관은 대답하지 못했다. 아무리 생각해도 고개만 갸웃거려질 뿐이었다. 금철휘가 잘하고 있다? 과연 무엇을 잘하고 있단 말인가. 그저 흥청망청 돈이나 쓰며 슬슬 여행이나 다니는 한량이 말이다.

"아무튼 그 문제는 철휘가 올 때까지 기다려 보게. 가만, 철휘가 지금 어디쯤 있나?"

"듣기로 낙양에 있다고 합니다."

"낙양? 멀리도 갔군."

"그래도 금룡장 산하 상단이나 전장을 자주 이용하셔서

파악이 용이한 편입니다."

"그렇군. 하면, 그 녀석에게 간단히 연락이나 취해 놓게."

"무림맹의 서찰을 그대로 보내는 건 어떻겠습니까?"

"그것도 좋은 방법이군. 그렇게 하게."

"예. 그럼 즉시 처리하겠습니다."

오 총관이 서둘러 나가자, 금일청이 묘한 미소를 저었다.

"무림맹이라…… 과연 무슨 꿍꿍이로 우리 철휘를 만나려는 걸까?"

금철휘는 금룡장의 실질적인 재력을 몽땅 물려받았다. 사실상 남은 금룡장은 쭉정이나 다름없었다. 물론 그 쭉정이만으로도 천하제일을 다투는 막대한 금력을 자랑했지만 말이다.

아무튼 그런 금철휘를 무림맹이 휘어잡는다면, 그래서 금철휘의 재력을 무림맹이 마음껏 휘두를 수 있게 된다면 그 여파는 그야말로 어마어마할 것이다. 그만큼 금철휘가 가진 금력은 막강했다.

걱정이 되어야 당연한 일이지만, 금일청은 왠지 전혀 걱정이 되지 않았다. 아니, 오히려 재미있었다. 과연 금철휘가 무림맹에 가서 무슨 일을 벌일지 말이다.

"어디, 지켜보마. 부디 이 애비를 실망시키지 않았으면 좋겠구나."

＊　　　＊　　　＊

"공자님……."

한서연과 화영은 울상을 지었다. 아무리 그래도 이건 너무 심한 것 아닌가. 금철휘를 보고 있으면 이게 동산인지 사람인지 구분할 수가 없었다.

"살쪄서 힘든 건 난데, 왜 너희들이 죽상이야?"

"그렇게 힘드시다면서 왜 굳이 계속 살을 찌우세요?"

한서연이 안타까움이 가득한 목소리로 말했다. 하지만 금철휘는 그저 씨익 웃는 걸로 답했다.

"자, 어쨌든 낙양에서의 일도 얼추 다 끝났으니 슬슬 돌아가자."

"하아. 알았어요. 마차 준비할까요?"

"기다려."

금철휘는 그렇게 말하고 딱 하고 손가락을 튀겼다. 그러자 금향각의 정보원이 유령처럼 모습을 드러냈다. 그의 표정은 불안감으로 꽉 차 있었다.

"가마랑 마차 준비시켜. 집으로 간다."

정보원은 잠시 멍하니 금철휘를 바라보다가 이내 힘없이 고개를 끄덕였다. 또 금향각의 정보원들이 무지막지한 고생을 할 거라 생각하니 불쌍하기 그지없었다.

'저걸 들고 계단을 내려가야 하다니. 과연 가능하긴 할까?'

정보원은 다시 모습을 감췄다. 잠시 후, 여덟 명이나 되는 사내들이 방으로 들어왔다. 그들은 금철휘의 모습을 보고는 창백하게 질려 버렸다.

"저…… 가마 위로 오르실 수 있겠습니까?"

금철휘가 손가락을 까딱였다.

"가마 가져와서 내 앞에 내려놔."

사내들이 후다닥 움직여 가마를 금철휘 앞에 내려놓았다. 금철휘는 그것을 보고 씨익 웃더니 누운 채로 한 바퀴 데굴 굴렀다. 그러자 정확히 가마 위에 몸이 위치했다.

"어때? 기가 막히지?"

금철휘가 의기양양하게 말하자, 한서연과 화영은 기가 막힌다는 표정으로 고개를 절레절레 저었다.

"정말 기가 막히네요."

"거봐. 내가 이런 사람이라니까?"

"예, 알겠어요. 그러니 일단 움직이죠."

한서연과 화영은 불안한 눈으로 가마를 들어 올리는 여덟 사내를 쳐다봤다. 그들은 온몸에 핏줄이 툭툭 튀어나올 정도로 힘을 쓰고 있었다. 그리고 용케 금철휘가 탄 가마를 번쩍 들었다.

이번에는 가마를 걱정할 차례였다. 위로 올라가자마자 몇 차례 휘청거렸는데, 금방이라도 부서질 것 같았다.

"가, 가마가 좀 부실한 거 아닌가요?"

"염려 마십시오. 이 가마로 천 근 바위도 옮길 수 있습니다. 보기보다 굉장히 튼튼하니 염려 안 하셔도 됩니다."

사내들 중 하나가 그렇게 말했지만 한서연과 화영은 여전히 미덥지 못한 눈으로 가마를 쳐다봤다. 아무리 봐도 금철휘의 몸무게가 천 근이 넘을 것 같았기 때문이다.

"대체 왜 그렇게 급히 살을 찌우신 거예요? 정말."

화영이 결국 불만을 토해냈다. 하지만 그렇다고 해서 금철휘가 미워지거나 정이 떨어진 건 아니었다. 그저 걱정이 좀 되었을 뿐이었다.

'정말 신기하긴 신기하구나. 어찌 사람이……'

이곳에 있는 모든 사람의 뇌리에 떠오른 생각이었다.

그렇게 가마가 움직였다. 황금루 최상층에서 일 층까지 느릿느릿 움직인 가마는 용케 금철휘의 무게를 버텨냈다.

그날 낙양에서 마차 한 대가 떠났다. 여덟 마리의 준마가 이끄는 마차였는데, 당시 마차를 본 사람들의 증언에 따르면 천리마처럼 늠름한 말들이 하나같이 땀을 뻘뻘 흘리며 금방이라도 죽을 것 같았다고 한다.

마차 안에는 세 사람이 앉아 있었다.

화영은 생각보다 넓은 마차의 내부에 볼을 살짝 부풀렸다. 마차가 조금 좁았으면 지난번처럼 금철휘의 품에 안겨서 갈 수 있었을 것 아닌가.

'정말 내가 어떻게 되긴 됐나 봐. 저 모습도 싫지가 않으니……'

보통 사람이라면 보자마자 혐오감에 치를 떨 정도의 모습이었는데도 화영은 전혀 그렇게 느껴지지가 않았다. 그건 참으로 이상한 일이었다. 또 신비로운 경험이기도 했다.

그리고 그것은 한서연 역시 마찬가지였다. 그녀 역시 화영과 마찬가지로 스스로가 참으로 희한하다고 여겼다. 어떻게 저 모습이 괜찮을 수가 있단 말인가.

"공자님, 한데 살 안 빼실 건가요?"

"왜? 뺐으면 좋겠어?"

"솔직히 살을 뺀 모습이 더 나으니까요."

화영의 말에 금철휘가 고개를 끄덕였다. 그것은 자신 역시 충분히 인정하는 부분이었다. 세상 누구에게 물어도 지금의 모습과 살 빠진 모습을 비교하라고 하면 살 빠진 쪽에 손을 들 것이다.

"뭐, 슬슬 빼야지."

"정말이요?"

화영과 한서연이 눈을 빛냈다. 하지만 이내 두 여인은 서로를 바라보며 눈을 크게 떴다. 그녀들의 눈빛이 별처럼 반짝였다. 좋은 생각 하나가 떠오른 것이다.

"저, 공자님."

"왜?"

"당분간 살 빼지 마세요."

"뭐?"

"몇 달 정도 그냥 살 빼지 마시라고요. 괜찮죠?"

"뭐, 나야 괜찮지만……."

화영과 한서연은 환하게 웃으며 동시에 말했다.

"그럼 그렇게 하기로 하신 거예요?"

금철휘가 떨떠름한 표정으로 고개를 끄덕였다.

한서연과 화영의 미소가 더욱 환해졌다. 마차 안이 환해졌다. 그 모습을 본 금철휘가 미미하게 고개를 끄덕였다. 꿍꿍이가 있든 말든 상관없지 않은가. 이런 기분 좋은 미소를 볼 수 있으니 말이다.

그렇게 두런두런 얘기를 하는 동안에도 여덟 마리의 준마가 콧김을 씩씩 뿜어내며 마차를 끌고 있었고, 마차는 천천히 항주를 향해 나아갔다.

그렇게 얼마나 이동했을까. 누군가 마차 문을 탁탁 두드렸다.

금철휘가 귀찮은 듯 손가락 하나를 움직이자 마차 문이 활짝 열렸다. 그리고 누군가 다급히 헛숨을 들이켰다.

"허억!"

검은 옷을 입은 금향각의 정보원이 위태롭게 문짝에 매달려 있다가 훌쩍 몸을 날려 마차 안으로 들어왔다. 그의 얼굴에 불만이 잠깐 어렸다가 금철휘와 눈을 마주치고는 헤헤 웃으며 공손히 서찰 하나를 내밀었다.

"이건 뭐야?"

"금룡장에서 낙양 황금루로 보낸 서찰입니다."

"낙양 황금루?"

"공자님께서 거기 계실 때 보낸 겁니다."

금철휘는 말없이 서찰을 받아 쭉 읽었다. 그의 입꼬리가 슬쩍 올라갔다. 이내 서찰을 다시 정보원에게 휙 던진 금철휘가 마부석을 향해 소리쳤다.

"방향 바꿔라. 무한으로 가자."

"무, 무한이요?"

"설마……."

한서연과 화영이 금철휘를 바라봤다. 금철휘는 씨익 웃으며 말했다.

"그 설마가 무림맹이라면 정답이야."

마차 안에 침묵이 감돌았다. 마차는 방향을 바꿔 호북 무한으로 향했다. 여전히 속도는 느릿느릿했다. 여덟 마리의 준마가 온 힘을 다했음에도 불구하고.

제7장
무림맹

무림맹 정문을 지키는 수문위사 양충은 잠깐 사람이 뜸한 틈을 타서 허리를 두드렸다.

"젠장. 하루도 편한 날이 없구나."

무림맹에서 가장 바쁜 곳을 고르라면 양충은 주저 없이 정문을 꼽을 것이다. 웬만한 무가에는 이렇지 않겠지만 무림맹은 수많은 무가가 모여 만들었으니 이해관계가 얽히는 사람이 부지기수였다.

그 많은 사람들이 문턱이 닳도록 무림맹을 드나드니 정문에서 일하는 것이 쉬울 리 없었다.

게다가 그렇게 드나드는 사람들 중 쟁쟁한 인물이 어디 한

둘인가. 잠시도 방심할 수 없었고, 항상 긴장하고 있어야만 한다. 이렇게 잠깐 사람이 뜸한 경우도 많지 않았다.

"양 위사님, 저기 마차가 오고 있습니다."

"마차?"

양충은 신입 위사의 말에 고개를 들고 앞을 쳐다봤다. 무림맹 정문으로 오는 대로를 꽉 채울 정도로 큰 마차 한 대가 천천히 다가오고 있었다.

"드럽게 답답하네."

양충은 투덜거리며 자리에서 일어났다. 일단 사람이 오면 제대로 자세를 잡고 있어야 한다. 다른 위사들도 각자의 자리에서 다시 긴장감을 끌어 올렸다.

정문은 무슨 일이 벌어질지 모르기 때문에 제대로 진형을 갖추고 있어야 한다. 누군가 막무가내로 정문을 통과하려고 했을 때, 제대로 대응을 하지 못하면 상당히 곤란해진다.

"……말들이 참 힘겨워 보이네."

신입 위사의 말에 양충은 자신도 모르게 고개를 끄덕였다. 땀을 뻘뻘 흘리며 콧김을 마구 내뿜는 말들의 모습이 왠지 너무나 애처로웠다.

지칠 대로 지친 말들이 낑낑대며 마차를 끌었다. 거의 한계에 달한 듯한 모습이었다.

"아, 아무래도 가서 좀 도와야 할 것 같지 않나?"

양충은 그렇게 말하며 동료 위사들을 둘러봤다. 다들 비슷한 생각을 한 듯했다. 대체 마차가 얼마나 무거우면 여덟 마리나 되는 말들이 저렇게 힘겨워 한단 말인가.

"이대로라면 아마 저 마차, 여기까지 못 올 듯싶은데……."

"그, 그렇지?"

수문위사들은 잠시 고민했다. 하지만 그들의 고민은 길지 않았다. 마차에서 두 사람이 내렸기 때문이다.

"헉."

양충의 눈이 화등잔만 해졌다. 마차에서 내린 두 여인은 빛이 날 정도로 아름다웠다.

양충뿐 아니라 정문을 지키는 수문위사들의 시선을 온통 빼앗아 가 버린 두 여인이 사뿐사뿐 다가오자, 다들 고개를 흔들어 정신을 차렸다.

저렇게 아름다운 여인 앞에서 멍청한 모습을 보일 수는 없지 않은가. 무슨 말을 하든 멋지고 똑똑하게 해야만 한다. 수문위사들은 어떻게든 그녀들에게 깊은 인상을 남기고 싶었다.

먼저 말을 건 것은 언제나와 마찬가지로 화영이었다.

"저……."

더 말할 필요도 없었다. 모든 수문위사들이 일제히 대답했기 때문이다.

"예! 말씀하십시오! 무엇이 필요하십니까!"

십여 명의 사내들이 동시에 소리치자, 잠시 귓가가 윙윙거렸다. 화영은 깜짝 놀라 멍하니 그들을 바라보다가 이내 고개를 살짝 숙이며 손으로 입을 가린 채 풋 하고 웃었다.

다시 고개를 든 화영은 언제 그랬냐는 듯 생긋 웃으며 모든 수문위사들과 하나하나 눈을 마주쳤다. 다들 멍하니 그런 화영을 바라봤다. 화영은 슬쩍 손을 뻗어 한서연을 끌어당겼다.

인정하기 싫지만 이럴 때는 자신보다 더 예쁜 한서연의 한마디가 훨씬 더 효과적인 법이다.

화영이 자신을 앞으로 내밀자, 잠깐 놀랐지만 이내 정신을 차린 한서연은 어색하게 웃으며 말했다.

"도, 도와주세요."

반응은 폭발적이었다.

"말씀만 하십시오!"

"뭘 도와 드릴까요!"

"저 마차를 끌면 되는 겁니까?"

한서연이 수줍은 표정으로 고개를 살짝 끄덕이자, 다들 우르르 마차로 몰려갔다.

"밀어!"

"내공 아끼는 놈은 죽는다!"

"우오오오!"

십여 명의 수문위사들이 몽땅 마차에 달라붙어 힘을 쓰기 시작했다. 제법 내공을 가지고 있었기에 마차는 수월하게 굴

러갔다. 하지만 다들 얼굴에 핏줄이 설 정도로 힘을 써야만
했다.

"끄응!"

"뭐가 이렇게 무거워?"

"대체 안에 뭘 넣은 거지? 쇳덩이라도 넣은 건가?"

그들은 마차 안에 단 한 명이 타고 있다고는 조금도 짐작
하지 못했다. 그도 그럴 것이 한 사람의 무게를 여덟 마리나
되는 말들이 버거워할 리 없으니 말이다.

그렇게 다들 힘을 써 준 덕에 마차는 무사히 정문을 넘어
서 무림맹 안으로 들어갈 수 있었다. 그리고 수문위사들이 빠
르게 일 처리를 한 덕분에 어디까지 가야 할지도 전달을 받았
다.

"이제부터가 문제네."

"그러게."

한서연과 화영은 덩그러니 놓인 마차를 보며 한숨을 폭 내
쉬었다. 차라리 살을 좀 빼 달라는 부탁을 하고 싶었다. 하지
만 그건 좀 더 참아야만 했다. 미래를 위해서.

"저 몸을 보고 화예지랑 부인 둘이 나가떨어질 때까지는 정
말 꾹 참아야지."

화영의 말에 한서연도 크게 고개를 끄덕였다. 그녀의 뇌리
에 사부의 모습이 살짝 스쳐 지나갔지만 한서연은 애써 생각
을 다른 곳으로 돌렸다.

그렇게 두 여인이 멍하니 마차를 보고 있을 때, 양충이 다가왔다.

　"더 도와 드릴 일은 없습니까?"

　양충의 물음에 화영이 손뼉을 짝 치며 좋아했다.

　"어머, 또 도와주시게요? 정말 고마워요. 사실 꼭 도움이 필요했거든요."

　양충이 가슴을 탕탕 두드리며 자신 있게 말했다.

　"뭐든 말씀만 하십시오."

　"가마꾼이 필요해요. 가마는 마차 위에 있거든요? 그걸 짊어질 사람이 여덟 명쯤 필요해요."

　"여덟 명 말입니까?"

　양충은 속으로 마차를 보며 잠시 생각에 잠겼다. 척 보니 마차를 끄는 말들도 보통이 훌쩍 넘는 좋은 말이었다. 그런 말 여덟 마리가 동시에 끄는데도 힘겨워할 정도인데, 그런 것을 사람 여덟이 어떻게 나른단 말인가.

　'하긴, 말들은 오랫동안 달렸을 테니까……'

　대충 생각을 정리한 양충이 물었다.

　"가마를 좀 봐도 되겠습니까?"

　"얼마든지요."

　양충은 마차 꼭대기에 묶어 놓은 가마를 풀어 내렸다. 거대한 가마였다. 척 보기에도 사람을 실어서 나를 거라는 생각은 전혀 들지 않았다.

"호오. 철과 나무를 섞어서 만들었군요. 누가 만들었는지 몰라도 굉장한 실력이군요."

"그런가요?"

"예. 제가 어릴 때 대장장이 일을 좀 해서 이런 건 잘 알죠. 이 가마, 쉽게 보기 힘든 명품입니다."

"아무튼 가마꾼 구해 주실 거죠?"

"물론입니다. 저만 믿으십시오. 이래 봬도 인맥이 제법 두텁습니다. 그건 그렇고 어디까지 물건을 옮기면 되겠습니까?"

물건이라는 말에 화영과 한서연의 표정이 기묘하게 살짝 일그러졌다. 아니, 정확히 말하자면 웃음을 참으려 애썼다. 확실히 이런 가마를 타는 것이 사람이라고 생각하는 건 쉽지 않았다.

"일단 맹주전으로 가야 하니까 거기까지는 함께 가야겠죠?"

"아, 맹주님께 드릴 선물인가 보군요. 알겠습니다. 제가 적당한 사람을 데려오겠습니다."

양충이 그렇게 물어본 것은 가마꾼으로 어떤 사람을 데려와야 하는지 가늠하기 위해서였다. 정문에서 맹주전까지는 상당히 먼 거리이니 제법 내공도 많고 체력도 튼튼한 사람들로 골라서 데려와야 했다.

양충은 훌쩍 자리를 뜬 뒤 어딘가로 달려갔다. 잠시 후, 그가 다시 도착했을 때는 그 뒤에 여덟 명의 건장한 사내들을 달고 있었다.

사내들은 도착하자마자 화영과 한서연을 보고는 헤벌쭉 웃었다. 무림맹에서 여자들을 볼 기회는 많다. 하지만 이 정도 미인이라면 얘기가 달라진다.

게다가 그 미인들과 함께 나란히 걸을 수 있지 않은가. 그런 기회는 아마 다시 얻기 힘들 것이다.

'잘되면 또 알아? 저런 천하절색의 미인에게 장가라도 갈 수 있을지.'

다들 같은 생각을 하는 것이 표정에 확 드러났다. 게다가 웃음도 다 똑같았다. 헤죽헤죽 웃는 그들의 웃음을 본 한서연은 어색하게 미소 지었다. 그동안 많이 겪었음에도 여전히 적응이 힘들었다.

반면 화영은 더욱 생글거리며 그들의 힘을 북돋아 주었다. 어쨌든 앞으로 정말로 고생을 할 테니까 미리 힘을 넣어 줄 필요가 있었다. 웃어 준다고 얼굴이 닳는 것도 아니지 않은가.

"나를 물건은 어디 있습니까?"

사내들이 힘차게 묻자, 화영이 어색하면서도 난감한 미소를 지으며 가마를 손가락으로 가리키며 말했다.

"저걸 일단 마차 옆에 바짝 붙여 주시겠어요?"

사내들은 잠시 의아한 표정을 지었지만 어쨌든 물건을 나르려면 가마를 마차 옆에 놔야 하는 건 당연했기에 화영이 시키는 대로 했다.

적당히 위치를 맞추자 화영이 마차를 향해 말했다.

"공자님, 준비 다 끝났어요."

그 말이 끝나기 무섭게 마차가 한 차례 크게 흔들리더니 마차 옆 벽이 마치 위로 들어 올리는 문처럼 휙 올라갔다. 커다란 덩어리가 쭈욱 나오면서 자연스럽게 문이 올라간 것이다.

그 덩어리는 뒹굴 구르며 가마 위로 툭 떨어져 내렸다. 그 크기가 마치 맞춘 것처럼 가마에 꼭 맞았다.

금철휘는 가마에 느긋하게 앉아 주위를 슥 둘러봤다.

"가마꾼이 온 거야? 그럼 가자."

금철휘의 말에 가마꾼으로 온 사내 여덟 명은 멍하니 그 모습을 바라봤다. 그들은 천천히 고개를 돌려 화영과 한서연을 바라봤다. 두 여인은 사내들을 향해 살짝 웃어 주었다. 그 웃음이 그들에게 힘을 불어넣었고, 결국 움직이게 만들었다.

"좋아. 어디 해 보자고."

사내들이 각자 자리를 잡았다. 그리고 있는 힘을 다해 가마를 들어 올렸다.

"끄으으으응!"

이마에 핏줄이 돋았다. 단전이 활발히 움직이며 팔다리와 허리에 내력이 잔뜩 흘러갔다. 하지만 그럼에도 버티기가 어려웠다.

그들은 이해할 수가 없었다. 아무리 크고 뚱뚱해 봐야 사람이다. 사람이 이렇게까지 무거울 수 있을까? 같은 크기의 쇳덩이를 들어도 이것보다는 덜 힘들 것이다.

　'내 저놈만 한 바위도 단숨에 들 수 있건만!'

　가마 위에 앉은 금철휘는 지그시 눈을 감았다. 사실 금철휘도 지금 과히 좋은 상태는 아니었다. 너무 무리하게 살을 찌운 것이 문제가 되었다.

　정확히는 살 때문에 문제가 된 것이 아니라, 살을 찌우는 데 이용한 천령신공과 백토신공이 문제였다.

　불과 얼마 전까지는 아무런 문제가 없었다. 계속 먹고 마시면서 천령신공과 백토신공을 운용해 기운이 꽉꽉 들어찬 살을 붙여 나갔다.

　한데 이것이 어떤 선을 넘는 순간 문제가 생겼다. 살을 찌우는 데 쓴 천령신공과 백토신공이 금철휘의 손을 떠나 버린 것이다. 그들은 저절로 운용되며 탐욕스럽게 주변의 기운을 먹어치웠다. 그리고 그것을 고스란히 금철휘의 살로 밀어 넣었다.

　그 뒤로 금철휘는 더 이상 무지막지하게 음식을 먹지 않았다. 하지만 기운이 살에 스며드는 건 막을 수 없었다. 그 부작용으로 몸무게가 점점 무거워졌다.

　'이거 아무래도 살을 좀 빼야겠군. 적절한 선을 알아내야겠어.'

살짝 실눈을 뜬 금철휘는 땀을 뻘뻘 흘리며 힘겹게 걸음을 옮기고 있는 사내들을 보고는 속으로 혀를 찼다.

'쯧. 괜히 미안하게시리. 뭐, 아주 조금 도움을 줄까나.'

그들은 무공을 익히는 무사들, 도움을 줄 방법이야 얼마든지 있었다. 심지어는 지금도 그것이 가능했다. 아니, 지금이라면 아주 효과적으로 쓸 수 있는 방법도 있었다.

천령신공에 금철휘의 의지가 덧씌워졌다. 그러자 몸으로 스며들던 기운 중 절반 정도가 밖으로 크게 내 돌았다. 그 기운은 가마를 짊어진 여덟 사내를 휘돌았다. 마치 기운으로 목욕을 시키는 듯했다.

사내들의 표정이 눈에 띄게 좋아졌다. 갑자기 힘이 조금 덜드는 느낌이 든 것이다. 물론 여전히 죽을 정도로 힘들긴 했다. 하지만 이젠 왠지 견딜 수 있을 것 같았다.

약간이긴 하지만 그 차이는 정말로 컸다. 그리고 그것이 사내들에게 복을 갖다 주고 있었다.

내공을 키우지는 못했다. 하지만 내공이 흐르는 길을 한번 깨끗이 닦아 주는 정도는 할 수 있었다. 그것은 결과적으로 사내들이 무공을 익히거나 펼칠 때, 훨씬 더 자연스럽고 빠른 내공의 수발이 가능하도록 만들 것이다.

금철휘는 그렇게 맹주전으로 가는 내내 사내들에게 기운을 불어넣어 주었다. 천령신공을 이용해서 말이다. 그리고 그렇게 하는 와중에 그것이 천령신공의 또 다른 수련법이 될 수 있다는 걸 깨달았다.

'재미있군. 정말로 재미있어.'

천령신공은 금철휘에게 마르지 않는 재미를 주는 화수분과 같았다. 금철휘는 다시 눈을 감고 천령신공에 빠져들었다.

양충은 자신을 찾아온 여덟 사내를 보며 미안한 표정을 지었다. 그렇게 힘들 줄은 전혀 예상치 못했다. 낑낑대며 가마를 들고 가던 모습이 계속 떠올라 미안하다는 말조차 하기 어려울 지경이었다.

"그런 표정 지을 거 없네. 나름 괜찮았으니까."

"그렇게 말해 줘서 고맙네. 그리고 미안하네. 내 정말 예상치 못했네."

"하하하. 누가 예상할 수 있었겠나."

가마에서 사람이 내릴 수도 있다는 건 예상했지만, 그가 그렇게 무겁다는 건 정말 누구도 예상치 못했을 것이다. 같은 부피의 쇳덩이보다 무거운 사람이라니.

"그래도 힘든 일이 끝나서 그런지 다들 표정이 좋군. 어쨌든 오늘은 내가 한잔 사겠네. 그렇게라도 미안함을 풀어야지."

양충의 말에 다들 웃으며 고개를 저었다.

"아닐세. 그럴 필요 없네. 왠지 자네 덕에 오늘 중요한 걸 얻은 것 같아서 말이야."

"중요한 것?"

"그런 게 있네. 그럼 나중에 보세."

여덟 사내는 저마다 각자의 자리로 돌아갔다. 서두르는 기색이 역력했는데, 양충은 그들을 보며 계속 고개를 갸웃거렸다.

"대체 무슨 일이지? 이거 분명히 뭔가가 있는데……."

양충의 예감이 맞았다는 건 며칠 후에 밝혀졌다. 그날 가마를 멨던 여덟 사내 모두 갑자기 실력이 크게 늘어 조장이 된 것이다.

원인은 너무나 뻔했다. 그날 가마를 멨기 때문이다. 양충은 대체 그날 무슨 일이 있었는지 반드시 알아내겠다고 다짐했다. 그런 기연이 자신에게도 오지 말라는 법은 없었으니까.

맹주전에는 맹주인 만호유와 군사인 제갈환을 비롯해 상천검왕 남천영과 단천도왕 여무해, 그리고 그의 아들인 여중기까지 모여 있었다.

그들은 맹주전 앞에 나타난 가마를 보고는 할 말을 잃었다. 세상에 어떻게 저리도 뚱뚱한 사람이 있을 수 있단 말인가. 아니, 이건 뚱뚱하다는 말로는 모자랐다. 작은 동산 하나가 가마 위에 놓인 듯했다.

그리고 가마 양옆에 나란히 선 두 여인의 미모는 정말로 대단했다. 대체 저런 자를 왜 따라다니는지 이해할 수 없을 정도로 말이다.

가장 먼저 정신을 차린 사람은 맹주였다.

"어서들 오게나. 남 당주의 말을 듣고 꼭 한 번 만나 보고 싶었네."

만호유의 말에 한서연과 화영이 정중히 포권을 취했다.

"영광이에요. 이렇게 초청해 주셔서 감사드립니다."

그렇게 서로 인사를 나눴음에도 금철휘는 그저 가만히 만호유를 보기만 했다. 금철휘의 표정에는 남다른 감회가 어려 있었지만 워낙 살집이 두툼해져서 누구도 그것을 알아보지 못했다.

그렇게 잠시 시간이 흐르자, 금철휘를 보고 있던 사람들이 표정이 살짝 굳었다. 무림맹주를 앞에 두고도 인사조차 하지 않는 모습에 기분이 상한 것이다.

한서연이 보다 못해 금철휘의 옆구리를 팔꿈치로 쿡 찔렀다. 그제야 금철휘가 감회에서 벗어나 고개를 힘겹게 까딱였다.

"보다시피 쉽게 거동이 힘든 상태라 예를 차리기 어려운 점, 이해 바랍니다."

금철휘의 말에 다들 고개를 끄덕였다. 금룡장의 소장주에 대한 좋지 않은 소문들을 접했기에 이런 모습을 봐도 어느 정도 이해할 수 있었다.

"일단 안으로 들어가야 할 것 같은데, 보아하니 도움이 좀 필요할 것 같군."

만호유가 그렇게 말하며 남천영과 어무해를 돌아봤다. 둘의 시선은 즉시 여중기에게로 향했다. 여중기는 뒷머리를 긁적이며 앞으로 나섰다.

"제가 가마를 좀 들어도 되겠습니까?"

여중기가 정중히 한서연과 화영을 향해 물었다. 금철휘는 그의 안중에도 없었다.

"되긴 하지만…… 힘드실 텐데……."

한서연의 말에 여중기가 웃으며 말했다.

"하하. 걱정 마십시오. 이래 봬도 힘은 제법 쓸 만합니다."

여중기는 그렇게 말하고는 가마의 중간을 손으로 꽉 잡았다. 이대로 힘을 써서 가마를 번쩍 들고 맹주전 안으로 들어갈 생각이었다. 여중기의 단전에 뭉쳐 있던 기운들이 사지백해로 흘러 들어갔다.

"끄응!"

여중기는 앓는 소리를 내며 힘을 썼다. 설마 그런 소리가 나올 줄은 몰랐기에 스스로도 깜짝 놀랐지만 이미 나온 소리를 어쩌겠는가.

'한데…… 이거 왜 이리…….'

문제는 그게 아니었다. 가마가 거의 꼼짝도 하지 않았다. 여중기는 당황하며 내공을 더 썼다. 하지만 가마는 요지부동이었다.

"뭐하는 게냐!"

보다 못한 여무해의 입에서 호통이 터져 나왔다. 맹주가 보는 앞에서 아비 망신을 시켜도 유분수지 이게 대체 무슨 꼴이란 말인가. 고작 가마 하나 못 들어서 저리 빌빌대다니!

여중기는 모든 내공을 다 쏟았다. 그의 팔, 다리, 허리로 기운이 집중되었다. 하지만 혼자서 가마를 드는 건 불가능했다.

얼굴에 툭툭 불거진 핏줄이 터질 지경이었다. 그런 여중기 옆에 서 있던 한서연이 걱정스런 눈으로 물었다.

"힘드시죠? 저희가 좀 거들어 드릴까요?"

여중기는 가슴 깊은 곳에서 치미는 치욕감을 참으며 억지로 고개를 저었다. 여기서 여자들의 힘을 빌린다면, 그것도 자신이 마음에 두고 있는 한서연과 화영의 힘을 빌린다면 자신의 체면이 뭐가 되겠는가.

"에잉. 모자란 놈."

결국 여무해가 나섰다. 여중기는 얼굴을 들 수 없었다. 하지만 아버지가 나서 주는 것이 한서연이나 화영이 나서는 것보다는 나았다.

"네가 뒤로 가라."

여중기가 얼른 가마 뒤로 가서 손잡이를 잡았다. 두 사람은 앞뒤로 서서 손잡이를 잡고 힘을 줬다.

"끄으으응!"

여무해의 입에서도 앓는 소리가 터져 나왔다. 예상치 못하게 많은 힘을 주는 바람에 터진 어쩔 수 없는 소리였다. 하지만 그럼에도 가마는 요지부동이었다.

"뭐, 뭐야! 이 가마!"

여무해의 놀란 외침에 한서연이 민망한 얼굴로 대답했다.

"가마가 무거운 게 아니라, 저희 공자님께서……."

결국 여무해는 손을 놓고 일어나서 황당한 눈으로 금철휘를 바라봤다. 산처럼 가만히 앉아 있는 금철휘의 모습에 여무해는 눈살을 찌푸렸다.

"이건 무슨 산을 드는 것도 아니고……."

여무해는 의심스러운 눈으로 금철휘를 보며 물었다.

"혹시 자네 천근추 같은 걸 펼치고 있는가?"

그게 아니라면 인간이 어찌 이렇게 무거울 수 있단 말인가. 그런 여무해를 보며 금철휘가 피식 웃었다.

"자기 힘 모자란 생각은 아예 하지도 않는군."

"뭐라?"

"내가 천근추를 펼친다고 해서 그게 티나 나겠소?"

여무해는 할 말을 잊고 입을 꾹 다물었다. 금철휘의 말이 옳다. 어설프게 천근추를 펼쳐 봐야 자신에게는 아무런 영향을 미치지 못한다. 아니, 오히려 힘과 힘이 부딪치며 내상을 입을 위험까지 있다.

'멍청이가 아니고서야 내 앞에서 그따위 짓을 할 리 없지. 하면 정말로 그렇게 무겁단 말인가? 이건 정말 말이 안 되는

데……'

금철휘의 열 배가 되는 부피의 바위를 들라고 해도 가볍게 들 수 있는 사람이 바로 단천도왕 여무해다. 여무해가 펼치는 도법의 기반이 바로 힘이다.

힘으로 십대고수가 된 여무해가 고작 사람 하나를 들어 올리지 못한다? 이건 말도 안 되는 일이었다.

"나도 돕지."

이번에는 남천영이 나섰다. 어느새 여중기는 가마에서 떨어져 나왔다. 여중기의 자리에 남천영이 선 것이다.

그리고 그제야 가마가 천천히 위로 올라갔다. 남천영과 여무해의 얼굴이 시뻘겋게 달아올랐다. 이마에 돋은 핏줄이 점점 길어졌다. 이러다가 터지지 않을까 다들 걱정할 즈음 가마가 맹주전 안으로 들어갔다.

"허억! 허억!"

"이 무슨!"

두 사람은 가마를 내려놓고 숨을 헐떡이며 질린 눈으로 금철휘를 바라봤다. 두 사람의 뇌리에 가장 먼저 떠오른 생각은 여기서 나갈 때 또 저놈을 들어야 한다는 것이었다.

"많이 힘드시죠?"

한서연이 걱정스런 눈으로 두 사람을 바라보며 말했다. 남천영과 여무해는 쓴웃음을 지으며 고개를 저었다. 고작 가마 하나 들었다고 저런 눈빛을 받으려니 가슴이 쓰렸다. 자신들이 누구인가. 십대고수 아닌가.

"그래도 여덟 명이 간신히 들고 온 걸 두 분이서 하셨으니 정말 대단하세요."

남천영과 여무해의 표정이 기괴하게 일그러졌다. 아까 가마를 들고 온 여덟 명은 그들도 봤다. 무림맹의 하급 무사들이었다. 그들 백 명이 덤벼도 가볍게 이길 수 있었다. 한데 고작 여덟과 둘이 비교되다니, 치욕도 이런 치욕이 없었다.

'할 말이 없군.'

정말 할 말이 없었다. 그 여덟 명은 정문에서 여기까지 가마를 들고 왔다. 하나 남천영도 여무해도 여기서 정문까지 저걸 들고 갈 자신이 없었다.

'정말 나이를 먹어서 기력이 쇠한 건지……'

문득 그런 생각까지 들었다. 얼마 전 낙양에서 좋은 약을 먹어 내공이 상당히 많이 늘어났음에도 그러하니, 예전이라면 정말 방 안으로 가마를 들여오는 것도 쉽지 않았을 것 아닌가.

두 사람은 그제야 자신들이 먹은 약을 금철휘가 주었다는 사실을 떠올렸다.

"아, 그리고 보니 인사를 미처 못 했군. 낙양에서는 여러모로 고마웠네."

"별말씀을."

금철휘는 그들의 인사를 가볍게 넘긴 후, 맹주를 쳐다봤다.

만호유를 보고 있으니 또 옛 생각이 났다.

'백검화에 이어서 두 번째인가?'

하지만 백검화보다 만호유에 대한 인상이 훨씬 깊게 남아 있었다. 시기의 차이가 클 것이다. 만호유는 금철휘가 혈룡귀 갑대주 시절 마지막으로 본 사람이었으니까.

'그때보다 많이 강해졌군.'

천령신공 덕분에 만호유가 가진 힘을 비교적 정확히 알 수 있었다. 일곱 번째 단계에 올라가면 훨씬 더 자세히 알아낼 수 있겠지만 지금은 그저 만호유 주변에 흐르는 기운을 가지고 유추할 수밖에 없었다.

사실 당시 만호유가 살아 돌아간 것이 기적 같은 일이긴 했다. 만호유가 미리 발을 빼지 않았다면 아마 그럴 기회도 없었을 것이다.

금철휘가 그렇게 생각에 잠겨 있을 때, 만호유는 만호유 대로 금철휘를 유심히 살폈다. 만호유는 금철휘가 제법 무공을 익혔다는 정보를 들었기에 그것을 확인코자 했다. 이런 몸으로 무공을 익혔다는 사실을 믿을 수 없었기 때문이다.

"슬슬 절 부른 이유를 말해 주시죠."

금철휘의 말이 방 안에 흐르던 침묵을 깨뜨렸다. 만호유도 그제야 정신을 차렸다. 물론 금철휘에 대한 결론은 이미 내린 뒤였다. 딱 소문만큼의 무공을 익힌 듯했다.

'저 몸으로 어떻게 무공을 수련했는지 놀랍군. 내공만 죽어

라 판 건 아닌 듯한데……'

만호유는 거기까지 생각한 후, 천천히 입을 열었다.

"우리 무림맹에 큰 도움을 주었다기에 불렀네. 구적당주라
는 직책도 준비했으니 주도록 하겠네. 대충 알고 왔겠지만 권
한은 거의 없는 명예직이라네."

만호유는 그렇게 말하며 빙긋 웃었다.

"권한이 없으니 의무도 없네. 그저 자네와 작은 인연을 이
어 가고 싶어 내가 급조한 직책이라네."

금철휘가 고개를 끄덕였다. 그렇다면 부담이 훨씬 줄어드니
수락해도 상관없을 듯했다.

"그리고 원하는 게 있으면 말해 보게. 웬만한 것은 내 들어
줄 수 있으니."

만호유의 말에 금철휘가 눈을 빛냈다.

"사실 원하는 게 하나 있긴 합니다만……."

"그런가? 말해 보게. 내가 들어줄 수 있는 거라면 충분히
고려를 해 보지."

만호유는 결코 확답을 주지 않았다. 무림맹주라는 자리에
있으면서 뭔가를 결정한다는 것이 얼마나 큰 무게를 갖는지
잘 알기 때문이다.

"예전 혈룡귀갑대주의 최후를 지켜보셨다고 들었습니다."

갑자기 혈룡귀갑대의 얘기가 나오자, 만호유의 표정이 살
짝 굳었다. 당시의 일은 사실 떠올리기도 싫었다.

"그렇긴 하네만……."

"당시 혈룡귀갑대주의 시체가 어떻게 되었는지 혹시 보셨습니까?"

만호유가 무시무시한 눈으로 금철휘를 노려봤다.

"그건 왜 묻나? 설마 내가 세상에 공표한 말들을 못 믿겠다는 뜻인가?"

"그저 직접 확인해 보고 싶었을 뿐입니다. 사실 신기한 일 아닙니까? 시체가 벼락을 맞고 사라졌다는 게 말입니다."

금철휘의 말에 만호유가 굳은 얼굴로 고개를 끄덕였다.

"확실히 그렇지. 나도 직접 보고도 믿기가 어려웠으니."

만호유는 그렇게 운을 떼고는 차분히 설명을 시작했다. 다른 사람들 역시 만호유로부터 직접 당시의 일을 듣는 건 처음이었는지라 관심을 가지고 귀를 기울였다.

"당시 난 혈룡귀갑대주의 뒤를 조용히 쫓아갔네. 지금 생각하니 그가 몰랐을 리 없었을 것 같은데 왜 그냥 뒀는지 모르겠군."

금철휘가 고개를 끄덕였다. 그때의 일이 떠올랐다. 그때 분명히 그랬다. 만호유가 쫓아온다는 걸 알면서 그냥 뒀다.

'왜 그랬을까?'

그동안은 그런 경우 절대 그냥 두지 않았다. 끝까지 쫓아가 다 죽였다. 한데 만호유만 예외였다. 도망치는 걸 쫓지도 않았고, 다시 돌아왔을 때도 그냥 뒀다.

금철휘가 생각에 잠긴 사이 만호유의 말이 이어졌다.

"어쨌든 난 그를 쫓아갔네. 그는 뭔가 다급해 보였네. 난 정말로 궁금했지. 과연 저 정도로 강한 사람에게 급한 일이 뭐가 있을까 하고 말일세. 그리고 혹시 그게 무엇인지 알아내면 혈룡귀갑대주의 약점이라도 알 수 있지 않을까? 하는 생각도 했네."

확실히 일리가 있는 말이다. 그리고 그 말을 들은 금철휘는 비로소 당시의 기억이 조금 더 떠올랐다.

'그래. 그때 왜 그랬는지 이제 생각나는군.'

당시 금철휘는 뭔가 거대하고 불길한 기운을 느꼈다. 만일 천령신공을 익히지 않았다면 결코 알 수 없었을 것이다. 또한 속수무책으로 그 기운에 당했을 것이다.

거기까지 떠올린 금철휘는 의아한 생각이 들었다.

'왜 그 부분을 까맣게 잊고 있었던 거지?'

그저 죽는 순간의 기억만 가지고 있었다. 그 전의 기억이 완전히 도려낸 것처럼 사라졌다가 지금 만호유의 말을 들으며 하나하나 떠오르고 있었다.

"얼마나 쫓아갔는지 모르네. 적어도 한 시진은 넘었지. 혈룡귀갑대주는 뭔가에 홀리기라도 한 듯 이동했네. 내가 순간적으로 지금이라면 기습을 통해 저자를 죽일 수 있을지 모른다는 생각까지 했을 정도니까."

결과적으로 만호유는 그렇게 하지 않았다. 그리고 그건 그에게 다행스런 일이었다. 금철휘는 그 와중에도 만호유의 존재를 확실히 인지하고 있었으니 말이다.

"그렇게 가던 그는 어느 순간 걸음을 멈추고 한 곳을 뚫어져라 노려봤네. 난 이해할 수가 없었지. 그가 노려보는 곳은 그저 허공이었거든."

금철휘는 그제야 기억이 물밀 듯 밀려왔다. 당시 무슨 일이 있었는지, 또 왜 그런 일을 했는지 말이다.

"난 분명히 느꼈네. 당시 혈룡귀갑대주의 몸 주위로 아주 무시무시한 뭔가가 휘몰아치고 있었다는 사실을. 그리고 벼락이 떨어졌네. 새까만 벼락이었지. 아니, 지금 생각하니 과연 그것을 벼락이라고 할 수 있을지 모르겠군. 마치 공간이 둘로 갈라져 시커먼 곳으로 세상을 집어삼키는 듯했으니."

만호유는 잠시 눈을 감고 당시를 회상했다. 그리고 몸을 부르르 떨었다. 생각만 해도 두려운 광경이었다.

"그리고 더 이상 그곳에 혈룡귀갑대주는 없었네."

만호유의 말은 그걸로 끝났다. 만호유는 당시 혈룡귀갑대주의 몸 주위로 휘몰아치던 기운을 본 덕분에 지금의 실력을 만들 수 있었다는 사실은 얘기하지 않았다.

"그게 전부일세."

만호유가 강렬한 눈으로 금철휘를 노려봤다.

"이 말을 자네는 믿을 수 있는가?"

금철휘는 조금도 주저하지 않고 고개를 끄덕였다.

"물론입니다."

만호유의 눈이 살짝 커졌다.

"무림맹주 씩이나 되시는 분이 제게 거짓을 말할 이유가 없지 않겠습니까?"

금철휘가 씨익 웃었다. 힘들게 무림맹으로 온 보람이 있었다. 얻을 건 방금 모두 얻었다.

*　　　*　　　*

금철휘가 돌아갈 때는 다시 그 여덟 사내가 왔다. 그들은 용을 쓰긴 했지만 그래도 가마를 어찌어찌 들어서 금철휘의 거처까지 나를 수 있었다.

그렇게 오가는 동안 무림맹의 수많은 사람들이 금철휘의 모습을 확인했다. 그리고 금룡장의 소장주에 대한 소문이 무림맹 내에 파다하게 돌았다. 그 옆에 함께 붙어 다니는 두 명의 미인에 대한 소문까지 겹쳐서 말이다.

현재 무림맹 내에서 가장 침울한 사람은 여중기였다. 사실 지금 무림맹의 전체적인 분위기는 살짝 들떠 있었다. 눈이 돌아갈 정도의 미녀가 둘이나 등장했으니 그럴 만도 했다.

하지만 정작 그녀들을 마음에 두고 있는 여중기는 그러지 못했다. 다름 아닌 금철휘 때문이었다.

"정말 이해할 수가 없군."

여중기는 한숨을 푹 내쉬었다. 대체 뭐가 문제란 말인가. 아무리 비교를 해도 자신이 꿀릴 건 딱 하나였다.

"그깟 돈, 마음만 먹으면……."

자신이 금철휘보다 못한 건 돈밖에 없었다. 하지만 그걸 인정하는 순간, 한서연과 화영이 돈에 눈이 먼 여자들이 되어 버린다. 그건 또 싫었다.

"그래, 생각해 보니 하나가 더 있었어. 시간이야."

오랫동안 함께했다면 그 시간 동안 든 정이 있을 것이다. 그것 때문에 아직 자신의 마음을 받아들일 준비가 안 되었다고 여기니 그나마 마음이 좀 편했다.

"또 여기서 궁상을 떨고 있는 게냐?"

여중기는 고개를 돌려 어느새 다가온 자신의 아버지를 바라봤다.

"오셨습니까?"

"그 매가리 하나 없는 목소리는 또 뭐냐? 오랜만에 나랑 대련이라도 한번 해 보고 싶은 게냐? 내가 힘 나게 도와줘?"

"아, 아닙니다. 그게 아니라……."

"쯧쯧, 됐다. 그러니 마음에 둔 여자 하나 못 후리는 거 아니냐."

"후, 후리다니요! 어찌 그런 천박한 말씀을……."

"됐다. 내가 이러는 게 어디 하루 이틀이더냐. 어쨌든 정말 그 여자들 때문에 그러고 있는 게냐?"

여중기는 고개를 푹 숙였다. 할 말이 없었다. 여무해는 그 것을 보고는 또 혀를 찼다.

"쯧쯧, 사내자식이. 가서 강제로라도 덮쳐서 네 여자로 만 들었어야지. 그래서 어디 제구실이나 하겠느냐?"

"어찌 그런 말씀을 하실 수 있습니까."

"왜? 내가 틀린 말 했더냐?"

여중기는 입을 꾹 다물고 다분히 반항기 어린 눈으로 아버 지를 바라봤다. 여무해는 그런 아들을 보며 한숨을 푹 내쉬 었다.

"자식 놈 하나 키우기가 이리도 어려워서야. 내가 적당한 자리를 마련했으니 넌 그저 참석만 하거라. 내가 다 알아서 하마."

"예?"

"오늘 밤에 간단히 만나서 요리도 먹고 술도 마시면서 대 화를 나눠 보기로 했으니 오라는 말이다."

"저, 정말이십니까? 하면 금 소협은……."

"쯧쯧, 그런 뚱땡이 하나 못 이겨서……. 걱정 마라. 그놈은 안 오니까. 사실 네가 오는 것도 모르고 있으니 그냥 참석해 서 가만히 앉아 있기만 해라. 내가 모든 걸 다 알아서 할 테니 까."

여중기는 슬그머니 불안해졌다. 여무해의 성격이야 너무나 잘 알고 있었다. 여무해는 일단 목표가 정해지면 옆을 돌아보지 않고 단순 무식하게 달려간다.

'그 때문에 내가 얼마나 고생을 했던가.'

하지만 문득 이런 일에는 그런 방식이 더 어울릴 수도 있겠다는 생각이 들었다. 그렇게 해서라도 좋은 결과를 얻을 수 있다면 그 또한 괜찮은 일 아니겠는가.

그렇게 생각하니 묘한 기대감이 생겨났다. 여중기는 그 기대감을 안고 밤이 되기만 기다렸다.

제8장
여중기의 내기

黃金公子

"초대해 주셔서 감사해요."

그 말과 함께 등장한 두 여인은 너무나 아름다웠다. 달빛을 받은 모습은 마치 천상에서 내려온 선녀 같았다.

여중기는 입이 벌어지는 것도 모르고 그 모습을 멍하니 바라봤다. 그리고 또 한 번 마음을 빼앗겼다. 이렇게 아름다운 여인들이 그 돼지에게 가는 건 정말 용납할 수가 없었다.

"어, 어서 오십시오."

"어머? 여 소협도 계셨네요? 이럴 줄 알았으면 우리 공자님도 함께 모셔 올 걸 그랬어요."

여중기는 그럴 필요 없다는 말이 목구멍 끝까지 치밀었지만 억지로 삼켰다.

"자, 이리로들 앉으시게."

한서연과 화영은 여무해가 권하는 자리에 앉았다. 그러자 여중기가 그녀들과 마주한 쪽에 자리를 잡았다.

"허락하기가 쉽지 않은 자리인데, 이렇게 와 줘서 고맙네."

"아니에요. 저희도 이런 자리 좋아해요."

화영은 그렇게 말하며 예쁘게 웃었다. 여무해가 크게 고개를 끄덕였다. 역시 아들이 좋아할 만한 여인들이었다. 외모도 아름답고 그동안 겪어 보니 마음 씀씀이도 괜찮았다.

"일단 조금 출출할 시간이니 먹고 시작하지."

여무해의 말에 술자리가 시작됐다. 분위기는 화기애애했지만 정작 오가는 말은 그다지 많지 않았다.

일상적인 얘기를 하며 분위기를 서서히 만들어 간 여무해는 갑자기 불쑥 두 여인에게 물었다.

"내 아들 어떤가?"

"예?"

"자네들이 보기에 내 아들 어떠냔 말이네."

"여 소협이요?"

한서연과 화영은 고개를 돌려 여중기를 바라봤다. 여중기는 기대감 어린 눈으로 두 여인의 눈을 마주 봤다.

"좋은 분이지요."

"저도 그렇게 생각해요."

"그런가? 좋은 사람이라……."

여무해는 지그시 눈을 감고 뭔가를 생각하더니 다시 번쩍 눈을 뜨고 두 여인을 바라봤다.

"하면 이렇게 물어보면 어떤가? 내 아들이 신랑감으로는 어떤 것 같나?"

"예?"

"시, 신랑이요?"

둘이 너무 당황스러워하자, 여무해가 별것 아니라는 듯 풀 썩 웃으며 손을 내저었다.

"허허. 오해하지 말게. 그저 궁금해서 묻는 것일 뿐이니까. 그저 여자로서 내 아들 정도면 신랑감으로 괜찮은가 하는 것 이 궁금할 뿐이라네. 뭐, 여러 가지 볼 것들이 있지 않은가. 외 모라든가, 능력이라든가, 남자로서의 매력이라든가."

한서연과 화영은 그제야 고개를 끄덕이고는 다시 여중기 를 바라봤다. 여중기는 너무 긴장해서 제대로 앉아 있기가 어 려웠다. 얼굴이 새빨개졌고, 침만 꼴깍꼴깍 삼켰다. 심지어 두 여인을 마주 보지도 못했다.

이윽고 두 여인이 평가를 내렸다. 둘은 동시에 고개를 끄덕 였다.

"괜찮죠. 십대고수의 아들인데다가 무공도 뛰어나고, 외모 도 출중하잖아요? 성격도 좋고, 이 정도면 신랑감으로 거의 최고 아닌가요?"

"저도 그렇게 생각해요."

둘의 말에 여중기는 안도하며 가슴을 쓸어내렸다. 물론 당사자 앞에서 대놓고 욕을 할 수는 없을 테지만 그래도 이렇게 말을 직접 들으니 떨리는 건 어쩔 수 없었다. 또 그런 평가를 받으니 기분도 날아갈 것 같았다.

"허허허허. 그거 잘 됐군. 하면 내 부탁 하나 하지."

한서연과 화영은 불길한 예감이 들었지만 고개를 끄덕일 수밖에 없었다. 두 여인이 허락하자 여무해가 환한 표정으로 말했다.

"내 아들을 좀 진지하게 만나 주게."

"예?"

"내 아들이 괜찮은 신랑감이라고 하지 않았나. 하니 혼인을 전제로 한번 진지하게 만나 달라는 말일세."

두 여인은 아무런 말도 하지 못했다. 너무나 의외인지라 의도를 파악하는 데에도 시간이 걸렸다. 하지만 이내 정신을 차리고 마음을 가라앉혔다. 그러자 답이 명료하게 보였다. 이건 사실 생각하고 말고 할 것도 없는 문제였다.

"죄송합니다."

"그럴 수 없습니다."

한서연과 화영이 사과하며 거절하자, 여무해의 표정이 굳어졌다. 그래도 최소한 진지하게 서로를 알아 가는 것까지는 할 수 있을 줄 알았다.

"이유가 뭔가? 내 아들이 모자라서 그러나?"

두 여인이 고개를 저었다.

"그건 아닙니다. 다만⋯⋯."

"다만?"

"다만 저희는 이미 마음에 두고 있는 분이 계십니다. 어떤 시간을 가지더라도 여 소협과는 그런 관계가 될 수 없습니다."

그 말을 들은 여중기의 심장이 철렁 내려앉았다. 그리고 믿을 수 없다는 듯 눈을 크게 뜨며 그녀들을 바라봤다.

"서, 설마⋯⋯ 설마 두 분께서 마음에 뒀다는 분이⋯⋯ 금 소협입니까?"

금철휘가 언급되자 두 여인의 얼굴이 동시에 화사하게 피어났다. 그저 떠올리는 것만으로도 좋다는 듯 수줍게 미소까지 지었다.

"예. 맞습니다."

일말의 망설임도 없이 대답하자, 여중기의 입이 벌어졌다. 그리고 여무해의 인상이 더욱 크게 일그러졌다.

"내 아들이 금룡장의 소장주보다 못하다는 뜻인가?"

여무해의 말에 한서연이 그를 똑바로 쳐다보며 말했다.

"남녀 관계가 꼭 누구보다 잘나고 못나서 이뤄지는 거라 여기시나요?"

여무해는 선뜻 대답을 할 수 없었다. 그건 아니다. 하지만 아무리 그래도 정도라는 것이 있다. 그가 보기에 금철휘는 기준에 너무 못 미쳤다.

"그런 건 아니지만, 그래도 너무하지 않나."

여무해는 돈 얘기를 끝에 붙이려다가 말았다. 아무리 봐도 금철휘가 여중기보다 나은 점은 돈이 많다는 것뿐이었다. 그 말을 하지 않은 이유는 그것이 오히려 관계를 악화시킬 수도 있다고 판단했기 때문이다.

하지만 여중기는 그렇게 하지 못했다. 그는 이미 눈이 한 번 돌아가 버렸다. 자신이 돈에 밀렸다고 생각한 것이다.

"돈이 그렇게 중요합니까?"

"예? 그게…… 그게 대체 무슨 말이죠?"

"마음만 먹으면 저도 그깟 돈 얼마든지 벌 수 있습니다."

한서연과 화영의 눈빛이 차가워졌다. 하지만 여중기는 그 조차 화가 났다. 자신에게 왜 그런 눈빛을 보낸단 말인가.

"하면 벌어 보시지요. 우리 공자님보다 더 많은 돈을 버신 다음에 얘기를 계속하는 게 낫겠네요."

화영의 차가운 말에 여중기가 코웃음을 쳤다.

"흥, 내가 못 할 것 같습니까? 좋습니다. 해 보이지요. 나중에 후회하지나 마십시오."

여무해는 그 광경을 지켜보며 손으로 자신의 이마를 탁 짚었다. 완전히 꼬여 버렸다. 이제 이 매듭은 다시 풀기 어려워졌다.

'이 멍청한 놈!'

아비의 마음도 모르고 여중기는 계속 엇나가기만 했다.

"제가 그만큼 돈을 벌면 어쩌시겠습니까?"

이번에는 한서연이 차갑게 웃었다.

"그러면 어쩔까요? 제가 발가벗고 춤이라도 출까요?"

상황이 점점 극단으로 치닫자, 여무해가 나서서 말리려 했다. 하지만 그가 나서기도 전에 누군가의 목소리가 들려왔다.

"이거 점점 재밌어지는데?"

"누구냐!"

여무해가 크게 놀라며 외쳤다. 누군가 다가오는 기척도 느끼지 못했다. 여무해는 목소리가 들려온 쪽을 살폈다. 조금 떨어진 곳에 누군가가 서 있었다. 아니, 더 정확히 말하면 사람이 아니라 가마였다.

여덟 명의 사내가 가마를 지고 있었다. 그 가마 위에는 금철휘가 앉아 있었다. 방금 전의 말은 금철휘가 한 것이다.

여무해는 혼란에 빠졌다. 대체 어떻게 다가왔기에 자신이 전혀 기척조차 느끼지 못했단 말인가. 여무해의 시선이 가마를 멘 사내들에게 향했다.

'지금은 기척이 느껴지는군.'

그렇다면 너무 흥분해서 자신이 순간적으로 저들의 기척을 놓쳤다는 말이 된다. 조금 이상하긴 했지만 그것 외에는 지금의 일을 설명할 방법이 없었다.

자신의 감각을 속이고 다가왔다고 하기엔 저들의 수준이 너무 낮았다.

"공자님!"

"여긴 어쩐 일이세요?"

"어쩐 일은. 술 마시고 논다기에 슬슬 나와 봤지. 한데 재미있는 얘기를 하고 있네?"

한서연과 화영이 부드럽게 미소 지었다. 여중기는 그녀들이 금철휘에게 그렇게 웃어 주는 것조차 못마땅했다.

누가 봐도 마음에서 우러난 미소였다. 고작 돈만으로 저런 미소를 만들어낼 수는 없을 것이다. 하지만 여중기는 여전히 인정할 수 없었다. 아니, 인정하기가 싫었다.

"엄청 못마땅한가 보군."

금철휘의 말에 여중기가 인상을 쓰고 그를 노려봤다. 하지만 금철휘는 눈 하나 깜짝하지 않았다.

"왜? 여자들이 뚱뚱한 사람을 좋아하니까 너무 화가 나?"

여중기는 그 순간 찬물을 뒤집어쓴 것 같았다. 불과 얼마 전에 저와 비슷한 말을 들은 적이 있었다.

'그때 그 사람!'

정주에서 만난 사람, 황금루의 공사장에 자신을 데리고 갔던 사람, 그리고 자신의 도를 손가락만으로 막아낸 사람이 떠올랐다.

이름은 듣지 못했다. 하지만 한서연, 화영과 잘 아는 사람이었다. 그가 여중기에게 당시 말했다. 저 두 여자는 뚱뚱한 사람을 좋아한다고.

'설마 그게 정말이었단 말인가!'

당시에는 되도 않는 헛소리라 여겨 듣자마자 나머지 귀로 흘려버렸다. 그래서 기억에도 거의 남아 있지 않았다. 한데 지금 이런 일을 겪고 나니 당시의 일이 고스란히 떠올랐다.

'같은 사람인가?'

여중기는 순간적으로 그런 생각을 했지만 떠오른 즉시 고개를 저었다. 그럴 리가 없다. 당시 봤던 그 사람은 매끈한 몸매에 얼굴도 상당히 잘생긴 편이었다. 한데 금철휘는 어떤가. 그와는 전혀 상반된 외모 아닌가.

"당신이 끼어들 일이 아니오. 물러나서 구경이나 하시오."

냉기 풀풀 날리는 여중기의 말에도 금철휘는 전혀 개의치 않았다. 이런 재미난 일에 자신이 빠지면 되는가. 게다가 한서연이 옷을 벗고 춤을 추겠다는데 그걸 그냥 보고만 있을 수는 없지 않은가.

"엉뚱한 사람이랑 쓸데없는 내기 하지 말고 차라리 나랑 한 판 어때?"

쓸데없는 내기라는 말에 발끈하려던 여중기는 이어지는 금철휘의 말에 입을 꾹 다물었다. 구미가 확 당겼다. 한서연이나 화영과 내기해서 이겨 봐야 뭐가 남겠는가. 하지만 그 대상이 금철휘라면 얘기가 완전히 달라진다.

"좋소. 하면 적당한 기간을 두고 누가 더 많은 돈을 버는지 내기를 하겠소?"

여중기는 자신이 두 여인과 얼마나 허황된 내기를 하려 했는지 말 하자마자 깨달았다. 그래서 금철휘와 내기를 걸 때는 훨씬 현실성 있는 조건을 걸었다.

하지만 금철휘가 보기에는 그조차 현실성이 떨어졌다.

"정말 날 이길 수 있겠어? 다른 조건들은 필요 없고?"

"필요 없소. 내 능력만으로 당신을 이겨 보이겠소."

금철휘가 피식 웃고는 여중기를 똑바로 쳐다봤다. 금철휘의 눈빛에 살짝 어린 웃음기가 여중기의 속을 확확 긁었다.

"정말 그렇게 불공정한 내기를 해도 돼?"

"불공정하다고?"

여중기의 표정이 굳었다. 그게 왜 불공정한지 전혀 이해할 수 없었다. 완전히 새로 돈을 버는 것인데 그보다 공평한 게 어디 있단 말인가.

여중기는 반사적으로 자신의 아버지인 여무해를 바라봤다. 하지만 여무해 역시 어리둥절한 표정을 짓고 있었다. 돈을 버는 일 자체에 아예 관심이 없기에 그 역시 별다른 생각이 없었다.

"그게 왜 불공정하단 말이오?"

"그걸 내가 굳이 설명해 줄 이유는 없을 것 같은데?"

금철휘가 그렇게 말하며 씨익 웃자, 여중기는 자신이 놀림을 받고 있다고 판단했다.

"됐으니 그냥 합시다. 기간을 정하시오."

"기간은 불리한 쪽이 정해야지."

금철휘의 말에 여중기가 으득 이를 갈았다. 말 한 마디 한 마디가 너무나 얄미웠다.

"열흘로 합시다. 내일부터 열흘 동안이오."

"어려울 거 없지. 그럼 뭘 걸까?"

이미 이긴 거나 다름없는 내기였기에 금철휘는 마음이 가벼웠다. 자연히 말투도 가볍고 경쾌하게 나왔다. 그리고 여중기는 그 여유조차 마음에 안 들었다.

"내가 이기면 저 두 분께 더 이상 찝쩍대지 마시오."

"찝쩍? 난 그런 적 없는데? 오히려 쟤들이 나한테 찝쩍대는 건데?"

"웃기지 마시오!"

여중기가 씩씩거렸다. 그는 한동안 금철휘를 노려봤다. 그 모습에 금철휘는 한숨을 내쉬며 고개를 절레절레 저었다. 무슨 말을 해도 통할 상태가 아니었다.

"좋아. 별것도 아닌데 그렇게 해 주지. 그럼 네가 지면 어쩔 건데?"

"마음대로 정하시오. 난 무조건 이길 테니까."

"그래. 좋아. 그럼 확실하게 돈으로 하자. 내가 이기면 내가 번만큼의 돈을 내게 주는 거야. 어때?"

"좋소."

여중기는 흔쾌히 고개를 끄덕였다. 이기든 지든 거의 아쉬울 게 없는 내기였다. 고작 열흘 동안 돈을 벌어 봐야 얼마나 벌겠는가. 그 정도쯤이야 얼마든지 줄 수 있었다.

"좋아. 그럼 내기 성립이군. 함께 따라다니며 돈을 얼마나 벌었는지 확인해 줄 공증인 두 명이 필요한데 누가 하지?"

금철휘의 말이 떨어지기 무섭게 여무해가 벌떡 일어났다.

"내가 하지. 금 소협은 내가 확인하겠네. 어떤가?"

"그럼 저 친구 쪽에는 저 녀석들이 따라다니면 되겠네. 너희 들 괜찮지?"

금철휘의 말에 화영과 한서연이 살짝 아쉬운 표정으로 고 개를 끄덕였다. 사실 금철휘를 따라다니고 싶었지만 정확한 공증인이 필요하니 자신들이 나서는 게 좋았다.

여중기는 가슴이 떨려 왔다. 하지만 그 기분도 지극히 짧았 다. 여무해가 나서서 반대를 한 것이다.

"나와 비슷한 급은 되어야 내 체면이 서지 않겠나? 하니 검 왕을 부르지. 내가 책임지고 데려오겠네."

순간 여중기가 깜짝 놀라 아버지를 바라봤다. 하지만 여무 해는 단호히 고개를 저었다.

"그럼 결정됐군. 난 불만 없으니 그대로 진행합시다."

금철휘는 그 말을 남기고 한서연, 화영을 데리고 돌아갔다.

느릿느릿 돌아가는 금철휘의 뒷모습을 바라보던 여중기가 천천히 입을 열었다.

"대체 왜 그러셨습니까?"

"네놈을 위해서 그랬다."

"그게 왜 절 위하는 것입니까?"

"그 여자들이랑 함께 다니면 다 잘 될 것 같더냐? 조금이라도 잘 보이려 애쓰다가 무리한 일을 벌이지 않을 자신 있느냐? 그 여자들에게 정신이 팔려 좋은 기회를 놓치지 않을 자신은 있느냐?"

여중기는 아무런 대답도 할 수 없었다. 그녀들과 함께했을 때 어떤 일이 벌어질지 겪어 보지 않아도 훤했다. 분명히 아버지의 말대로 될 것이다.

여중기가 고개를 푹 숙이자, 여무해가 다독이듯 조용히 말했다.

"열흘만 참거라. 그 이후 평생을 함께할 수 있으니. 고작 그 정도도 참지 못한다면 넌 그녀들을 차지할 자격이 없다. 내 말이 틀리느냐?"

"아닙니다. 고작 열흘, 참을 수 있습니다."

"그래. 그래야 내 아들이지."

여무해는 빙긋 웃으며 아들의 어깨를 토닥였다. 그리고 향후 열흘 동안 어떻게 해야 아들에게 도움이 될 수 있을지 궁리를 했다. 딱히 방법이 있을 리 없다. 그저 따라다니면서 조금씩 훼방을 놓는 것밖에는 말이다.

'그것도 나름 재미있겠군.'

여무해의 입가에 짓궂은 미소가 어렸다.

다음 날, 여중기는 아침 일찍 무림맹을 나섰다. 그런 여중기 옆에는 상천검왕 남천영이 있었다. 여무해의 부탁을 받고 내기의 공증을 서기 위해 따라간 것이다.

그리고 또 한 명의 공증인인 단천도왕 여무해는 어이가 없는 눈으로 금철휘가 머무는 전각을 쳐다보고 있었다.

"잔다고? 아직도?"

여중기는 새벽같이 나갔다. 한데 그를 상대할 금철휘는 아직도 자고 있다는 게 말이 되는가. 이건 상대를 무시해도 너무 무시한 행동이었다.

전각 앞에는 가마 하나만 덩그러니 놓여 있었다.

여무해는 이를 득득 갈면서 전각 안으로 들어갔다. 그리고 접객실에서 두 시진을 기다렸다.

"늙으면 잠이 없다더니 일찍도 나오셨네?"

가마에 탄 채 접객실에 들어선 금철휘가 가장 처음 한 말이었다. 금철휘는 가마꾼을 새로 구했다. 당연히 금향각의 힘을 이용했다. 가마만 십 년 이상 메온 사람들로만 구성했기에 그들은 꽤 가뿐하게 금철휘가 탄 가마를 들고 날랐다.

최근 금철휘는 천령신공의 깊이가 더욱 깊어졌다. 살을 찌우면서 겪는 지금의 일이 수련에 도움을 준 것이다. 이번 기회는 조금 더 중요했다. 금철휘에게 천령신공의 새로운 단계로 넘어갈 단초를 제공했기 때문이다.

아무튼 그 덕분에 금철휘는 더 이상 체중이 무거워지지 않았고, 가마꾼들도 힘들게 하지 않았다. 그것이 고작 하루 만에 이뤄진 일이었다. 또한 오늘 금철휘가 잠을 핑계로 늦게 나온 이유이기도 했다.

"지금 내기를 제대로 할 생각이 있긴 한 겐가!"

"그래서 지금 나오지 않았소?"

여무해는 금철휘의 말투가 계속 거슬렸다. 저렇게 어린놈이 대체 왜 이렇게 버릇이 없단 말인가.

'내 나이가 몇인데.'

여무해의 나이는 이제 쉰이었다. 한데 고작 스물 좀 넘은 녀석이 계속 하오체를 쓰니 거슬리는 게 당연했다. 하지만 금철휘 입장에서는 그것 역시 나름 존중한 것이었다. 실제·금철휘의 나이는 여무해보다 많으니 말이다.

"아무튼 이제 어쩔 생각인가?"

금철휘는 고민할 것도 없다는 듯 즉시 대답했다.

"당연히 밥을 먹어야지. 혹 식사하셨소? 안 드셨으면 함께 듭시다."

여무해는 졌다는 듯 고개를 절레절레 저었다. 늦잠을 잔 것도 모자라 밥까지 먹겠다니. 하긴 다 먹고 살자고 하는 짓인데 밥까지 굶으라고 할 수는 없는 법이었다.

"그래. 먹자. 먹고 죽은 귀신 때깔이 남다르다니, 일단 먹자."

여무해의 중얼거림에 금철휘가 크게 웃었다.

"하하핫! 그것참 재미있소. 아무튼 아침 겸 점심쯤 되니 우리 거하게 한번 먹어 봅시다."

금철휘는 그렇게 말하며 여무해를 전각에 있는 커다란 방으로 안내했다. 그 방에는 큰 탁자 하나만 놓여 있었는데, 본래 회의 등의 목적으로 사용하는 방이었다. 하지만 금철휘는 그곳을 식당으로 이용했다.

짝짝!

금철휘가 박수를 두 번 치자, 수많은 일꾼들이 저마다 손에 접시를 하나씩 들고 안으로 들어왔다. 이내 탁자가 수많은 요리들로 가득 채워졌다.

"우리 말고 또 먹으러 올 사람이 있는가?"

"우리뿐이오."

"한데 무슨 음식이 이렇게 많나? 쯧쯧. 이건 낭비일세."

여무해는 그렇게 금철휘에게 잔소리를 한 번 하고 속 시원한 얼굴로 자리에 앉았다. 그리고 잠시 후, 그의 표정이 다시 굳었다.

"대체 어떻게 사람이 그걸 다 먹을 수 있단 말인가."

여무해는 그렇게 말하면서도 한편으로는 이해가 갔다. 금철휘의 몸을 생각해 보라. 그렇게 먹어댔으니 그런 몸을 갖지 않았겠는가.

"차라리 살 빼기 내기를 하는 편이 훨씬 낫겠군. 그 내기라면 무조건 이길 텐데."

여무해가 농담 삼아 중얼거린 말에 어느새 다가온 금철휘가 반응했다.

"호오. 그것참 재미난 내기요. 어떻소? 나랑 그거 한번 해 볼 생각 있소?"

여무해는 금철휘의 말에 코웃음을 쳤다.

"흥. 지금 하는 내기나 똑바로 한 다음에 얘기하게."

"뭐, 일단 그럽시다."

금철휘를 태운 가마가 다시 움직였다. 금철휘는 그 길로 슬슬 무림맹을 나섰다. 그리고 정문을 나서자, 어느새 한서연과 화영이 다가와 금철휘 옆을 나란히 걸었다.

"자아, 뭘로 돈을 벌어 볼까나."

금철휘는 그렇게 흥얼거리며 무한 곳곳을 돌아다녔다.

그 광경을 지켜보는 여무해는 가마꾼들을 신기한 눈으로 바라봤다. 저렇게 무거운 가마를 어찌 이렇게 오랫동안 들면서 인상 한 번 안 쓸 수 있단 말인가.

여무해가 가마꾼들에게 신경 쓰는 동안 금철휘는 한서연, 화영과 노닥거리며 주변을 슬슬 둘러봤다.

"열흘이라……."

열흘 동안 할 수 있는 돈벌이에는 분명 한계가 있을 것이다. 하지만 금철휘에게는 그 한계 자체가 의미 없다. 종잣돈이 많기 때문이다. 그렇기에 불공평한 내기였다.

"생각하기도 귀찮군. 그냥 돈으로 때우자."

금철휘는 그렇게 말하고는 가마꾼들에게 명령했다.

"곡물상으로 가자. 무한에 있는 모든 곡식을 싹 살 생각이니까 알아서 이동해."

금철휘의 명령에 가마꾼들이 부지런히 움직였다. 처음 도착한 곡물상에서 금철휘는 가격 협상조차 없이 안에 있는 곡물을 싹 사 버렸다.

여무해는 그 광경을 보며 입을 떡 벌렸다. 대체 돈이 얼마나 많으면 이런 미련한 짓을 한단 말인가.

"설마 이걸 사서 다른 곳에 팔 생각인가?"

"잘 아시네?"

"허허. 내가 아무리 장사를 몰라도 자네보다는 낫겠네. 그게 가능할 거라 생각하는가?"

"두고 보면 알 거요."

금철휘는 더 이상 여무해를 상대하지 않고 다음 곡물상으로 향했다. 여무해는 원래 금철휘를 방해할 생각이었지만 이제는 굳이 그럴 필요를 느끼지 못했다. 금철휘는 지금 돈을 벌지 않고 쓰기만 하고 있다. 이대로라면 무조건 여중기의 승리였다.

그런 여무해의 생각은 금철휘가 열 번째 곡물상을 털었을 때 완전히 변했다.

"자네 대체 무슨 생각인가? 이렇게 많은 곡물을 사들여서 대체 뭘 어쩌려는 셈인가?"

"그냥 보기만 하시라니까?"

금철휘는 그렇게 말을 툭 던지고는 계속해서 무한 곳곳에 위치한 곡물상을 털었다. 그리고 마지막으로 무한에 곡물을 공급하는 상단을 찾아갔다.

내기 사흘째, 여무해는 완전히 깨달았다. 처음에 금철휘가 왜 이게 불공평한 내기라고 했는지 말이다.

금철휘는 자신이 가진 막대한 자금을 이용해 무한에 들어오는 모든 곡물을 장악해 버렸다. 당분간 무한의 모든 곡물은 금철휘를 통하지 않고는 살 수가 없었다.

금철휘는 그 곡물을 이 할의 이윤을 붙여서 팔았다. 무한에 있는 각 상단에 말이다.

그게 고작 닷새 만에 벌어진 일이었다.

"자, 슬슬 중간 정산을 하는 게 어떻겠소? 내가 얼마나 벌었소?"

금철휘의 물음에 여무해는 침중한 표정을 지었다. 매번 돈을 쓰거나 벌 때마다 확인을 했기에 따로 계산할 필요도 없었다.

"이십만 냥일세."

"그럼 금으로는 만 냥이니 얼마 안 되네."

금 만 냥이 어디 누구 애 이름인가. 문득 여무해는 자신이 낙양에서 무림맹으로 갈 때 금룡장으로부터 여비조로 금 만 냥을 받은 기억이 났다.

'그런 곳과 돈 싸움을 하고 있으니 이길 수 있을 턱이 있나.'

여무해는 걱정이 됐다. 여중기도 꽤 선전하고 있었지만 금철휘와 비교할 수는 없었다. 여중기는 닷새 동안 고작 은 백 냥 정도를 벌었을 뿐이었다.

사실상 내기는 끝난 거나 다름없었다. 그런데도 금철휘는 여기서 멈출 생각을 하지 않았다.

"자, 이번에는 뭘 해 볼까? 귀중품으로 뭔가를 해 볼까?"

금철휘가 말을 할 때마다 여무해는 가슴이 철렁철렁 내려앉았다. 여기서 돈을 더 벌면 대체 어쩌잔 말인가. 여중기는 내기에서 지면 금철휘가 번 만큼의 돈을 내놓기로 했다.

'그런 돈이 어딨어!'

금철휘에게 받은 여비는 벌써 대부분 쓰고 없었다. 조금 즐기고 지인들에게 돈을 뿌리고 다니니 금세 바닥을 보였다. 한데 금 만 냥이 넘는 돈을 어디서 구한단 말인가.

"자네 꼭 돈을 더 벌어야겠나?"

여무해의 말에 금철휘는 그게 무슨 말이냐는 듯 눈을 동그랗게 뜨고 말했다.

"아직 닷새나 남았는데 그럼 멈추겠소? 여 소협이 돈을 얼마나 벌지 모르는데 놀고 있을 순 없지 않겠소? 그리고 내가 노력하지 않으면 곤란하다고 한 건 여 대협이지 않소."

"그, 그거야 그렇지만……."

"자, 갑시다!"

금철휘가 힘차게 외치자 가마꾼들이 걸음을 옮겼다. 여무해는 그 뒤를 힘없이 따라갔다.

그날부터 닷새 동안 금철휘는 무려 금 이만 냥을 더 벌어 총 삼만 냥의 금을 벌어들였다.

여중기는 쩍 벌어진 입을 다물지 못했다. 삼만 냥이라니. 그것도 은이 아닌 금으로 삼만 냥이라니. 고작 은 천오백 냥을 벌고 희희낙락하던 자신이 참으로 못나 보였다.

사실 열흘 동안 은 천오백 냥을 번 것도 정상적인 건 아니었다. 굉장한 일이었다. 여중기는 조금 무리하다 싶을 정도로 움직였다. 여중기가 주로 한 일은 암흑가를 터는 일이었다.

암흑가를 건드리는 건 결코 쉽게 생각해선 안 된다. 그들은 도시 깊은 곳에 뿌리를 내리고 있기에 간단히 박멸되지 않는다. 또한 그들을 건드렸다가 언제 뒤통수를 맞을지 알 수 없다.

그럼에도 여중기가 그들을 선택한 것은 가장 빠른 시간 안에 많은 돈을 벌 수 있기 때문이다. 또한 어차피 부당하게 얻

은 돈이니 자신이 빼앗아도 양심에 거리낌이 없다는 이유도
한몫했다.

아무리 암흑가라도 십대고수인 여무해의 아들 여중기를 건
드릴 수는 없었다. 그러니 뒤탈이 날 확률도 거의 없었다.

'그렇게 해서 천오백 냥을 벌었는데, 대체 저 뚱땡이는 무슨
수로 그 많은 돈을 벌었단 말인가.'

여중기는 의아함을 감추지 못하고 고개를 돌려 아버지를
바라봤다. 여무해는 그런 여중기의 시선을 슬그머니 피했다.

사실 중간에 여중기에게 금철휘가 뭘 어쩌고 있는지 알려
줄 수도 있었다. 하지만 그랬다가는 오히려 악영향을 미칠 것
같아 그만뒀다.

'끄응. 그냥 중간에 언질이라도 줄 걸 그랬나?'

생각해 보니 지금 느끼는 절망감이 오히려 더 클 것 같았
다. 하지만 이미 지난 일을 어쩌겠는가.

"자, 이제 패배를 인정해?"

"이, 인정할 수 없소!"

여중기는 일단 소리친 다음 다시 자신의 아버지인 여무해를
바라봤다.

"정말 확실합니까? 저자가 고작 열흘 동안 금 삼만 냥을
번 것이? 그 말도 안 되는 일이 정말입니까?"

여무해는 힘없이 고개를 끄덕였다.

"내 이번에 금룡장이 왜 돈을 많이 버는지 알았다. 그리고

왜 공정치 못한 내기였는지도 알았다."

"그, 그런 말도 안 되는……."

여중기는 아버지의 말도 믿을 수 없었다. 마치 모두가 짜고 자신을 놀리는 것 같았다. 화가 치밀었다.

"대체 무슨 수로 그런 엄청난 돈을 벌 수 있단 말이오? 대체 무슨 방법을 썼소?"

여중기가 금철휘를 향해 소리쳤다. 금철휘는 별것 아니라는 듯 자신이 한 일을 담담히 말했다.

금철휘의 설명이 이어지면 이어질수록 여중기는 자신이 무슨 실수를 했는지 뼈저리게 느꼈다. 이 내기는 처음부터 성립이 될 수 없는 내기였다. 그 기본적인 것을 왜 생각지 못했단 말인가.

'눈이 멀어 있고 귀가 닫혀 있으니 모르는 게 당연하지.'

여중기는 허탈한 눈으로 금철휘를 바라봤다. 그리고 주변에 서 있는 사람들을 둘러봤다. 다들 감탄한 눈으로 금철휘를 보고 있었다.

"이건 너무 불공평하지 않소!"

여중기가 결국 분통을 이기지 못하고 그렇게 말했다. 하지만 말을 하면서도 아차 했다. 금철휘는 이미 내기를 시작하기 전에 몇 번이나 불공정한 내기라고 말하지 않았던가.

"그러게 처음부터 내 말을 들었으면 좋았을 것을. 어쨌든 내기는 내기니 약속을 이행하시는 게 어때?"

금철휘의 말에 여중기가 머뭇거렸다. 자신이 무슨 돈이 있어 금 삼만 냥을 내놓는단 말인가. 내기에 져도 그만이라고 여겼는데, 지금 와서 보니 오산도 이런 오산이 없었다.

"당장 삼만 냥을 달라는 건 아니야. 그런 큰돈을 척척 내놓을 수 있는 사람이 몇이나 있겠어? 안 그래?"

"그, 그렇소."

금철휘가 그럴 줄 알았다는 듯 씨익 웃으며 품에서 종이 한 장을 꺼냈다. 그리고 그것을 여중기에게 내밀었다.

"이, 이게 뭐요?"

"뭐긴, 차용증이지."

"차, 차용증?"

"한 번에 갚는 건 불가능하니까 시간을 오래 두고 나눠서 갚으라는 뜻이지. 내용을 잘 읽어 보는 게 좋을 거야. 모르는 게 있으면 물어보고. 계약이란 걸 쉽게 생각하면 안 되거든."

여중기는 금철휘의 말에 신중하게 차용증을 받아 읽었다. 그리고 눈이 살짝 커졌다.

"이, 이자? 이자를 받는단 말이오?"

"그럼 그것도 없이 돈을 빌려줄 거라 생각했나? 그런 얄팍한 생각을 하니까 이렇게 당하는 거야. 세상을 너무 호락호락하게 여기는 거 아냐?"

아주 가벼운 도발이었지만 여중기에게는 심장에 꽂힌 화살처럼 효과적이었다. 여중기는 이를 악물고 다시 차용증에 집중했다.

"이자가 한 달에 오 푼이라……."

한 달 오 푼이면 결코 싼 이자가 아니었지만 최근 일반적으로 통용되는 이자에 비하면 상당히 싼 편이었다. 이 역시 고리대금이었지만 여중기는 그저 고개를 끄덕이기만 했다.

"후우."

여중기는 차용증을 함께 있는 다른 사람들에게 보여 줬다. 여무해도 남천영도 별다른 문제를 제기하지 못했다. 결국 여중기가 고개를 끄덕였다.

"좋소. 이대로 지급하겠소."

여중기의 말에 금철휘가 혀를 찼다.

"쯧쯧, 정말로 이대로 수결할 생각이야?"

금철휘의 말에 여중기는 덜컥 겁이 났다. 그는 반사적으로 금철휘 근처에 서 있는 한서연과 화영을 바라봤다.

"차용증 이리 줘 보세요."

화영은 차용증 여기저기 숨어 있는 함정을 조목조목 짚어 줬다. 그것을 모두 들은 여중기는 한편으로는 부끄럽고, 또다른 한편으로는 감탄했다.

결국 여중기는 인정할 수밖에 없었다. 자신이 상인을 너무무시했다는 것을. 그리고 금철휘의 겉모습만 보고 다른 모든걸 보지 않으려 했다는 점을 말이다.

"내가 완전히 졌소. 제대로 된 차용증을 써 주시오."

금철휘는 그 말에 빙긋 웃으며 차용증을 쫙쫙 찢었다.

"그거면 됐어."

"음? 그게 무슨 말이오?"

"내가 원한 내기의 대가가 바로 그거라고. 제대로 된 인식을 갖는 것. 그거 쉽지 않잖아?"

금철휘의 말에 여중기는 할 말을 잃었다. 그는 조용히 금철휘에게 포권을 취했다. 너무나 완벽히 졌다.

"다음에 다시 한 번 겨뤄 봅시다. 다른 걸로."

금철휘도 잘 갖춰지지 않는 자세를 억지로 잡으며 마주 포권을 취했다.

"언제든지."

그렇게 내기는 일단락됐다. 하지만 두 여인을 향한 여중기의 마음은 아직 끝나지 않았다. 여중기는 조용히 한숨을 내쉬며 뜨거운 눈으로 한서연과 화영을 바라봤다.

이번 일로 그녀들이 더 좋아져 버렸다. 인식이 달라지니 사람이 달라 보였다. 얼마 전까지는 질투에 눈이 멀어 돈만 좇는 여자들이라 여겼는데, 이제는 사람을 외모로 평가하지 않는 여인들이 되었다.

여중기의 눈빛이 더욱 결연해졌다.

제9장
무림맹의 명물

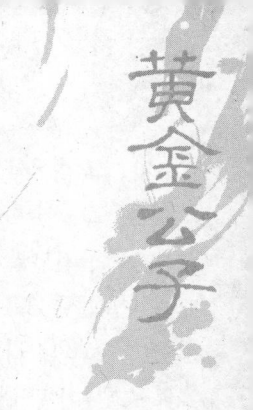

"오? 저자가 바로 그 유명한 금룡장의 소장주로군."

"가마 탄 돼지?"

"하하하하. 맞네. 바로 그 사람일세."

"가서 말이나 걸어 볼까?"

"하긴, 돼지 옆의 꽃은 아주 훌륭하지."

"꽃이나 꺾어야겠군."

무림맹의 실질적인 주축이라고 할 수 있는 오대세가의 자제들이었다. 무림맹 내에서 그들을 건드릴 수 있는 사람은 거의 없었다. 장로는 되어야 그들에게 잔소리라도 할 수 있을까?

그 정도로 오대세가의 권력은 확고했다.

그들이 하는 일은 무공수련과 이렇게 모여 친목을 다지는 일이 전부였다. 당연히 무료했고, 그것을 달래기 위해 무림맹은 물론이고 근방의 모든 소문에 관심을 가졌다.

그러니 최근 무림맹에서 가장 눈에 띄는 사람인 금철휘에게 그들이 관심을 가지게 되는 건 필연적인 일이었다.

"누가 가서 불러오겠나?"

그들을 은근히 이끄는 입장에 있는 제갈휘가 물었다. 그렇게 의견을 물으면서도 시선은 한 사람에게 가 있었다. 다른 모든 사람들 역시 그에게 시선을 보냈다.

모두의 시선을 받은 천유준은 즉시 대답했다.

"내가 가서 데려오겠네."

천유준은 유일하게 오대세가의 자제가 아니었다. 그의 가문인 천가장은 오대세가 중 제갈세가의 비호를 받는 가문이었다. 아니, 더 정확히 말하면 제갈세가의 지붕 아래 들어가 온갖 궂은일을 하는 가문이었다.

그러니 그 가문의 자제인 천유준이 알아서 나서고 알아서 가는 건 너무나 당연한 일이었다. 적어도 이곳에 있는 오대세가의 자제들에게는 말이다.

천유준은 황급히 달려 금철휘를 쫓아갔다. 금철휘는 가마를 타고 느긋하게 무림맹 곳곳을 돌아다니고 있었다. 한서연과 화영을 데리고서.

금철휘가 무림맹을 돌아다니는 이유는 무림맹에 펼쳐진 진법 때문이었다. 곳곳에 갖가지 진법이 설치되어 있었는데, 그 방식이 참으로 신선했다.

금철휘가 보는 것은 진법 자체가 아니라, 진법이 움직이는 주변의 기운이었다. 그걸 이용하면 진법의 핵심을 꿰뚫을 수 있었다. 모든 것이 천령신공의 힘이었다.

그렇게 진법을 살피면서 다른 한편으로는 무림맹주 만호유에게 들었던 말 덕분에 떠오른 과거의 일을 차근차근 정리해 나갔다.

"기다리시오!"

금철휘는 처음 천유준이 일행에서 떨어져 나왔을 때부터 알고 있었지만 그가 부르기 전까지는 아예 신경을 쓰지 않았다. 조금 전 오대세가 자제들이 나누는 대화도 고스란히 들었지만 그 역시 신경 쓰지 않았다.

그런 모든 것들에 일일이 반응하다가는 몸이 열 개라도 모자란다. 그리고 보통 신경으로 버틸 수도 없다. 지금의 금철휘는 칭찬보다는 손가락질을 받는 경우가 많았으니까.

가마로밖에 이동하지 못할 정도로 뚱뚱한 돈 많은 사내가 경국지색의 미녀 둘을 데리고 무림맹을 돌아다니고 있으니 다들 얼마나 고깝게 여기겠는가.

천유준은 자신이 불렀음에도 멈추기는커녕 대꾸조차 하지 않는 금철휘에게 은근히 부아가 치밀었다. 자신의 목소리를 들었음이 분명한데도 아무 반응이 없다는 건 자신을 무시하는 처사였다.

"이보시오!"

천유준이 크게 외치며 경공을 펼쳤다. 그의 몸이 바람처럼 날아 금철휘가 탄 가마 앞을 가로막았다.

"사람이 부르면 대답을 해야 할 거 아니오!"

천유준의 호통에 금철휘가 피식 웃었다.

"내가 왜?"

"그걸 말이라고 하시오?"

"뒤에서 내 욕하는 놈들이 부른다고 재깍재깍 대답해야 되는 건가? 내가 바보 멍청이야?"

금철휘의 말에 천유준은 입을 다물었다. 그리고 놀란 눈으로 금철휘를 바라봤다. 하지만 이내 금철휘가 지레짐작을 했을 거라 여겼다. 그게 아니라면 자신이 있던 곳이 어디인데 거기서 말한 소리를 들었단 말인가.

"그런 일 없었소. 그저 짐작만으로 판단……."

"가마 탄 돼지?"

천유준은 더 이상 말을 이을 수 없었다. 조금 전 자신들이 했던 얘기 중 하나를 듣고 나니 더 말을 할 용기가 없었다.

"누가 가겠냐고 물었더니 네가 나섰잖아. 꼭 부하라도 되는 것처럼. 아닌가?"

천유준의 이마에서 식은땀이 흘렀다. 정말로 자신이 했던 말을 모두 들은 것이다.

'대체 어떻게······.'

금철휘는 무공을 익히지 않았다고 알려져 있다. 무공도 익히지 않은 사람이 저렇게 멀리 떨어진 곳에서 나눈 대화를 어떻게 들을 수 있단 말인가.

아무리 귀가 좋아도 할 수 없는 일이다. 아니, 무공이 제법 높아도 불가능했다. 거리가 꽤 멀었으니까.

"아직도 나한테 볼일이 남았나?"

천유준은 멍하니 있다가 그 말에 정신을 차렸다. 그는 다시 이동하려는 금철휘를 다급히 말렸다.

"자, 잠깐만 기다리시오!"

"또 뭔데?"

"내 충고하겠소. 그냥 가지 않는 것이 좋을 거요. 저들의 비위를 거슬러서 좋을 게 하나도 없으니 그냥 같이 갑시다."

그제야 금철휘의 눈빛에 흥미가 돌았다.

"좋을 게 없다?"

"그렇소. 아마 상당히 괴로운 일이 계속 생길 거요. 하니, 그냥 갑시다. 가서 조금만 참으면 되지 않겠소?"

"흐음."

금철휘는 잠시 생각하며 턱을 쓰다듬었다.

천유준은 금철휘가 고민하는 것도 답답했는지 말을 덧붙였다.

"대체 뭘 고민하는 거요! 소협의 그 작은 망설임 때문에 가문이 풍비박산 날 수도 있소!"

금철휘가 피식 웃었다.

"금룡장을? 누가? 저 떨거지들이?"

천유준이 입을 쩍 벌렸다. 자신은 감히 상상도 못할 폭언이었다. 그런 말을 어떻게 할 수 있단 말인가. 후환이 두려워서라도 생각조차 못해 본 말이었다.

"날 보고 싶으면 직접 오라고 해."

금철휘는 그 말을 마지막으로 다시 움직였다. 가마가 떠나는데도 천유준은 한동안 어떤 행동도 하지 못했다. 하지만 이내 정신을 차리고는 다시 가마 앞을 가로막았다.

"자, 잠깐만 기다리시오!"

금철휘의 얼굴에 짜증이 살짝 어렸다. 사실 지금 살 때문에 모든 것이 귀찮았다. 살을 다시 뺄까 심각하게 고민 중이었다. 한데 자꾸 자신을 가로막고 방해하니 정말로 귀찮았다.

"제발 부탁이오. 저들에게 한 번만 얼굴을 비쳐 주시오."

"아까도 말했지만, 내가 왜 그래야 하냐니까?"

"나중에 당신이 부탁하는 건 뭐든 꼭 한 가지를 들어 드리겠소. 하니, 내 부탁을 한 번만 들어주시면 안 되겠소?"

"흐음. 뭐, 별로 쓸모는 없을 것 같지만, 좋아. 한 번 가 주지."

"감사하오. 정말 감사하오."

천유준은 가슴을 쓸어내렸다. 만일 금철휘가 그냥 가 버렸다면 정말로 곤란해졌을 것이다.

'다행히 난 괜찮겠지만, 조금 미안하군. 내 대신 험한 꼴을 당하게 되는 건가?'

천유준은 진심으로 미안한 표정으로 금철휘를 바라봤다. 그리고 안쓰러운 눈으로 금철휘 옆에 나란히 서 있는 한서연과 화영을 바라봤다.

'꽃을 꺾겠다고 했으니 아마 저 소저들도 무사하지 못하겠군.'

천유준은 내심 두 여인이 불쌍하면서도 은근히 기대가 되었다. 자신에게도 차례가 올 가능성이 높았다. 저런 여자들이라면 정말로 한 번쯤 짓밟고 싶었다.

천유준이 연방 두 여인을 힐끔거리자, 금철휘가 묘한 표정을 지었다.

'어라? 이놈 봐라?'

천유준의 부탁을 들어준 것은 그가 너무나 절박해 보였기 때문이다. 또한 심성도 많이 나쁘지 않은 것 같았고 말이다. 한데 막상 허락을 한 뒤 조금 더 살펴보니 그게 아니었다.

'주변에 휩쓸려서 무슨 짓이든 다 할 수 있을지도 모르겠군.'

그저 느낌이 그랬다. 하지만 거의 확실했다. 금철휘는 씨익 웃었다. 왠지 재미난 일을 만난 것 같아 기분이 좋았다.

'이런 일이…… 예전 그 토룡들 이후로 아마 처음이지?'

금철휘가 속으로 희희낙락하는 사이 어느새 가마는 오대세가 자제들 앞에 도착했다.

"정말 뚱뚱하군."

"대체 사람이 얼마나 먹으면 이렇게 되는 거야?"

제갈휘는 노골적으로 금철휘를 놀리는 동료들을 보며 의미심장한 표정을 지었다. 과연 이번 장난감은 어디까지 버틸 수 있을지 기대됐다.

'뭐, 몸을 보니 근성은 없을 것 같지만.'

제갈휘의 의도대로 다들 금철휘를 빙 둘러싼 채 한마디씩 던졌다. 하나같이 상처가 될 만한 말들이었다. 하지만 그럼에도 금철휘는 눈 하나 깜짝하지 않았다.

오히려 금철휘보다 금철휘와 함께 있는 두 여인이 화를 냈다.

"이게 지금 무슨 짓이죠?"

"무림맹 안에서 이런 일이 벌어져도 되는 건가요?"

그때까지 지켜만 보던 제갈휘가 앞으로 나섰다.

"소저들이 조금만 시간을 내주면 더 이상 이런 일이 없도록 조치하겠소."

너무나 뻔뻔한 제안이었다. 그들의 눈에 떠오른 욕망을 보니 시간을 내주면 무슨 일을 벌이려는지 너무나 뻔했다.

한서연과 화영은 정말 어이가 없었다. 어찌 무림맹 한가운

데서 이런 일이 버젓이 일어날 수 있단 말인가.

"쓰레기들이군."

금철휘의 심드렁한 말에 다들 싸늘한 표정으로 노려봤다.

"이거 정말 용서가 안 되는데? 이러면 이 소저들이 아무리 애써도 구제가 어렵겠어."

남궁준이 앞으로 나섰다. 제갈휘가 무리를 이끈다면 남궁 준은 언제나 먼저 사고를 쳤다. 수습을 해 줄 사람들이 잔뜩 있으니 부담 없이 차고 나가는 것이다.

"일단······."

남궁준은 잠시 주위를 둘러보다가 잔혹한 눈으로 가마꾼 들을 쳐다봤다,

"그 가마부터 바닥에 내려야겠군."

남궁준이 가마꾼들에게 다가가자, 가마꾼들이 깜짝 놀라 물러섰다. 하지만 가마까지 지고 있는데 남궁준의 손을 피할 수 있을 리 없었다. 빠르게 다가간 남궁준이 가마꾼들을 향 해 주먹을 휘둘렀다.

쩍!

남궁준은 놀란 눈으로 자신의 주먹을 막은 검집을 바라봤 다. 어느새 한서연이 다가와 막은 것이다. 남궁준은 한서연이 어떻게 움직였는지조차 볼 수 없었기에 정말로 깜짝 놀랐다.

"호오. 이거 생각보다 상당히 실력이 대단한 소저였군."

제갈휘가 나섰다. 이들을 은연중 이끄는 사람답게 무공도

가장 강했다. 다만 제갈휘는 제갈세가 사람답지 않게 머리가 크게 뛰어나지 못했다. 그 점에 열등감을 가졌지만 그것을 겉으로 표현하지 않고 항상 속으로 꾹꾹 눌러 담았다.

제갈휘는 한서연에게 천천히 다가갔다. 제법 실력이 뛰어나 보이지만 아무리 그래도 자신에게는 안 된다고 확신했다.

"너희들은 나머지 한 명을 잡아. 보아하니 제법 강할 것 같으니까 한꺼번에 덤벼서 제압해."

이대로 제압해서 항상 일을 치르는 곳으로 끌고 갈 생각이었다. 그곳은 제갈휘가 머무는 전각이었는데 혼자서 썼기에 이런 일이 있을 때마다 잘 이용해 왔다.

"정말 공자님 말씀대로 쓰레기군요."

한서연은 그렇게 말하며 검집을 휘둘렀다. 그녀의 검집이 수십 송이의 꽃을 피웠다.

제갈휘는 생각보다 훨씬 뛰어난 한서연의 무위에 당황했지만 그렇다고 쉽게 당하지도 않았다.

쩌저저저정!

제갈휘는 온 힘을 다해 검을 뽑아 휘둘렀다. 검기로 만들어진 수십 송이의 꽃이 부서져 나갔다. 하지만 꽃 한 송이가 부서질 때마다 제갈휘에게 조금씩 충격을 누적시켰다.

"크윽!"

모든 꽃을 부순 제갈휘는 뒤로 주춤주춤 물러나며 이를 악물었다. 입가로 한 줄기 핏물이 흘렀다. 내상을 입은 것이다.

반면 한서연은 호흡 하나 흐트러지지 않았다.

제갈휘는 경악했다. 어찌 자신보다 더 강한 후기지수가 있을 수 있단 말인가. 보아하니 나이는 오히려 자신보다도 어려 보였다. 한데 이 넘을 수 없을 것 같은 벽은 무엇이란 말인가.

일단 뒤로 물러나 여유를 찾은 제갈휘는 주변을 둘러봤다. 그리고 대번에 표정이 변했다. 동료들이 몽땅 당한 것이다. 멀쩡히 서 있는 사람은 화영뿐이었다.

화영은 무기조차 뽑지 않고 가만히 서 있었다. 대체 뭐가 어떻게 된 일인지 알 수가 없었다.

'설마 그 정도로 고수란 말인가? 이런 말도 안 되는 일이……'

한서연도 몸서리쳐지게 강했다. 하지만 자신의 모든 동료를 단숨에 제압할 정도는 아니었다. 하면 화영이 한서연보다 훨씬 강하다는 뜻인데 그런 강자가 대체 왜 금철휘 같은 뚱땡이 옆에 있단 말인가.

'돈이 급한 것인가?'

일단 생각할 수 있는 건 그것뿐이었다. 여중기가 거쳐 간 사고의 흐름을 제갈휘도 고스란히 따라갔다.

"이래도 계속할 생각인가요?"

제갈휘는 결국 한숨을 쉬며 고개를 저었다. 그러자 한서연이 단호히 말했다.

"사과하세요."

제갈휘는 굴욕적이었지만 사과를 하지 않을 수 없었다. 지금은 상황이 너무 안 좋았다. 게다가 지금이라도 조금 다른 모습을 보여 줘야 저 두 여인과의 인연을 이어 갈 수 있지 않겠는가.

"미안하게 되었소. 향후 이런 일이 없도록 주의하겠소."

제갈휘는 한서연에게 정중히 포권을 취하며 사과했다. 하지만 한서연은 다시 한 번 고개를 저었다.

"제게 사과를 하란 뜻이 아니었어요. 우리 공자님께 사과를 하는 게 옳잖아요?"

제갈휘의 표정이 사정없이 구겨졌다. 차라리 한서연이나 화영에게 사과를 하면 모를까 금철휘에게 고개를 숙이는 건 정말로 싫었다.

잠시 망설이던 제갈휘는 결국 금철휘에게 사과를 했다. 물론 조금 건성이긴 했다. 한서연에게 한 것처럼 진심이 담긴 사과는 결코 아니었다.

한서연은 화가 나서 한마디 하려고 했다. 하지만 그녀가 화를 내기 전에 금철휘가 말렸다.

"됐다. 그만 가자."

금철휘의 말에 한서연이 잠시 제갈휘를 노려보다가 몸을 휙 돌렸다.

금철휘를 태운 가마가 천천히 이동했고, 두 여인이 냉기 풀풀 날리는 태도로 그 뒤를 따라갔다.

제갈휘는 한동안 멀어져 가는 그들을 바라보다가 어금니를 꽉 깨물었다.

"젠장. 꼴이 말이 아니군."

짜증이 났다. 정신을 못 차리고 바닥에 누워 있는 동료들을 보니 더 화가 치밀었다.

"금룡장. 어디 제대로 장사를 할 수 있을지 두고 보자."

제갈휘는 이를 갈며 바닥에 뻗어 있는 동료들을 깨웠다. 내공을 흘려 넣으니 다들 금세 정신을 차렸다. 제갈휘가 익힌 내공은 양보다는 음에 더 치우쳐 있었다. 차가운 기운이 몸을 훑으니 잠에서 깨는 게 당연했다.

"끄응. 대체……."

다들 일어나면서 보여 준 모습은 비슷했다. 하나같이 어리둥절한 표정으로 두리번거렸다. 제갈휘는 그것을 보며 고개를 절레절레 저었다.

"정말 제대로 당했군. 혹시 어떻게 당했는지 아는 사람은 없나?"

아무도 대답하지 못했다. 화영에게 다가가던 기억만 있고, 그 뒤의 기억이 전혀 없었다. 어떻게 당했는지도 모른 채 정신을 잃은 것이다.

그 광경을 보니 더 욕심이 났다. 화영의 무위가 대체 어느 정도인지는 모르지만 이 정도 신위를 보이려면 최소한 무림맹의 장로급은 넘어서야 할 것이다.

'나이도 어린데 장로 정도의 무위라……'

앞으로 얼마나 더 발전하겠는가. 그런 여인을 반려로 맞이한다면 얻는 것도 많으리라.

'일단 금룡장을 흔드는 게 먼저야.'

근간을 없애야 자신에게 올 확률이 높아진다. 제갈휘는 여전히 화영과 한서연이 금철휘에게 붙어 있는 이유가 돈 때문이라고 생각했다.

"공자님, 대체 어떻게 하신 거예요?"

화영이 궁금한 얼굴로 물었다. 오대세가의 자제들이 자신을 제압하려 다가올 때, 그녀는 살짝 긴장했다. 그들 하나하나의 실력이 만만치 않았기 때문이다. 한데 그런 걱정이 무색하게 그들은 근처에 다가오기도 전에 몽땅 쓰러져 버렸다.

믿기 어려웠다. 눈을 크게 뜨고 집중해서 지켜보고 있었는데도 그들이 어딜 어떻게 당해서 쓰러졌는지 전혀 알아채지 못했다. 화영은 신기한 눈으로 금철휘를 바라봤다.

"별거 아냐. 그냥 재웠어."

"재워요?"

"그런 게 있어."

자세히 설명하려면 천령신공에 대한 것도 다 얘기해야 한다. 그럼 얘기가 너무 길어지고, 밝히기 곤란한 사실들이 외부로 공개된다. 그러니 그저 말을 딱 끊어 버릴 수밖에 없었다.

"그건 그렇고 앞으로 혼자 다닐 때는 조심해."

금철휘의 말에 화영이 감격한 표정으로 눈을 반짝였다.

"저, 걱정해 주시는 거예요?"

그녀의 반응에 금철휘가 손을 휙 내저었다.

"됐다. 그만하자."

"헤헤. 그만하긴 뭘 그만해요? 저 공자님 무릎에 앉아도 되죠?"

화영의 말에 금철휘가 기겁했다.

"그러지 좀 마라. 안 그래도 몸 무거우니까."

그렇게 잠시 시답지 않은 농담 몇 마디를 주고받던 금철휘는 문득 떠올랐다는 듯 손가락을 딱 튀겼다.

금향각의 정보원이 유령처럼 근처에 나타났다. 화영과 한서연은 매번 경험하면서도 또 놀랐다. 정말 어떻게 하면 이렇게 소리도 기척도 없이 나타날 수 있단 말인가.

"저놈들 뒤 좀 캐 봐. 이거 뒤통수가 너무 간질거리는데?"

"알겠습니다."

금향각의 힘은 지금도 점점 커지고 있었다. 아무리 오대세가나 무림맹이라 하더라도 금향각의 눈에서 벗어날 수 없었다. 하지만 그런 대단한 능력으로도 아직 포천회에 대해서는 거의 알아낸 것이 없었다.

포천회의 자금줄 중 하나인 한월상단을 샅샅이 까발렸는데도 그러했다. 그에 대해 알아낸 것이라고는 포천회가 상상을 초월할 정도로 거대하고 은밀한 조직이라는 것뿐이었다.

정보원이 사라지자, 금철휘는 심각한 표정으로 생각에 잠겼다. 사실 지금 이렇게 무림맹에서 노닥거리고 있을 때가 아니었다. 포천회는 이 시간에도 야금야금 뭔가를 하고 있을 것이다.

'그놈들의 뒤를 캐는 것도 쉽지가 않군.'

금향각의 힘을 계속 키우고, 금룡장 산하의 상단과 연계하고, 또 흑백총관이 가진 힘까지 이용하는데도 포천회의 꼬리를 잡을 수 없었다.

'이럴 때는 한 번 흔들어 줘야 하는데……'

고작 혈룡귀갑대를 흉내 낸 어설픈 것들을 없앤다고 포천회가 움직일 것 같지는 않았다. 포천회를 흔들려면 훨씬 더 큰 뭔가가 필요했다.

'그것도 포천회와 관계가 있는 걸로 말이지.'

일단 기본적인 부분은 하고 있다. 현재 포천회와 관계가 있는 것은 한월상단과 두천방뿐이었다. 그리고 한월상단과 관계된 자들을 샅샅이 조사해 의심 가는 곳은 하나하나 무너뜨렸다. 두천방은 여전히 조사 중이었지만 말이다.

그런데도 포천회는 꿈쩍도 하지 않았다. 고작 그 정도로는 안 된다는 뜻이다.

'더 큰 게 뭐가 있을까……'

일단 포천회에 대한 경각심을 무림맹에 어느 정도 심는 것에는 성공했다. 혈룡귀갑대가 포천회의 조작이라는 것을 알렸기 때문이다. 물론 무림맹도 그것을 완전히 받아들이지 않았다. 하지만 그쪽으로 의심을 두고 조사를 시작했다.

"아직 멀었어."

금철휘의 중얼거림에 한서연이 옆에서 물었다.

"뭐가 멀었다는 거죠?"

금철휘는 상념을 접고 한서연을 빤히 쳐다봤다. 한서연은 잠시 금철휘와 마주 보다가 이내 얼굴을 붉히며 시선을 돌렸다. 그 모습이 한편으로는 귀엽고, 다른 한편으로는 상당히 뇌쇄적이었다.

"쩝."

금철휘는 입맛을 한 번 쩍 다신 뒤 다시 앞을 바라봤다. 어느새 거처로 쓰는 전각이 나타났다. 순간 가마꾼들의 얼굴이 살짝 굳었다. 하루 중 가장 힘든 순간이 온 것이다.

금철휘는 전각의 꼭대기 층에 머문다. 가마를 메고 거기까지 오르는 일은 아무리 숙련되고 체력이 뛰어난 가마꾼들에게도 보통 어려운 일이 아니었다.

전각에 한 번 오르고 나면 온몸의 기운이 쭉 빠져서 완전히 늘어질 정도였다.

사실 참으로 신기한 일이긴 했다. 평소에는 아무리 가파른 길을 가도 힘들지 않은데, 이렇게 금철휘가 머무는 전각에만 오르면 힘이 쭉 빠지니 말이다.

더 신기한 건, 그렇게 뻗어도 다음 날이면 온몸에서 활력이 샘솟는다는 점이었다. 그래서 가마꾼들은 금철휘의 가마를 메는 걸 나름 즐겼다. 보수는 정말로 눈이 튀어나올 정도로 많았으니까.

거처에 도착한 금철휘는 침상에 비스듬히 누워 지그시 눈을 감았다. 요즘 오후부터 잠들기 전까지의 모든 시간을 천령신공에 쏟고 있었다.

천령신공의 일곱 번째 단계로 넘어갈 단초를 얻었으니 그걸 갈고닦아 깨달음으로 발전시켜야만 한다.

칠단공에 오른 천령신공은 타인을 관조할 수 있게 해준다. 이론만으로 완성한 무공이었기에 사실 여기까지 익히면서 중간 중간 천령신공 자체를 조금씩 손보기도 했다.

그리고 최근 칠단공에 대한 단초를 얻으며 상당 부분 천령신공에 손을 댔다. 그로 인해 천령신공의 근간을 다시 차근차근 다지는 중이었다. 일단 다시 쌓지 않으면 더 이상 위로 오를 수 없을 테니까 말이다.

금철휘가 천령신공에 빠져들자, 한서연과 화영은 질린 눈으로 금철휘를 바라봤다. 요즘은 매일이 이랬다. 오후만 되면 금철휘와 함께 있기가 어려우니 점점 무림맹 생활이 재미없어지는 중이었다.

"하아. 우리도 갈까?"

화영의 말에 한서연이 고개를 끄덕이며 자리를 떴다. 일단 침상에 누워 눈을 감은 금철휘는 다시 날이 밝지 않으면 미동도 않는다는 걸 잘 알기 때문이었다.

신기한 건 그렇게 하면 저녁을 먹을 수 없어서 먹는 양이 최근 많이 줄었는데도 살은 전혀 빠지지 않는다는 점이었다.

그래도 그녀들은 다 이해했다. 금철휘에게 신기한 일이 어디 그거 하나뿐이겠는가. 금철휘에게 벌어지는 모든 일이 다 신기했기에 차라리 이런 건 특별하지도 않았다.

그렇게 금철휘의 방을 조용히 빠져나온 두 여인은 바로 아래층에 있는 거처로 향했다. 두 여인은 한방을 썼는데, 금철휘의 침상 바로 아래에 있는 방이었다.

그녀들의 거처를 정한 건 금철휘였다. 혹시 무슨 일이라도 있으면 가장 빠르게 금철휘가 손을 쓸 수 있다는 이유로 딱 이 방에 거처를 만든 것이다.

그도 그럴 것이 금철휘가 침상에서 힘 한 번 주면 바닥이 무너져 바로 그녀들의 방으로 떨어질 테니, 어찌 보면 정말 가장 빠른 길이었다.

방으로 들어와 천장을 한 번 바라본 한서연은 갑자기 한숨을 푹 내쉬더니 화영을 바라봤다. 화영이 무슨 일이냐는 듯 의아하게 그녀를 바라보자, 한서연이 입을 열었다.

"우리 어디 가서 술이라도 한잔할까?"

지금까지 한서연이 이런 말을 한 적이 한 번도 없기에 화영은 놀라 눈을 크게 떴다.

"정말? 지금?"

한서연이 고개를 끄덕이자, 화영이 환하게 웃으며 고개를 끄덕였다.

"좋아. 그럼 어디로 갈까? 아, 무한에 있는 황금루로 갈까?"

그녀들이 무한에 와서 놀란 일 중 하나가 바로 황금루였다. 무한에도 황금루가 버젓이 서 있었다. 다른 곳에 있던 황금루와 마찬가지로 무한 최고의 기녀들로 꽉 채워진 기루였다.

당연히 그 주인은 금철휘였다. 한서연이나 화영은 황금루에서도 금철휘의 부인 정도로 대접을 받았기에 아마 그곳에 가면 불편함 없이 술을 즐길 수 있을 것이다.

둘은 황금루로 장소를 정하고 즐거운 표정으로 전각을 나섰다.

*　　　*　　　*

"음? 저쪽을 보게!"

제갈휘는 남궁준의 말에 고개를 돌려 그가 가리키는 곳을 바라봤다. 그리고 눈이 휘둥그레졌다. 엄청난 미녀 두 명이 나란히 걷고 있었다. 익히 잘 아는 얼굴이었다.

"그 돼지의 여자들 아닌가."

"이렇게 맹 밖에서 보게 될 줄은 몰랐군."

"이걸 기회라고 해야 하나?"

남궁준이 의미심장하게 웃었다. 그곳에 모인 이들의 입가에 일제히 음흉한 미소가 피어났다.

이들은 오늘 낮에 겪은 일 때문에 생긴 짜증을 풀기 위해 맹 밖으로 나왔다. 최근 무한 최고의 기루로 떠오르는 황금루에 가기 위함이었다. 그곳에서 수많은 기녀들 사이에 파묻혀 오늘 겪은 치욕을 잊고자 했다.

한데 그 치욕을 선사한 장본인들을 발견했다. 그것도 맹 안이 아닌 밖에서 말이다.

현재 이곳에 모인 자들은 제갈세가의 제갈휘, 남궁세가의 남궁준, 그리고 철혈세가의 철무룡이었다. 오대세가 중에서도 이 세 가문이 서로 간의 유대가 깊었고, 나머지 두 가문인 사천당가와 하북팽가의 경우는 세 가문과는 살짝 거리가 있었다.

당연히 무림맹 내에서 오대세가의 후기지수들 역시 두 무리로 나뉘어 있었다. 물론 갖은 패악질을 일삼는 건 두 무리 모두 마찬가지였지만 말이다.

"일단 뒤를 따라가 볼까?"

그들은 조심스럽게 두 여인을 미행했다. 물론 그녀들의 무위를 생각해 거리를 많이 두고 은밀하게 따라갔다.

어느 정도 이동했을 때, 그들을 당황하게 하는 일이 생겼다. 당가와 팽가의 자제들인 당정과 팽호영이 나타난 것이다. 그것도 미행하는 그들 바로 근처에서 큰 소리를 내면서 말이다.

"이게 누구야! 휘 아닌가!"

덩치만큼이나 커다란 팽호영의 목소리에 주변 시선이 온통 그들에게로 향했다. 제갈휘는 크게 당황하며 반사적으로 고개를 돌려 한서연과 화영을 바라봤다. 하지만 다행히 그녀들은 이쪽에 관심이 없는지 그냥 갈 길을 계속 가고 있었다.

"여긴 웬일인가?"

관계가 친하지 않다 뿐이지 적대하는 건 아니었기에 함부로 대할 수는 없었다.

제갈휘의 기색이 평소와 약간 다름을 눈치챈 당정이 묘한 눈으로 물었다.

"무슨 일 있나? 왠지 안색이 그리 좋지 않아 보이는군."

"그런 거 없네."

"없긴. 솔직히 말해 보게."

당정은 눈을 빛내며 주위를 둘러봤다. 분명히 뭔가가 있었다. 당정은 멀어져 가는 여인 두 명을 발견했다. 그러면서 동시에 제갈휘의 눈을 살폈다.

'저 여자들이로군.'

두 여인의 특별함은 보지 않아도 알 수 있었다. 주변에 있는 사람들의 시선을 몽땅 끌고 있었으니까.

'상당한 미인인가 보군. 저 제갈휘가 관심을 가질 정도로 말이야.'

당정의 입가에 득의의 미소가 어렸다. 제갈휘가 보는 앞에서 그가 마음에 둔 여인을 낚아챈다면 그보다 더 통쾌한 일이 어디 있겠는가.

"어디 가는 길이었나? 괜찮다면 나도 함께 가도 되겠나? 보아하니 술이라도 한잔하려는 모양인데, 그런 자리라면 나도 빠질 수 없지. 하하하."

당정이 끈질기게 따라붙자, 제갈휘는 눈살을 찌푸렸다. 마음에 안 들었지만 그냥 가라고 하기에도 껄끄러웠다. 어쨌든 지금 그들은 기루에 가는 중이었으니까.

"혹시 황금루에 가는 길이었나?"

당정의 물음에 제갈휘는 결국 고개를 저으며 걸음을 옮겼다.

"일단 움직이지."

한서연과 화영의 모습을 놓치기 전에 서둘러야만 했다. 어쨌든 그녀들이 어디로 가는지만이라도 확인을 해야 하지 않겠는가.

조금 걸음을 서두르자, 그들은 이내 두 여인을 따라잡을 수 있었다. 물론 멀찍이 떨어진 곳에서 걸었다.

제갈휘는 가면 갈수록 묘한 표정을 지었다. 사실 황금루에 가는 척하고 그녀들을 미행하는 것인데, 왠지 두 여인 역시 황금루 근방으로 가는 것 같았다. 그게 아니라면 이렇게까지 가는 길이 똑같을 수는 없었다.

제갈휘는 이내 입을 떡 벌렸다. 두 여인이 황금루 안으로 들어가는 걸 확인했기 때문이다.

"뭐야? 설마 기녀들을 쫓아온 건가? 천하의 제갈휘가?"

그렇게 말하는 당정의 입가에 비웃음이 매달렸다. 고작 기녀를 쫓아서 여기까지 오다니, 이런 식이면 상대할 가치가 점점 떨어지지 않는가.

제갈휘는 그런 당정의 반응에 차갑게 웃었다.

"아직 무림맹의 명물에 대해서도 모르는 모양이군."

"무림맹의 명물?"

모를 리가 있는가. 당정 역시 무림맹의 수많은 소문들을 두루 섭렵하는 사람이었다. 한데 지금 무림맹의 모든 소문들 중 가장 유명한 것을 모를 리 없지 않은가.

"그 돼지가 저기 황금루에 있는 건가? 하면 저 기녀들은······."

당정은 말하다가 뭔가를 깨달았는지 눈이 커다래졌다.

"설마······!"

"더 말해 줘야 하나?"

제갈휘의 말에 당정이 황급히 고개를 저었다. 비웃어 주려다가 외려 비웃음을 당할 뻔했다. 속으로 이를 갈았지만 겉으로는 호기롭게 웃었다.

"하하. 이거 재미있군. 돼지 옆의 미녀들이 왜 황금루에 왔단 말인가? 설마 그녀들이 기녀였던가?"

만일 그 정도 미모를 가진 기녀라면 천만금을 들여서라도 얻고자 했을 것이다.

'정말로 기녀라면……'

당정의 눈이 빛났다. 그리고 그의 시선이 제갈휘에게로 향했다. 제갈휘의 표정에 드러난 혼란을 당정은 분명히 읽어냈다.

'훗, 정말로 마음에 뒀던 모양이군.'

천하의 제갈휘가 고작 기녀에게 마음을 빼앗겼다니, 이보다 더 우스운 얘기가 어디 있단 말인가. 또 이보다 더 재미난 얘기가 어디 있단 말인가.

하지만 제갈휘가 혼란스러운 부분은 당정의 생각과는 완전히 달랐다. 제갈휘는 한서연과 화영의 실력을 겪어 봤다. 한서연과는 직접 검을 맞대 봤고, 화영의 무위는 간접적으로 체험했다.

'그런 대단한 무공을 익힌 여인들이 기녀라고? 대체 왜?'

제갈휘가 혼란에 말을 못 잇자, 당정이 걸음을 옮기며 말했다.

"여기서 계속 있을 건가? 난 황금루에 들어갈 생각인데 말이야. 방금 들어간 두 기녀와 밤을 보내고 싶기도 하고."

당정의 말에 제갈휘가 순간적으로 그를 노려보며 이를 부득 갈았다. 하지만 이내 차가운 미소를 지었다. 그럴 리가 없었다. 그런 여인들이 기녀라니.

'그녀들이 제대로 힘을 쓰면 너 따위는……'

고작 당정의 실력으로 그녀들을 당해낼 수 있을 리 없었다. 당정의 실력은 냉정하게 평가하면 제갈휘와 비슷한 수준이었다.

'다만……'

제갈휘는 당정 뒤에 쭉 늘어선 열 명의 무사들을 살폈다. 당정의 호위무사들이었다. 정작 당정보다 호위무사들의 실력이 훨씬 더 뛰어나니 그들이 나서면 어찌 될지 알 수 없다.

물론 제갈휘가 두려워할 건 없었다. 제갈휘가 데려온 호위무사들도 만만치 않은 실력을 가지고 있으니 말이다. 남궁준이나 철무룡이 데려온 호위들 역시 마찬가지였다.

그 호위들이 있기에 오늘 그녀들을 덮칠 계획을 세운 것이고 말이다. 아무리 뛰어난 사람이라도 십대고수쯤 되지 않는 한, 이 호위들을 상대하는 건 결코 쉽지 않을 것이다.

"나 먼저 가지."

당정이 성큼성큼 걸어 황금루 안으로 들어갔다. 그러자 나머지 후기지수들 역시 따라 들어갔다. 황금루에서 하룻밤 놀기 위해선 어마어마한 돈이 필요했지만 이들 중 돈에 구애받는 사람은 한 명도 없었다.

제10장
황금루 최고의 기녀

黃金公子

황금루 무한지부의 지부장인 채화는 난감한 표정으로 눈앞의 손님들을 바라봤다. 오대세가의 후기지수들이 모두 모여 있었다. 그들에게 잘못 보이면 정말로 곤란해진다. 그들의 힘은 그만큼 막강했다.

게다가 더 문제인 건 이들 모두가 무한에서는 유명한 난봉꾼들이라는 점이었다. 그들의 비위를 거슬렀다가 박살 난 기루가 한둘이 아니었다. 물론 그들이 직접 나서진 않는다. 그들에게 알아서 기는 무한의 수많은 문파나 파락호들이 나서는 것이다.

당연히 어떤 기루에 가건 최상의 대접을 받을 수밖에 없었고, 그들은 그런 대접을 당연하게 여겼다.

"왜 그렇게 난감해하지? 당장 그 여자들을 데려오라니까?"

당정이 다그치자, 채화가 곱게 미소를 지으며 말했다.

"아까 말씀드렸다시피 그분들은 기녀가 아닙니다."

"기녀가 아니라고? 그럼 기녀가 아니라 손님이라는 건가? 기루에 여자 손님이 와? 그게 지금 말이 된다고 생각하나?"

당정은 그렇게 말하며 차갑게 웃었다. 그리고 스산한 눈빛으로 조용히 말을 이었다.

"아니면 날 무시하는 건가? 여기 나보다 더 중요한 손님이 있어서 그 여자들을 데려오기 힘들다는 건가? 응? 그런 거야?"

"그, 그게 아닙니다. 정말로 그분들은 기녀가 아니라……."

"훗. 내가 여기서 그냥 일어나는 걸 바라는 건가?"

채화의 얼굴이 창백하게 질렸다. 만일 당정 일행이 여기서 그냥 일어나 나간다면 아마 황금루는 앞으로 이곳 무한에서 영업하기가 거의 불가능해질 것이다.

당정은 채화에게 손을 내저었다.

"당장 가서 데려와. 무조건 지금 당장!"

채화는 일단 물러갔다. 그리고 걱정 가득한 얼굴로 황금루의 최상층, 금철휘의 방으로 향했다.

채화가 밖으로 나가자, 제갈휘가 피식 웃었다.

"강짜를 부리는 건 여전하군."

"강짜라니, 말도 안 되는 소리를 들어줄 정도로 속없는 놈이 아닐 뿐이지."

제갈휘의 입가가 살짝 올라갔다. 그녀들이 올 수도 있다. 하지만 확신하건대 그녀들은 결코 기녀가 아니었다. 채화의 사정을 봐주기 위해 올 수도 있지만 술을 따르거나 몸을 던지는 일은 절대 없을 것이다.

그 자리에 앉은 기녀들은 차갑게 가라앉은 분위기에 어쩔 줄 몰랐다. 그녀들은 어떻게든 분위기를 다시 살리려고 애를 썼다. 하지만 당정의 표정이 워낙 냉랭했기에 분위기가 쉽게 달아오르지 않았다.

의미 없이 술잔이 오갔다. 그렇게 얼마나 시간이 지났을까. 갑자기 방문이 활짝 열렸다.

모두의 시선이 그쪽으로 향했다. 그리고 다들 벌어진 입을 다물지 못했다. 그곳에 선녀 두 명이 서 있었다. 한서연과 화영이 직접 온 것이다. 그것도 화장까지 은은하게 해서 한껏 예쁘게 치장을 하고서 말이다.

한서연은 표정이 상당히 어색했다. 하지만 그 어색함이 쑥스러움으로 비쳐져 사내들의 애간장을 확 녹여 버렸다.

반면 화영은 색기 가득한 미소를 짓고 있어 사내들의 가슴을 뛰게 만들었다.

"이, 이, 이쪽으로 앉아라."

당정이 자신의 옆자리에 앉은 기녀를 슬며시 밀며 말했다.

하지만 화영과 한서연은 그저 미소만 지을 뿐 그들에게 다가가지 않았다. 그리고 방문 안으로 한 발 들어와 자리를 잡고 앉았다.

"지금 뭐 하는 것이냐?"

"지금부터 딱 반 각만 있다가 가겠습니다. 저희는 술을 따르지 않습니다."

당정이 묘한 눈으로 그녀들을 바라봤다.

"술을 따르지 않는다고? 그럼 대체 거기서 뭘 하겠다는 거냐?"

"대화를 하지요."

당정이 피식 웃었다.

"홋, 대화? 난 기녀들과의 대화는 몸으로만 하는데?"

당정의 말에 한서연이 자리에서 일어났다.

"몸으로 하는 대화도 나쁘지 않죠."

당정의 입이 헤 벌어졌다. 한서연 같은 미녀와 몸으로 대화를 나눌 수 있다면 체통 따위는 한 번쯤 던져 버릴 수도 있었다.

"어디서 대화를 나눌까? 사실 난 여기서 해도 상관없는데."

당정이 음흉하게 웃었다. 그러자 나머지 사람들도 비슷한 표정을 지었다. 이 자리에서 몸으로 대화를 나눈다니 정말 흥분되는 일 아닌가. 그런 광경을 지켜보는 일은 정말로 드무니까 말이다.

하지만 그들이 생각하는 몸의 대화와 한서연이 생각하는 몸의 대화는 완전히 달랐다. 한서연은 풍성한 옷 속에 가려진 검 한 자루를 꺼냈다.

스릉.

한서연이 검을 뽑자, 당정이 멍한 표정으로 그것을 지켜봤다.

"지금 뭐 하는 거냐?"

당정은 어이가 없었다. 지금 누구 앞에서 검을 뽑는단 말인가.

"혜! 그러니까 네가 말하는 몸의 대화가 이런 거였나?"

헛웃음을 한 번 지은 당정은 주위를 둘러봤다.

"난 무기가 없는데? 하긴, 굳이 무기를 들 필요는 없겠군."

"무기를 드는 게 좋을 걸세."

당정은 제갈휘의 말에 고개를 휙 돌려 그를 노려봤다. 제갈휘의 표정이 참으로 묘했다. 비웃는 것 같으면서도 또 즐기는 것 같았다.

"지금 그 말 나한테 한 건가?"

"가벼운 충고일세. 선택은 본인의 몫이겠지만."

제갈휘는 그 말을 하며 의미심장한 표정으로 한서연을 바라봤다. 한서연이 제갈휘를 보며 살짝 미소를 지었다. 제갈휘는 그 미소를 보며 가슴이 뛰었다.

'젠장. 더럽게 예쁘군.'

한서연은 검을 가볍게 들어 당정에게 겨누며 말했다.

"무기를 드시는 게 좋을 거예요. 망신당하기 싫다면."

당정의 표정이 사정없이 일그러졌다. 고작 무공 한 자락 얻어 배운 기녀와 싸우면서 무기를 들라니. 오히려 그게 더 망신 아닌가.

"무기 없이 싸워서 내가 이기면 어쩔 텐가?"

"글쎄요."

"그럼 이 자리에서 옷을 벗어라."

한서연이 눈살을 찌푸렸다. 어찌 하는 말마다 이다지도 천박하단 말인가. 그녀는 대답하지 않았다.

"좋아. 결정되었으니 슬슬 시작해 볼까?"

당정이 한 발 앞으로 나섰다. 당장이라도 손을 써서 한서연을 무릎 꿇릴 기세였다. 하지만 그가 채 나서기도 전에 화영이 말을 꺼냈다.

"하면 그 반대의 경우에는 어쩔 거죠?"

당정의 얼굴이 일그러졌다.

"반대? 하면 내가 진단 말이냐? 그런 일은 일어날 수가 없으니 굳이 정할 필요도 없다."

"자신 있으면 정하고 하시죠. 아니면 혹시라도 질까 봐 피하는 건가요?"

당정의 표정이 냉랭해졌다.

"그따위 도발로 날 어쩔 생각이라면 버려라. 좋아. 정하지.

뭘 원하지? 원하는 대로 다 해 주겠다."

화영이 생긋 웃었다.

"내기는 공평해야죠."

그 말에 당정이 피식 웃었다.

"내가 지면 여기서 옷을 벗으라고?"

화영은 고개를 끄덕이려다가 멈칫하고는 고개를 저었다.

"생각해 보니 그런 추한 광경을 굳이 볼 필요가 없겠네요. 다른 걸로 하죠. 아!"

화영은 당정이 미처 화를 낼 틈도 주지 않고 손뼉을 짝 치며 환한 표정을 지었다. 그 모습이 너무 아름답고 고혹적이라 일순 당정도 화내는 걸 잊었다.

"공평하게 이렇게 하면 되겠네요. 지는 사람이 내일 정오에 무림맹 대연무장 한가운데에서 옷을 벗는 거예요."

화영의 말에 한서연이 깜짝 놀라 외쳤다.

"그게 무슨 말이야! 왜 네 마음대로······!"

한서연은 말을 이을 수 없었다. 당정이 크게 웃으며 손을 휘둘렀기 때문이다.

휘잉!

뒤로 물러나며 당정의 공격을 피한 한서연은 다시 자세를 잡았다. 당정은 그런 그녀를 보며 크게 웃었다.

"하하하핫! 그거 재미있는 내기로군. 좋아! 그렇게 하지. 보아하니 자신감을 가질 만한 실력이야. 비록 가벼운 공격이었지만 내 손을 피할 정도니까."

당정은 감탄하며 고개를 끄덕였다. 그리고 양손을 들어 올렸다. 그의 손에 막대한 기운이 어렸다.

"그럼 슬슬 본격적으로 싸워 볼까? 완전히 제압한 뒤에 널 데리고 가겠다. 내가 알아서 다 해 주지. 직접 옷을 벗겨서 내일 대연무장으로 데려갈 테니 각오 단단히 해 두는 게 좋을 거야. 큭큭큭."

당정은 생각만 해도 재미있는지 쿡쿡거리며 웃었다. 그리고 웃음이 채 끝나기도 전에 기습적으로 두 손을 뻗었다.

꽈릉!

뇌성이 울리며 막대한 기운이 한서연을 향해 쏟아져 나갔다. 당정은 그걸로 끝났다고 생각했다. 아무리 대단해도 자신이 온 힘을 다해 날린 공격을 한서연이 막아낼 수 있을 리 없다고 믿었다.

문제는 한서연이 자신의 장력에 얼마나 버틸 수 있느냐였다. 당정은 당장이라도 몸을 날려 적당한 순간 한서연을 빼낼 수 있도록 미리 준비를 했다. 죽어 버리거나 크게 다치면 소용이 없지 않은가. 멀쩡한 몸을 안아야 즐거움이 배가 되는 법이니까.

하지만 당정은 몸을 날릴 필요가 없었다. 대신 눈이 화등잔만 해졌다.

한서연의 검이 휙휙 움직이며 그의 장력을 완벽히 해소해 버린 것이다. 한서연은 가벼운 걸음으로 사뿐사뿐 당정에게 다가가며 검을 그대로 내리그었다.

쉭!

바람을 가르며 떨어지는 검을 당정은 감히 맞받을 수 없었다. 그래서 뒤로 훌쩍 물러났다. 하지만 한서연의 검은 마치 채찍처럼 쭉 늘어나 뒤로 물러난 당정의 정수리를 노렸다.

"헛!"

당정이 깜짝 놀라 두 손을 위로 들어 올렸다. 반사적으로 막은 것이다. 물론 내력을 잔뜩 손에 모으는 건 잊지 않았다.

쩌저저정!

당정의 장력이 산산이 부서지며 한서연의 검이 당정의 양팔을 때렸다.

따닥!

검 면으로 쳤기에 팔이 잘리는 건 피할 수 있었지만 뼈가 부러져 버렸다.

"크아악!"

당정은 꼴사나운 모습으로 비명을 지르며 뒤로 물러나다가 엉덩방아를 찧었다. 양팔에서 느껴지는 격통에 눈을 까뒤집으며 비명을 질렀다.

"으아아아악!"

한서연은 그런 당정을 보며 조용히 뒤로 물러섰다. 지극히 자연스러운 움직임이었다. 마치 처음부터 그 자리에 서 있는 듯했다.

방 안에 있던 모든 사람들이 멍하니 그 광경을 지켜봤다. 단 한 사람 화영을 제외하고 말이다.

"자, 이제 대충 내기가 끝난 것 같죠?"

그렇게 말한 화영은 멍하니 서 있는 사내들을 향해 생긋 웃었다.

"어쩔 건가요? 더 술을 드실 건가요? 보아하니 저분은 쉽지 않은 것 같은데……."

다들 머뭇거리는데 제갈휘가 앞으로 나섰다.

"당연히 돌아갈 것이오. 소저들을 확인했으니 되었소. 혹시 소저들이 이 황금루의 루주인 것이오?"

화영이 고개를 저었다.

"그건 아니랍니다. 다만 지인이 운영하는 건 맞습니다."

제갈휘가 크게 고개를 끄덕였다.

"그래서 굳이 여기서 술을 마셨군. 알았소. 다음에 또 오리다."

제갈휘는 그렇게 말하며 일행에게 턱짓을 했다. 오늘은 참으로 통쾌한 날이니 굳이 여기 더 있을 필요는 없었다. 또한 괜한 시비를 더 일으킬 이유도 없었다.

'정말로 마음에 드는 여인이야. 둘 다.'

제갈휘는 속으로 그렇게 중얼거리며 밖으로 나갔다. 그런 제갈휘의 뒤를 남궁준과 철무룡이 따라갔다.

방 안에 남은 건 여전히 바닥을 데굴데굴 구르는 당정과 그런 당정을 난감한 얼굴로 바라보는 팽호영뿐이었다.

*   *   *

다음 날 무한이 발칵 뒤집힐 정도의 소문이 파다하게 돌았다. 오대세가에서도 힘깨나 쓴다는 사천당가의 자제인 당정이 황금루의 기녀에게 시비를 걸었다가 양팔이 부러졌다는 소문이었다.

사천당가의 사람들은 당황해서 소문을 잠재우려 애를 썼지만 소문은 마치 날개라도 달린 것처럼 무한 전역을 날아다녔다.

단 하루 만에 당정은 사천당가의 수치가 되어 버렸고, 황금루는 모든 소문의 중심에 우뚝 섰다.

소문의 여파는 당장 나타났다. 황금루에는 당정의 팔을 부러뜨린 기녀를 찾는 손님으로 문전성시를 이루었다. 수많은 사내들이 황금루 최고의 기녀를 찾았지만 그녀를 만난 사람은 한 명도 없었다.

그것이 더 소문을 부추겼다.

당정의 팔을 부러뜨린 기녀의 미모가 천하제일이라는 소문이 함께 돌았다. 그 미모에 반해 당정이 추근댔고, 그로 인해 시비가 생겨 싸웠다는 것이다.

소문이 갈수록 자세해지고 세밀해졌다. 그 내용은 하나같이 황금루의 기녀를 치켜세우고, 당정을 바닥으로 내리까는 것들이었다.

당연히 사천당가는 난리가 났다. 특히 무한에 있는 사천당가의 사람들은 다들 혈안이 되어 소문을 차단하려 애썼다. 또한 당정의 팔을 적당히 치료한 뒤 그를 추궁해 무슨 일이 있었는지 알아내려 애썼다.

일단 당정의 팔을 부러뜨렸다는 여인을 찾아야 어떻게든 수습이 될 테니까 말이다.

"나 자는 동안 사고 쳤다면서?"

금철휘의 말에 한서연이 슬그머니 시선을 돌렸다. 그러자 화영이 곱게 눈을 흘겼다.

"공자님은 같은 말을 해도 사고가 뭐예요? 사고가. 그저 추근대는 멍청이 하나를 혼내 준 것뿐이에요."

"추근대는 멍청이?"

"가문의 힘을 믿고 어찌나 설쳐대던지, 너무 재수 없더라니까요."

"그 가문이 사천당가?"

"네."

화영이 배시시 웃으며 금철휘 옆에 앉아 슬그머니 팔을 당겼다. 금철휘가 가만히 있자 그녀의 웃음이 조금 더 짙어졌다.

그리고 금철휘의 두툼한 팔을 슬쩍 휘감았다.

"또 왜 이래?"

"헤헤. 뭐가 어때서요?"

화영의 웃음에 금철휘도 굳이 팔을 털어서 밀어내거나 하지는 않았다. 이제 그녀가 이렇게 붙는 것이 상당히 익숙해진 것이다.

둘이 그러고 있자, 한서연이 슬그머니 다가갔다. 그리고 화영의 반대쪽에서 똑같이 했다.

금철휘는 황당한 눈으로 한서연을 봤지만 한서연은 금철휘와 눈이 마주치지 않으려 애썼다.

"에휴. 나도 모르겠다. 그럼 그냥 그러고 있든가."

금철휘의 말에 화영이 눈을 반짝 빛냈다. 여기까지 성공했으면 슬슬 다음 단계를 밟아도 될 것 같았다.

화영이 슬그머니 금철휘의 품에 파고들었다. 그리고 손을 옷 속으로 넣으려 했다. 그녀의 손은 금철휘의 두툼한 손에 딱 잡혔다.

"자, 오늘은 여기까지만 하자. 나도 슬슬 나가 봐야지."

금철휘가 몸을 한 차례 털었다. 화영과 한서연은 그대로 휙 날아가 멀찍이 떨어진 곳에 내려섰다.

두 여인은 황당한 눈으로 금철휘를 바라봤다.

그러는 사이 가마꾼들이 가마를 들고 들어왔다. 두 여인이 뭘 어쩌고 할 새도 없이 가마가 금철휘 옆에 놓였고, 금철휘가 한 바퀴 빙글 굴러 가마에 탔다.

가마는 순식간에 방에서 사라졌다. 그리고 전각을 벗어났다.

한서연과 화영은 그제야 정신을 차리고 황급히 그 뒤를 따랐다.

"공자님! 같이 가요!"

두 여인이 나란히 옆에 서자, 가마의 속도가 조금 더 빨라졌다. 그리고 가마는 무림맹 대연무장으로 향했다. 시간은 정오가 되기 직전이었다.

무림맹 대연무장에는 수많은 무사들이 곳곳에 모여 수련 중이었다. 워낙 규모가 거대했기에 수십의 무리를 지은 무사들이 각각 검진을 수련하는데도 자리가 넉넉했다.

하지만 그 어느 곳에서도 당정을 찾을 수 없었다.

"쯧, 약속 안 지키려는 모양이네?"

금철휘가 실망이라는 듯 말했다. 그러자 화영이 손으로 입을 가리고 웃으며 손을 내저었다.

"설마 천하의 사천당가에서 그 꼴을 그냥 두고 보겠어요? 그리고 당가의 자제가 그런 약속을 염두에 두기나 하겠어요?"

"그래도 약속은 약속인데, 하는 시늉이라도 해야 할 거 아냐?"

"공자님 보기보다 너무 순진하신 거 아닌가요?"

화영의 말에 금철휘가 눈을 가늘게 뜨고 그녀를 쳐다봤다. 그리고 팔을 휙 휘둘러 그녀의 허리를 낚아챘다.

"꺅!"

그렇게 높은 가마 위에서 어떻게 손이 그녀의 허리까지 닿았는지 알 수 없었다. 화영은 너무 예상치 못한 일이라 너무 놀랐다.

"자, 이래도 내가 순진해 보여?"

금철휘가 그녀의 허리를 두툼한 손으로 휘감자, 화영이 잠시 놀란 가슴을 진정시킨 다음 배시시 웃었다. 하지만 그녀의 표정에는 여전히 놀람이 남아 있었다.

화영의 짧은 비명은 대연무장에서 수련하는 사람들의 시선을 한데 모았다. 그들은 금철휘와 화영의 모습을 보고는 대번에 눈살을 찌푸렸다.

이곳은 신성한 연무장이다. 무공을 수련하는 곳에서 저런 짓을 하고 있으니 눈살이 찌푸려질 수밖에 없었다.

그들 중 몇몇이 화난 얼굴로 금철휘에게 다가갔다. 일곱 명이나 되는 사내들이 기세등등하게 몰려가니 보통사람이라면 덜컥 겁부터 먹겠지만 금철휘는 물론이고 화영이나 한서연조차 그런 일에 겁을 먹을 사람들이 아니었다.

"이곳은 외인의 출입이 금지된 곳이오. 돌아가시오."

사내 중 한 명이 눈을 부리부리하게 뜨며 위협적으로 말했다. 그들은 당연히 금철휘가 누군지 알고 있었다. 현재 무림 맹을 흔드는 소문의 주인공인데 모를 리가 없었다.

하지만 그들의 인식은 다 똑같았다. 돈 많은 집에서 태어난 돼지, 그 이상도 이하도 아니었다.

"외인?"

"그렇소. 금룡장은 무림맹에 속한 가문도 아니지 않소."

"나 외인 아닌데?"

금철휘의 너무도 뻔뻔한 말에 무사들은 잠시 할 말을 잃었다. 하지만 이내 불같이 화를 냈다.

"그 무슨……!"

하지만 그들은 화를 채 내지도 못하고 입을 다물어야만 했다. 금철휘가 번쩍이는 패 하나를 내밀었기 때문이다. 패의 빛깔이나 모양이 무림맹 당주들에게 지급되는 것과 너무나 똑같았다.

잠시 말문이 막혔지만 이내 그들은 더욱 화를 냈다.

"감히 무림맹의 증패(證牌)를 사사로이 만들다니!"

"사사로이? 이거 맹주가 준 건데?"

"그럴 리가!"

"가서 확인해 보든가."

금철휘는 그렇게 말하며 패를 휙 던졌다.

무사는 패를 받아 확인했다. 그리고 형언할 수 없을 정도로 괴이한 표정을 지었다.

"구적당주(九赤黨主)?"

"뭐, 수하는 한 명도 없지만 그래도 일단 당주이긴 하지. 어때? 이래도 외인인가?"

더 이상 할 말이 없었다. 무림맹의 당주가 연무장을 구경하겠다는데 누가 막을 수 있겠는가.

'그래도 그렇지. 당주라니!'

아무도 이해할 수 없었다. 어찌 저런 뚱땡이가 당주 자리를 차지하고 앉았단 말인가. 도저히 인정할 수가 없었다.

무사들은 금철휘에게 뭐라 할 수가 없자, 이번에는 목표를 바꿨다. 금철휘 옆에 선 두 여인들에게 말이다.

"당신은 그렇다 치고, 두 분 소저들께서는 외인이지 않소. 이만 돌아가 주시오."

무사의 말에 화영이 그야말로 처연한 표정을 지었다. 그리고 금방이라도 눈물이 뚝뚝 떨어질 것 같은 눈으로 무사를 바라봤다.

"정말 가야 하나요?"

무사는 차마 돌아가란 말을 더 잇지 못했다. 여인이 저런 모습을 하고 있는데 어떻게 거기에 대고 모진 말을 할 수 있겠는가. 그는 도움을 구하려 함께 여기까지 온 동료들을 둘러봤다.

"후우."

나오는 건 한숨뿐이었다. 동료들은 자신보다 상태가 더 심했다. 다들 맹렬히 고개를 젓고 있었다. 절대 돌려보내지 말라는 뜻이었다.

"뭐…… 어쩔 수 없지. 그럼 되도록 방해가 되지 않았으면 하오. 이렇게 부탁드리겠소."

무사의 말이 떨어지기 무섭게 화영의 얼굴이 꽃처럼 활짝 피어났다. 그 화사한 미소에 일곱 무사들이 자신도 모르게 입을 헤 벌리고 그녀를 바라봤다.

"조용히 구경만 할게요. 너무 고마워요."

"크흠, 크흠."

무사들은 헛기침을 하며 고개를 끄덕였다. 그리고 원래 자리로 돌아가려고 했다. 그 순간 연무장으로 수십 명의 무사들이 우르르 몰려들어 왔다.

그들은 당가의 무사들이었다. 또한 가장 앞에서 그들을 이끄는 사람은 당가의 장로인 당추성이었다.

당가 무사들은 연무장 입구에 죽 늘어섰다. 연무장을 오가는 사람들을 감시하겠다는 의도였다. 그리고 당추성은 연무장 안을 죽 둘러보며 말했다.

"네가 확인해 봐라. 그 여자가 왔느냐?"

당추성 옆에는 양팔에 붕대를 칭칭 감고 있는 당정이 주눅든 얼굴로 서 있었다. 가문의 어른들에게 얼마나 시달렸는지 얼굴이 시커멓게 죽어 있었다.

"똑바로 고개를 들고 확인하란 말이다!"

당추성의 외침에 당정이 화들짝 놀라 고개를 번쩍 들었다. 고개를 들자마자 커다란 가마를 볼 수 있었고, 그의 눈이 커다래졌다.

"저기 서 있는 여자들이더냐?"

"그, 그렇습니다."

"역시 구경하러 올 것 같았지."

당추성이 차갑게 웃으며 당정의 뒷목을 덥석 움켜쥐었다. 그리고 성큼성큼 걸음을 옮겼다. 그의 눈에서 새파란 살기가 흘렀다.

금철휘를 태운 가마 앞에 도착한 당추성은 당정을 옆에 턱 내려놓으며 물었다.

"둘 중 누구더냐?"

당정은 차마 대답하지 못했다. 이런 상황이 된 것 자체가 너무 부끄러웠다.

"약속 지키러 온 거야?"

금철휘가 반색하며 물었다. 당추성은 독기가 좌르르 흐르는 눈으로 고개를 들고 금철휘를 노려봤다. 당가의 체면을 바닥으로 처박는 놈을 굳이 가만두고 볼 생각은 없었다.

당추성이 호통을 치며 몸을 날리려는 찰나, 금철휘가 손을 불쑥 내밀었다. 금철휘의 손에는 구적당주를 증명하는 패가 들려 있었다.

순간적으로 호흡을 빼앗긴 당추성이 몸을 날리지 못하고

멈칫했다. 그리고 금철휘의 손에 들린 패를 확인하고는 눈살을 찌푸렸다.

"구적당주?"

"그게 바로 나야."

금철휘는 자신의 가슴을 탕탕 두드리며 말했다. 마치 무림맹에서 높은 자리에 앉아 있는 걸 자랑이라도 하려는 듯한 모습이었다.

당추성은 그런 금철휘를 보며 차갑게 웃었다. 당주라고 자신이 건드리지 못할 이유가 없었다. 일단 박살을 내놓은 다음 나중에 수습하면 그만이다.

"버릇없는 놈."

당추성은 그렇게 말하며 소매를 살짝 털었다. 소매 안에서 길쭉한 강침 두 개가 튀어나와 손가락 사이에 끼었다.

"일단 팔부터 시작하자."

당추성의 손이 슬쩍 움직였다. 그저 손을 한 번 튀기는 정도였는데, 어찌나 빠른지 움직이는 모습이 아예 보이지도 않았다. 그리고 그의 손에서 강침이 날아갔다.

가느다란 침이라 눈에 잘 띄지도 않는데 속도까지 빠르니 그것을 막는 건 결코 쉽지 않은 일이었다. 강침이 금철휘의 양 어깨를 깊이 파고들었다.

강침은 당추성이 목표로 한 곳에서 한 치도 어긋나지 않게 꽂혔다. 당추성은 그것이 너무나 당연하다는 듯 제대로 확인조차 하지 않았다.

"어디 더 지껄여 보거라. 이번에는 팔이 아니라 눈을 빼앗아 갈 테니까."

금철휘는 그런 당추성의 말에 아무런 대꾸도 하지 않았다. 대체 뭘 어쩌나 보고 싶어서였다.

당추성은 금철휘의 반응이 겁을 먹어서라고 판단했다.

"흥, 목숨 아까운 건 아는군."

금철휘를 향해 차갑게 한 번 웃어 준 당추성은 시선을 돌려 한서연과 화영을 바라봤다.

"이 녀석의 팔을 부러뜨린 것이 누구냐? 알아서 나서라. 아예 전부 죽여 놓기 전에."

당추성의 말투에 담긴 섬뜩한 살기에 금철휘를 윽박지르기 위해 왔던 일곱 명의 무사들이 몸을 부르르 떨었다.

"너희들은 뭐냐?"

당추성의 말에 무사들은 즉시 대답했다.

"수, 수련 중입니다!"

당추성이 턱짓으로 꺼지라는 뜻을 표하자, 무사들이 살았다는 표정으로 후다닥 도망쳤다. 그리고 원래의 자리로 돌아가 사태를 유심히 지켜봤다.

아무래도 오늘 일이 벌어져도 단단히 벌어질 것 같았다.

대충 자리를 정리한 당추성은 다시 고개를 돌려 두 여인을 노려봤다. 그녀들의 미모에도 당추성은 전혀 흔들리지 않았다. 지금은 가문의 체면이 훨씬 더 중요했다.

"누군지 아직도 말 안 하겠다는 뜻이냐?"

당추성의 몸에서 살기가 폭발했다. 하지만 그런 살기나 위세는 금철휘는 물론이고 화영이나 한서연에게도 전혀 통하지 않았다.

"제가 그랬어요."

한서연이 얼음장 같은 표정으로 한 발 나섰다. 그녀는 허리춤에 매달린 검을 꽉 쥐었다. 언제든 손을 쓸 수 있도록 만반의 태세를 갖췄다.

"꿇어라."

당추성의 말에 한서연이 코웃음을 쳤다.

"제가 왜 그래야 하죠?"

"이 녀석은 당가니까."

그게 이유의 전부였다. 당추성이 요구하는 건 사천당가라는 가문을 건드린 대가였다. 그가 원하는 건 당정이 받은 치욕 이상을 전해주는 것이었다. 아마 무릎만 꿇고 적당히 넘어갈 수는 없을 것이다.

"꿇기 싫단 말이로구나?"

당추성의 손에 어느새 강침 세 개가 들려 있었다. 당추성은 위협적인 눈빛으로 한서연을 노려보며 말했다.

"이 녀석과 약속한 게 있다고 들었다. 네가 그걸 해 줘야겠다. 하면 조용히 물러가마."

지금 무한은 당정과 황금루의 기녀에 대한 소문으로 들끓고 있었다. 당정이 대결에서 졌기에 무림맹 대연무장 한가운데에서 벌거벗을 거라는 소문이 파다했다.

한데 정작 오늘 그곳에서 당정과 대결했던 여인이 옷을 벗으면 결과적으로 당정이 승리한 꼴이 된다. 목격자도 많을 테니 소문을 뒤집는 것도 어쩌면 가능할지 모른다.

꼭 소문을 뒤집을 필요는 없었다. 당가의 무서움을 세상에 각인시키기만 해도 충분했다. 그렇게 되면 쓸데없는 소문이 쉽게 돌지 않을 것이다. 당가로부터 무슨 꼴을 당할지 몰라 불안할 테니까.

"개념을 완전히 상실한 영감일세."

금철휘가 가마 위에서 투덜거렸다. 당추성은 금방이라도 불똥이 뚝뚝 떨어질 것 같은 눈으로 금철휘를 노려봤다. 그리고 즉시 강침 세 개가 날아갔다.

강침은 금철휘의 몸 곳곳을 소리 없이 파고들었다. 하나같이 요혈이었다. 하나는 아혈을 파고들어 목소리를 막았고, 다른 두 개는 몸을 마비시키고 지속적인 고통을 주는 혈도를 제압했다.

"돼지새끼는 돼지답게 입 닥치고 가만히 있어라. 나중에 주는 먹이나 처먹으면서 말이야."

당추성의 폭언에 화영이 발끈했다. 하지만 그녀는 나설 필요가 없었다. 한서연이 먼저 나섰기 때문이다.

한서연의 검이 당추성의 허리춤을 훑었다. 하지만 당추성은 어느새 한 발 뒤로 물러나 그녀의 공격이 아슬아슬하게 닿지 않는 곳으로 피한 뒤였다.

"호오. 제법이구나!"

당추성의 눈에 이채가 어렸다. 당정의 두 팔을 부러뜨렸다는 말에 어느 정도 실력은 있을 거라 생각했지만 이 정도일 줄은 몰랐다. 조금 전 하마터면 허리가 두 동강 날 뻔했다. 그만큼 한서연의 검격은 매서웠다.

물론 당추성은 한서연이 아무리 발악해도 그녀를 제압할 수 있다고 자신했다. 방금 전의 일격으로 그녀의 실력을 대강이나마 파악했다. 자신에게 미치려면 아직 한참 멀었다. 방심만 하지 않으면 결코 질 리가 없었다.

"어디 이번엔 네가 한번 막아 봐라."

당추성이 손을 획획 움직였다. 수십 개의 강침이 한서연을 향해 쏜살같이 날아갔다.

한서연의 검이 커다란 꽃잎을 만들어냈다.

쩌저저저정!

수십 개의 강침이 산산이 부서져 가루가 되었다.

당추성의 눈에 놀람이 어렸다. 방금 전 한서연이 보여 준 검예는 분명 본 적이 있는 것이었다.

"백검화와 무슨 관계더냐!"

당추성의 외침에 한서연은 답하지 않고 몸을 날렸다. 일단 공격이 닿는 범위 안에 상대를 놓기 위함이었다.

한서연의 검이 눈부시게 움직이며 수십 개의 꽃잎을 만들어 냈다. 그 꽃잎들은 너울너울 움직여 당추성에게 날아갔다.

당추성은 흥이 난다는 듯 크게 손을 휘저으며 꽃잎을 하나 하나 흩어 놨다. 그리고 훌쩍 몸을 띄웠다.

촤촤촤촤악!

수백 개의 강침이 당추성의 몸에서 쏟아져 내렸다. 사실은 당추성이 몸 곳곳에 감춰둔 강침을 뽑아 던지는 거였지만 그 동작이 워낙 빨라 마치 몸에서 강침의 비가 쏟아지는 듯했다.

한서연은 암담한 눈으로 그것을 바라봤다. 강침 하나하나 에 덧씌워진 강기를 발견했기 때문이다. 하지만 이내 그녀는 이를 악물고 검에 기운을 불어넣었다.

쩌저저저저정!

검강이 씌워진 한서연의 검이 쏟아지는 강침을 하나하나 박살냈다. 강침 하나를 부술 때마다 검에 어린 검강이 흔들렸 고, 점점 강기가 흐려졌다.

지켜보기에는 한서연의 위기가 확실했다. 하지만 정작 허공 에 떠서 한서연에게 강침을 던지는 당추성은 놀람을 넘어 경 악했다.

'대, 대체 저게 어떻게 된 일이란 말인가!'

한서연의 검은 매섭고 정교했지만 힘이 부족했다. 당연히 강기를 머금은 당추성의 강침을 정면으로 막으면 검이 흔들릴 수밖에 없었다.

수많은 강침들이 한서연의 방어를 뚫고 들어갔다. 한데 정작 한서연의 몸에 맞는 강침은 단 하나도 없었다. 마치 한서연의 몸에 보이지 않는 막이라도 쳐진 것처럼 그녀의 몸에 꽂히는 강침들이 비스듬하게 방향을 바꿔 땅바닥에 파고들었다.

결국 모든 강침을 쏟아낸 당추성이 바닥에 내려섰다. 그의 얼굴은 얼떨떨했다. 대체 이런 일이 왜 벌어졌는지 전혀 이해할 수가 없었다.

한서연은 거칠게 숨을 몰아쉬며 검을 든 채 당추성을 노려보고 있었다. 그녀의 상태는 상당히 안 좋아 보였는데, 당추성은 그것을 보면서도 섣불리 움직이지 못했다.

"이제 할 만큼 했어? 그럼 슬슬 약속을 지켜야지?"

금철휘의 나른한 목소리에 당추성은 정신이 번쩍 들었다.

'저놈이었구나!'

당추성은 분명히 금철휘의 아혈에 강침을 박아 넣었다. 한데 금철휘는 아무렇지도 않게 말을 하고 있다. 자신의 공격이 전혀 통하지 않았다는 뜻이다.

'하지만 대체 어떻게? 강침은 분명히 혈도에 정확히 꽂혔는데!'

당추성의 입이 점점 벌어졌다. 금철휘의 몸을 파고들었던 강침들이 다시 튀어나오고 있었다.

툭. 투두둑.

모두 다섯 개의 강침이 가마 아래로 떨어졌다. 당추성은 불신 가득한 눈으로 금철휘를 바라봤다. 도저히 있을 수 없는 일이 벌어졌다.

"일단 영감은 좀 자고."

금철휘가 손을 휘둘러 허공을 후려쳤다. 마치 누군가의 머리가 있어 뒤통수를 때리는 듯한 모양새였다.

빠악!

통쾌한 소리와 함께 당추성이 앞으로 푹 고꾸라졌다. 그리고 그대로 정신을 잃어버렸다.

"슬슬 약속을 지켜야지?"

금철휘의 시선을 받은 당정이 몸을 부르르 떨었다. 이럴 수는 없었다. 한서연이야 자신보다 강하니 그렇다 쳐도 자신이 대체 왜 저 뚱땡이에게 벌벌 떨어야 한단 말인가.

생각은 그랬지만 현실은 달랐다. 왠지는 몰라도 금철휘를 보고 있으니 다리가 후들후들 떨렸다. 조금 전 당추성이 정신을 잃기 전에도 금철휘가 기묘한 손짓을 하지 않았던가.

당추성이 한창 머리를 굴리고 있을 때 금철휘가 손을 휙 내밀었다. 그리고 주먹을 꽉 쥐었다. 마치 허공에서 뭔가를 움켜쥐는 듯했다.

금철휘의 입가에 짓궂은 미소가 어렸다. 그리고 움켜쥔 손을 확 당겼다.

쫘악!

당정의 옷이 갈기갈기 찢어졌다.

"어머!"

한서연과 화영이 깜짝 놀라 얼굴을 두 손으로 가렸다.

당정은 순간적으로 자신에게 벌어진 일을 인지하지 못하고
멍하니 있었다. 하지만 이내 상황을 파악하고는 급히 몸을
움츠리고 주저앉았다. 그의 얼굴이 시뻘겋게 달아올랐다.

"자, 구경 그만하고 가자."

금철휘의 말이 떨어지기 무섭게 가마꾼들이 걸음을 옮겼다.
한서연과 화영은 얼굴을 가렸던 손을 풀고 서둘러 금철휘를
따라갔다.

연무장 입구를 막고 있던 당가 무사들도 얼른 길을 비켜
주었다. 남자들만 있는 것과 여자가 함께 있는 것은 당정이
느끼는 치욕에 상당한 차이를 만들 테니까.

그렇게 무림맹 대연무장에 한바탕 폭풍이 지나갔다.

제11장
황금루의 주인

黄金公子

 황금루 무한지부의 지부장인 채화는 요즘 좋으면서도 난
감했다. 손님이 몰려 매상이 어마어마하게 늘어난 것은 좋았
지만, 그 손님들이 찾는 기녀를 대령할 수 없으니 난감하기
그지없었다.

 그럼에도 손님은 줄지 않았다. 어쨌든 무한 최고의 기루가
황금루였고, 그렇게 등장하지 않는 기녀를 사람들이 신비롭
게 여겼기 때문이다. 당정의 팔을 부러뜨렸으니 실재하는 건
확실한데 그 모습을 보기 어려우니 신비롭게 여기는 것이다.

 모든 손님이 그랬다면 채화도 이렇게까지 난감하지는 않았
을 것이다. 가끔 자신의 권위를 내세워 화영과 한서연을 찾는

손님들이 있었다. 그들을 상대하는 것은 정말로 어려웠다.

"하아. 계속 설득하고 비는 것도 이제는 한계인데……."

슬슬 한 번쯤 한서연이나 화영이 나서 주지 않으면 황금루의 운영 자체가 어려워질 수도 있었다. 사실은 황금루가 나서서 뭔가를 한 적은 없지만 사람들은 황금루가 자신들을 속였다고 여길 테니까 말이다.

채화가 고민하고 있을 때, 기녀 하나가 그녀에게 좋은 소식을 가져다주었다.

"금 공자님께서 오셨습니다."

채화는 그 소식에 크게 기뻐했다.

"위로 모셨느냐?"

"예. 지금 술을 드시고 계십니다."

채화는 기녀의 말이 채 끝나기도 전에 서둘러 움직였다. 그녀가 향하는 곳은 황금루 최상층, 금철휘의 공간이었다.

금철휘는 평소와 마찬가지 자세로 술을 마시고 있었다. 당연히 금철휘 옆에는 한서연과 화영이 앉아 있었다. 둘은 어느새 금철휘에게 술도 따라 주고 안주도 먹여 주며 웃고 있었다.

처음 이곳에 왔을 때와는 많이 달라진 모습이었다.

"지부장 왔네?"

금철휘의 말에 두 여인이 채화를 바라보며 고개를 숙였다.

"일전에는 죄송했어요. 괜히 저희 때문에 곤란을 겪으셨죠?"

한서연의 말에 채화가 어색하게 웃으며 말했다.

"그건 괜찮아요. 어차피 항상 겪는 일이니까요. 한데……."

채화가 말을 중단하자 금철휘가 눈짓을 보냈다.

"뭔데 그렇게 뜸을 들여? 할 말 있으면 똑바로 말해. 웬만한 건 들어줄 테니까." '

금철휘의 말에 용기를 낸 채화가 말을 이었다.

"사실 요즘이 더 힘들어요. 두 분을 보겠다고 우기는 손님들이 매일 늘어나고 있어요."

한서연과 화영이 눈을 동그랗게 떴다.

"저희를요?"

"예. 게다가 최근에는 힘깨나 있는 사람들이 계속 요구해서 정말 곤란할 때가 한두 번이 아니에요."

채화의 말에 한서연은 정말로 미안했다. 사실 모든 것이 자신 때문에 벌어진 일 아닌가.

"곤란하긴 하겠네."

금철휘는 턱을 쓰다듬으며 생각에 잠겼다. 사실 앞으로도 계속 벌어질 수 있는 문제였다. 또한 천하 곳곳에 있는 모든 황금루에 일어날 가능성이 언제든 있는 문제였다.

힘을 가진 자들은 모든 것을 마음대로 휘두르려 한다. 그것이 선을 넘어서면 약자는 피해를 받을 수밖에 없었다.

"좋아. 그럼 그 역할을 지부장이 하면 되겠군."

"예? 제가요?"

채화가 놀란 눈으로 금철휘를 바라봤다. 자신이 그 역할을 어찌한단 말인가. 한서연은 천하의 당정을 제압한 여인이다. 자신이 그 정도로 강해질 수 있을 리 없지 않은가.

금철휘는 채화에게 손가락을 까딱였다.

"지필묵."

금철휘의 말에 채화가 서둘러 지필묵을 준비했다. 금철휘는 종이 위에 대충 뭔가를 슥슥 써 내려갔다. 그리고 손바람을 휙 일으켜 먹을 말렸다.

"받아."

채화는 얼떨떨한 표정으로 그것을 받았다.

"이, 이게 뭔가요?"

"앞으로 네가 익혀야 할 무공."

"예? 무공이요?"

채화의 눈이 화등잔만 해졌다. 무공이라니, 대체 자신에게 무공을 왜 준단 말인가.

"기녀 생활하면서 쉽게 익힐 수 있는 거야. 간단히 강해질 수 있는 무공이지."

그 말을 들으니 갑자기 관심이 확 생겼다. 하지만 이어지는 금철휘의 말에 그녀의 표정이 살짝 굳었다.

"대신 몸을 버릴 각오가 필요해."

그 말이 무슨 뜻인지는 명확했다. 남자와 정을 통하면서 익히는 무공이란 뜻이다.

한서연과 화영이 깜짝 놀라며 나직이 외쳤다.

"서, 설마 채양보음?"

금철휘가 크게 웃었다.

"으하하하! 하긴 그렇게 받아들일 수도 있겠구나. 하지만 그런 건 아니야. 좀 특이할 뿐이지 채양보음 같은 건 아니야."

채화는 환하게 웃으며 물었다.

"저도 명색이 기녀인데 남자와 잠자리를 같이 하는 일이야 비일비재하답니다. 한데 정말로 그걸 하면 무공이 강해지나요?"

"장담하지. 엄청나게 빨리 강해질 거야. 대신 한계가 좀 명확하지. 그래도 그 당정인지 뭔지 하는 떨거지 열 명이 달려들어도 물리칠 수 있을 정도는 돼."

금철휘의 말에 다들 입을 쩍 벌렸다. 그런 편리한 무공이 대체 어디 있단 말인가.

"이걸 모든 황금루의 지부장들에게 가르칠 생각인데 다들 어때? 괜찮을 거 같아?"

한서연도 화영도 말을 잇지 못했다. 정말로 신기한 사람이었다. 대체 이런 무공은 또 어떻게 알았단 말인가.

"좋아, 결정. 익히다 모르는 거 있으면 언제든 물어봐."

채화는 멍한 얼굴로 고개를 끄덕였다. 대체 지금 무슨 일이 벌어지고 있는 건지 잘 와 닿지가 않았다. 자신이 무공을 익히게 되다니.

"아, 그리고 일단 처음에는 영약으로 내공을 키우는 게 더 나을 거야."

금철휘는 그렇게 말하며 화영을 쳐다봤다. 화영이 생긋 웃으며 품에서 작은 목갑 하나를 꺼내 채화에게 건넸다.

뚜껑을 열어 보니 청량한 향이 방 안을 가득 메웠다. 척 보기에도 굉장한 영약이었다.

"이, 이거 비싼 약 같은데……."

"황금루 보다는 싸."

금철휘의 말에 채화가 어색하게 웃으며 뚜껑을 닫았다. 그리고 금철휘에게 깊이 허리 숙여 인사를 했다. 너무나 감사했다. 고작 기녀의 어려움을 위해 이렇게까지 해 주는 사람이 세상에 어디 있겠는가.

"황금루를 천하제일의 기루로 만들겠어요. 꼭 봐 주세요."

그녀의 결심에 금철휘가 빙긋 웃었다.

그리고 화영이 환하게 웃으며 말했다.

"우리도 도와 드려야죠. 오늘 그런 손님이 있으면 저희를 부르세요. 얼굴만 비춰 주는 거라면 얼마든지 도와 드릴게요."

"감사해요. 정말…… 정말 감사해요."

채화는 하마터면 눈물을 흘릴 뻔했다. 하지만 끝까지 참았다. 눈물을 흘리면 화장이 번질 테니까.

"그렇지 않아도 어려운 손님이 있어서 걱정을 했어요."

"어려운 손님이요?"

"어제 왔던 손님인데 팔 하나가 없는 분이었어요."

"팔 하나가 없다고요?"

"예. 두 분을 찾으시기에 지금은 곤란하다고 했더니 오늘 다시 오시겠다고 했어요. 꼭 준비해 놓으라고 하면서……."

"그래요?"

"예. 한데 분위기가 어찌나 무서운지 앞에 가만히 앉아 있을 수가 없었어요. 다른 기녀들도 아무도 그 손님 앞에 가지를 못해서 정말로 애를 먹었거든요."

채화의 말에 금철휘가 고개를 끄덕였다.

"뭔가 사이한 무공을 익힌 놈 같은데?"

"저희가 한 번 가 볼게요. 걱정 마세요."

한서연이 그렇게 말했을 때, 기녀 하나가 찾아왔다.

"어, 어제 그 손님이 또 오셨습니다."

한서연과 화영이 눈을 빛내며 자리에서 일어났다. 그리고 찾아온 기녀를 따라 즉시 움직였다.

둘이 방을 떠나자 금철휘가 벌떡 일어났다.

"이거…… 재미있는데?"

기루 전체를 뒤덮은 천령신공을 뚫고 지독하게 어두운 기운이 움직이고 있었다. 그것은 금철휘에게 상당히 익숙한 기운이었다.

한서연과 화영은 방문을 열고 안으로 들어섰다. 숨 막힐 정도로 지독한 사기가 방 안에 꽉 채워져 있었다. 두 여인은 눈살을 찌푸리며 방 한가운데 앉아 있는 사내를 쳐다봤다.

사내는 왼팔이 없었다. 그리고 눈이 핏빛으로 번득였다.

"황금루가 금룡장의 것이라는 얘기를 듣고 왔다."

사내의 말에 두 여인이 몸을 부르르 떨었다. 몸을 움직일 수가 없었다. 이를 악물고 어떻게든 버텨내려 했지만 다리에 힘이 쭉 빠지며 그대로 주저앉았다.

"일단 내 팔에 대한 대가로 너희를 가져야겠다."

사내의 말이 떨어지기 무섭게 천장이 무너졌다.

꽈르릉! 텅!

무너진 천장에서 커다란 덩어리 하나가 뚝 떨어졌다. 금철휘였다. 금철휘는 비대한 몸을 똑바로 세우고 사내를 노려봤다.

"누구 맘대로?"

금철휘의 몸에서 폭풍 같은 기세가 휘몰아쳤다. 방 안의 사기가 완벽히 날아가 버렸다.

사내의 핏빛 눈동자가 찢어질 듯 커졌다.

"대체…… 대체 이 기운이 왜……!"

〈다음 권에 계속〉

임유아 판타지 장편 소설

나이트 인 블랙

Knight in Black

서정적 판타지의 진화, 치명적인 어둠의 노래.

열망만으로는 잡을 수 없는 것이 있음을 깨달은 그해 겨울,
자신을 배신한 운명에게 건넬 복수의 검을 쥐고, 소년은 일어섰다!

dream
books
드림북스

天劍帝

천검제

『절대천왕』, 『암천제』, 『천풍전설』의 작가!

장담 신무협 장편소설

『천검제』

세상을 뒤엎는 한이 있어도,
아버지의 죽음에 관여한 자들 모두 용서치 않으리라!

drea
book
드림북

신룡의 주인
『더스크 하울러』, 『환수의 주인』의 작가!
태선 판타지 장편소설
『신룡의 주인』
알테리온가의 막내아들 샨,
알에서 태어난 특급 용 카이.
평범하지 않은 둘의 좌충우돌 학교생활이 시작된다!
dream books
드림북스

Swallow Knight Tales

"스왈로우 나이츠 신입 기사 엔디미온 키리안,
『SKT 개정판』으로 다시 돌아왔습니다!
미온이라고 불러 주세요."

매권 호화 부록
미공개 외전,
컬러 일러스트 등 수록!

dream
book
드림북